# pires
# oleil

*Du même auteur*
*dans la même collection*

VOYAGE DANS LA LUNE (L'AUTRE MONDE OU LES ÉTATS ET EMPIRES DE LA LUNE)

CYRANO DE BERGERAC

# Les États et Empires du Soleil

CHRONOLOGIE
PRÉSENTATION
NOTES
DOSSIER
BIBLIOGRAPHIE
LEXIQUE

par Bérengère Parmentier

GF Flammarion

ISBN : 2-08-071145-8

# SOMMAIRE

| | REPÈRES HISTORIQUES ET CULTURELS | VIE ET ŒUVRE DE CYRANO DE BERGERAC |
|---|---|---|
| 1592 | Tommaso Campanella est emprisonné pour la première fois, à Naples. | |
| 1593 | Mise à l'Index du traité *De la Nature, selon ses propres principes*, œuvre principale de Telesio, maître de Campanella. | |
| 1595 | Campanella doit abjurer à Rome du grave soupçon d'hérésie. Sa *Philosophia Sensibus demonstrata* (1591), seule œuvre publiée à ce jour, est mise à l'Index.<br>Édition ultime (posthume) des *Essais* de Montaigne, dont la parution a commencé en 1580. | |
| 1598 | L'édit de Nantes rend aux protestants français leurs droits civiques et garantit leur liberté de conscience ; il marque la fin des guerres de Religion, engagées depuis 1562. | |

1598-1601 Campanella fomente et dirige un soulèvement manqué en Calabre, contre la puissance espagnole. Il est arrêté et jugé sous le double chef de complot politique et d'hérésie. Il échappe de peu à l'exécution capitale ; sa peine est commuée en prison à vie. Il sera emprisonné jusqu'en 1628.

1600 Giordano Bruno, arrêté par l'Inquisition quelques années plus tôt, est condamné à mort et brûlé vif à Rome.

1603 L'ensemble de l'œuvre de Campanella présente et à venir est mise à l'Index.

1606 Le traité *De la sagesse* de Charron (1601) est mis à l'Index.

1610 Henri IV est assassiné. Le jeune Louis XIII lui succède. Régence de Marie de Médicis.

1610 Galilée fait connaître avec *Le Messager des étoiles* (*Sidereus Nuncius*) les premières observations permises par la « lunette » ou télescope.

| | REPÈRES HISTORIQUES ET CULTURELS | VIE ET ŒUVRE DE CYRANO DE BERGERAC |
|---|---|---|
| 1611 | Le curé Louis Gaufridy est brûlé à Aix-en-Provence pour sorcellerie. | |
| 1612 | Traduction française de *La Magie naturelle* de Jean-Baptiste Della Porta. | Mariage d'Abel de Cyrano, sieur de Mauvières (fils d'un marchand de poisson devenu écuyer, sieur de Mauvières, notaire et secrétaire du roi), avec Espérance Bellanger (fille d'un trésorier des Finances à Paris). Ils auront six enfants, à partir de 1614. |
| 1613 | Galilée, *Lettres sur les taches solaires*. | |
| 1614-1618 | Traduction française du *Don Quichotte* de Cervantès (texte espagnol, 1605-1615). | |
| 1615 | Katharina Kepler, la mère de l'astronome, est accusée de sorcellerie et emprisonnée ; elle sera libérée en 1621. | |
| 1616 | Mise à l'Index du *Des révolutions* de Copernic. L'héliocentrisme est jugé « formellement hérétique » par la congrégation du Saint-Office. | |

| | | |
|---|---|---|
| 1618 | Début de la guerre de Trente Ans, qui oppose les grandes puissances européennes. | |
| 1619 | Le philosophe italien Vanini est brûlé à Toulouse pour athéisme. | Naissance à Paris de Savinien de Cyrano, le futur écrivain. |
| 1620 | Campanella, *De sensu rerum et magia*. | |
| 1621 | Campanella, *Poésies philosophiques*.<br>Robert Burton, *Anatomie de la mélancolie*. | |
| 1622 | Campanella, *Apologie pour Galilée*. | |
| 1622-1636 | | La famille vit au château de Mauvières, dans la vallée de Chevreuse. La propriété de Mauvières et celle de Sousforest, dite « fief de Bergerac », ont été acquises par le grand-père de Savinien en 1582. Mais en 1636, le père, ruiné, se trouve contraint de les revendre : en principe, la famille n'a plus droit au nom « de Bergerac ». |

| | REPÈRES HISTORIQUES ET CULTURELS | VIE ET ŒUVRE DE CYRANO DE BERGERAC |
|---|---|---|
| 1623 | Le père jésuite Garasse publie *La Doctrine curieuse des beaux esprits de ce temps*, attaque violente contre les « libertins », visant particulièrement le poète Théophile de Viau.<br>Charles Sorel, *Histoire comique de Francion.*<br>La rumeur de l'existence d'une société secrète hermétique, les Rose-Croix, déclenche la panique à Paris.<br>Gabriel Naudé, *Instruction à la France sur la vérité de l'histoire des frères de la Rose-Croix.*<br>Publication de *La Cité du Soleil* de Campanella (rédigée en 1602). | |
| 1623-1625 | Arrestation et procès de Théophile de Viau, pour « libertinage ». Ses protections lui permettent d'échapper à la mort. Il est condamné au bannissement. | |

1624 Richelieu entre au Conseil du roi.

La faculté de théologie de Paris condamne les thèses d'Antoine Villon et Étienne de Clave, une doctrine de chimie atomiste. Sur l'avis de la faculté de théologie, le parlement de Paris prend des mesures contre les novateurs : défense « à toutes personnes, à peine de la vie, de tenir ni enseigner aucunes maximes contre les anciens auteurs et approuvés, ni faire aucunes disputes que celles qui seraient approuvées par les docteurs de la faculté de Théologie ».

Mersenne, *L'Impiété des déistes, athées et libertins de ce temps.*

1624-1625 Gabriel Naudé, *Apologie pour tous les grands personnages qui ont été faussement accusés de magie.*

1626 Brièvement libéré, Campanella est réincarcéré au bout d'un mois par un tribunal ecclésiastique.

| | REPÈRES HISTORIQUES ET CULTURELS | VIE ET ŒUVRE DE CYRANO DE BERGERAC |
|---|---|---|
| 1627 | Francis Bacon, *La Nouvelle Atlantide* (trad. fr., 1631). | |
| 1628 | Campanella est définitivement libéré ; il est nommé maître en théologie par le pape Urbain VIII, qui le protège. | |
| 1629 | Jacques Gaffarel, *Curiosités inouïes.* | |
| 1632 | Galilée, *Dialogue des deux grands systèmes du monde.*<br>Campanella correspond avec Gassendi. Naudé lui rend visite à Rome. | |
| 1633 | Emprisonné par l'Inquisition pendant six mois, Galilée doit abjurer solennellement l'opinion de la rotation de la Terre.<br>Apprenant la condamnation de Galilée, Descartes renonce à publier son *Traité du monde*. | |

| | | |
|---|---|---|
| 1634 | Craignant une nouvelle arrestation, Campanella trouve refuge à Paris ; il place désormais dans la monarchie française ses espoirs de rénovation sociale, religieuse et politique ; il reçoit un excellent accueil de Louis XIII et de Richelieu, qui l'utilisent dans leur tactique diplomatique et militaire contre l'Espagne. Il fréquente les cercles d'érudits parisiens.<br>Le curé Urbain Grandier est brûlé pour sorcellerie à Loudun.<br>Kepler, *Le Songe ou l'Astronomie lunaire* (en latin). | |
| 1635 | Fondation de l'Académie française, sous l'impulsion de Richelieu. | |
| 1637 | Descartes, *Discours de la méthode*, *Dioptrique*, *Météores*, *Géométrie*. | |
| 1638 | Francis Godwin, *L'Homme dans la Lune* (trad. fr., 1648).<br>John Wilkins, *Le Monde dans la Lune* (trad. fr., 1655). | Savinien entre comme cadet au régiment des Gardes, dans la compagnie de Carbon de Casteljaloux, avec son ami Le Bret. Il acquiert une réputation de bravoure. |

| | REPÈRES HISTORIQUES ET CULTURELS | VIE ET ŒUVRE DE CYRANO DE BERGERAC |
|---|---|---|
| 1639 | Mort de Tommaso Campanella à Paris. | Au siège de Mouzon, il est blessé d'un coup de mousquet au travers du corps. |
| 1640 | | Au siège d'Arras, il est de nouveau blessé, d'un coup d'épée. Il quitte définitivement l'armée. |
| 1641 | Descartes, *Méditations métaphysiques* (en latin ; le texte français paraît en 1647). | Il est inscrit comme « écolier étudiant en rhétorique » au collège de Lisieux ; il n'achèvera pas ses études. Il prend des répétitions avec un maître de danse et un maître d'armes. Il se lie avec Chapelle, fils de l'érudit François Lhuillier chez qui il pourrait avoir rencontré Gassendi. |
| 1642 | Gabriel Naudé publie une sorte d'autobiographie intellectuelle de Campanella, *De libris propriis*, que le philosophe lui a dictée dix ans plus tôt. | |
| 1642 ?-1649 ? | | Il rédige les *États et Empires de la Lune*. |

| | | |
|---|---|---|
| 1643 | Mort de Louis XIII. Régence d'Anne d'Autriche. Mazarin principal ministre.<br>Tristan L'Hermite, *Le Page disgracié*. | |
| 1644 | Descartes, *Principes de philosophie* (en latin).<br>Expériences de Torricelli sur l'existence du vide. Pascal les reproduit et fait paraître en 1647 ses *Expériences nouvelles touchant le vide*.<br>Gassendi, *Disquisitio metaphysica* (« Doutes » et « instances » sur les *Méditations* de Descartes). | |
| 1648 | Fin de la guerre de Trente Ans en Europe. Début de la Fronde : fronde du parlement de Paris.<br>Premières œuvres « burlesques » : Scarron, *Virgile travesti* ; Dassoucy, *Le Jugement de Pâris*. | Mort de son père Abel ; il reçoit une part d'héritage.<br>Il rédige l'épître du *Jugement de Pâris* de Dassoucy, signée Hercule de Bergerac. |
| 1648-1653 | | Il est probablement l'auteur de certains pamphlets anonymes qui circulent pendant la Fronde (les « mazarinades »), en parti- |

| | REPÈRES HISTORIQUES ET CULTURELS | VIE ET ŒUVRE DE CYRANO DE BERGERAC |
|---|---|---|
| | | culier *Le Ministre d'État flambé*, sans doute aussi une *Lettre contre les frondeurs*. |
| 1649 | Gassendi, *Traité de la philosophie d'Épicure*.<br>Descartes, *Les Passions de l'âme*. | |
| 1649-1655 | Gassendi rédige le *Syntagma philosophicum*, qui sera publié à titre posthume dans les *Opera omnia* de 1658. | |
| 1650 | La Fronde se poursuit : fronde des princes.<br>Œuvres « burlesques » : *Ovide en belle humeur*, de Dassoucy.<br>Première traduction française complète du *De rerum natura* de Lucrèce, par l'abbé de Marolles.<br>Mort de Descartes. | Il écrit un poème liminaire (signé « de Bergerac ») pour l'*Ovide en belle humeur* de Dassoucy. Il est sans doute l'auteur de la dédicace (signée S.B.D.) des *Œuvres poétiques* de Le Royer de Prade, qui contiennent par ailleurs deux pièces manifestement adressées à Cyrano : un sonnet « À l'auteur des *États et Empires de la Lune* », et une épigramme, « Au pèlerin revenu de l'autre monde ». |

| | | |
|---|---|---|
| 1650 ?-1655 ? | | Cyrano rédige *Les États et Empires du Soleil.* |
| 1651 | | Un premier manuscrit des *Lettres* est achevé ; Cyrano y attaque violemment Scarron et ses anciens amis, Dassoucy et Chapelle. |
| 1651-1657 | Scarron, *Le Roman comique*. | |
| 1653 | Fin de la Fronde. Retour de Mazarin, exilé en 1651. | |
| 1654 | | Il fait paraître chez Charles de Sercy les deux seuls volumes qu'il aura publiés de son vivant : une tragédie, *La Mort d'Agrippine*, et les *Œuvres diverses* qui contiennent une comédie, *Le Pédant joué,* et des *Lettres.* Les deux volumes sont dédiés au duc d'Arpajon, qui protège Cyrano entre 1653 et 1654. |
| 1655 | Mort de Gassendi. Mort de Tristan L'Hermite. | Mort de Cyrano. |

| | REPÈRES HISTORIQUES ET CULTURELS | VIE ET ŒUVRE DE CYRANO DE BERGERAC |
|---|---|---|
| 1657 | Pierre Borel, *Discours nouveau prouvant la pluralité des mondes.* | Parution de *L'Histoire comique des États et Empires de la Lune*. Le texte a été revu par Le Bret, qui signe l'épître dédicatoire et la préface. |
| 1661 | Mort de Mazarin. Règne personnel de Louis XIV. | |
| 1662 | | Parution des *Nouvelles Œuvres de M. Cyrano de Bergerac*, qui contiennent *Les États et Empires du Soleil*, les *Entretiens pointus*, des lettres et un « Fragment de physique ». |
| 1667 | Molière, *Le Tartuffe*. Interdite à la première représentation, la pièce sera autorisée par le roi en 1669. | |
| 1668 | La Fontaine, *Fables*, premier recueil. | |

# Présentation

« L'absence d'opposition étant doctrine de despotisme en politique et de monotonie en plaisirs [...]. »

Charles FOURIER,
*Le Nouveau Monde amoureux.*

Cyrano de Bergerac a rédigé autour de 1650 *L'Autre Monde ou les États et Empires de la Lune* (édités dans la même collection par M. Laugaa, GF-Flammarion, n° 232) et *Les États et Empires du Soleil*, qui sont ici présentés. Il les a fait circuler en manuscrit parmi des cercles d'amis. Mais il n'a pas pu ou n'a pas osé les publier lui-même et ils n'ont paru qu'après sa mort. Le premier volet, *La Lune*, a été édité en 1657 par un de ses amis, Le Bret, qui a modifié le texte pour le rendre plus acceptable à la censure ; on a retrouvé des manuscrits qui rendent compte des corrections apportées au texte original. Pour *Les États et Empires du Soleil*, il faut se contenter du texte imprimé en 1662, revu par un éditeur anonyme : on ne dispose d'aucun manuscrit, on sait seulement que des rectifications prudentes ont été imposées jusqu'au dernier moment, en cours d'impression. Cependant, même dans cette version très certainement expurgée, la force critique du texte reste d'une virulence exceptionnelle. Si le roman a pu bénéficier d'une autorisation d'impression, c'est sans doute à la faveur d'une distraction des pouvoirs d'État, accaparés par l'affaire janséniste, ou trompés par l'aspect ludique de la fiction. Car l'ironie joyeuse de Cyrano bafoue ouvertement l'ensemble des règles morales, sociales et religieuses établies en son temps. Surtout, l'objet même de ce récit comique est un défi aux autorités de la pensée et de la morale : il s'agit en effet de la liberté d'imaginer et de penser, d'inventer ou de réinventer le monde. La censure n'est pas seulement l'obstacle extérieur qui a retardé, à défaut de l'interdire, la publication du roman ; c'est la donnée première d'un roman constamment polémique et systématiquement hétérodoxe, qui fait la satire des interdits intellectuels et moraux, l'apologie du plaisir et de la liberté de penser, et qui montre l'exemple en déployant au fil du récit une foison de propositions nouvelles, surprenantes et subversives.

## « Nouveautés » et censures

Une écriture polémique ne se comprend pas hors contexte. À l'époque de Cyrano, la possibilité d'imaginer de nouveaux systèmes du monde fait l'objet de débats majeurs en philosophie et dans les sciences. Aux XVe-XVIe siècles, l'édifice du savoir vrai a été ébranlé par une série de chocs dont les effets sont encore très sensibles. Pendant des siècles, l'Église et les universités avaient détenu le monopole du discours de vérité ; elles enseignaient une doctrine bâtie sur l'alliance paradoxale du dogme chrétien avec la science antique d'Aristote et de Ptolémée. Il était entendu que la Terre était immobile au centre d'un monde sphérique et clos, le Soleil tournant autour d'elle ; l'homme était au centre de la création, maître des autres créatures ; la nature humaine était immuable, création divine, mais irrémédiablement marquée par le péché originel. Au temps de Cyrano, les Églises et les universités s'épuisent à maintenir l'autorité de cette doctrine dans un monde où la maîtrise de la vérité leur échappe peu à peu. De plus en plus, la philosophie et la science se développent hors des institutions traditionnelles, chez des particuliers, dans les cours princières, dans les cercles savants ; des innovations techniques, comme le télescope, permettent l'observation de phénomènes incompatibles avec l'ancien système du monde ; l'imprimerie autorise une large diffusion de philosophies anciennes longtemps négligées ; elle fait aussi connaître les récits des grands voyageurs et des explorateurs du « Nouveau Monde ». Nombre de philosophes revendiquent désormais la « nouveauté », contre le poids de la tradition. Ils la présentent à la fois comme un fait historique et comme une nécessité de la pensée. On les appelle les « novateurs », en latin *novatores.* « Ces nouveautés de vérités antiques, de nouveaux mondes, de nouvelles étoiles, de nouveaux systèmes, de nouvelles nations, marquent le début d'une ère nouvelle », proclame en 1632 le philosophe Tommaso Campanella, qui justement intervient comme personnage dans *Les États et Empires du Soleil* : en même temps que leurs hypothèses, Cyrano intègre dans son roman ces acteurs de la pensée « nouvelle ». Il rend compte également des réactions répressives qu'ils ont fait naître.

Les Églises et les États ont très vite perçu les dangers doctrinaux et politiques d'une pluralisation des explications du monde. L'inquiétude de l'Église catholique, en particulier, est avivée par les divisions « hérétiques » et par la hantise d'une montée de l'athéisme. La diffusion croissante des imprimés la place devant une situation inédite et la conduit à établir des institutions censoriales nouvelles. La Congrégation de l'Index, fondée en 1571, proscrit peu à peu une bonne part de la littérature et de la philosophie anciennes et modernes, d'Ovide à Érasme ou Rabelais. Autour de 1600, la hantise des « novateurs » s'intensifie encore. Giordano Bruno meurt sur le bûcher en 1600. Tommaso Campanella rédige la plus grande partie de son œuvre en prison, où il passe presque trente ans. En 1616, un décret romain interdit d'enseigner ou de soutenir l'idée du mouvement de la Terre, avancée par Copernic quelques décennies plus tôt. En 1633, l'Inquisition contraint Galilée à abjurer officiellement cette proposition. Descartes, apprenant la nouvelle, renonce à publier son *Traité du monde.* Mais l'Église catholique n'est pas seule à vouloir contrôler la production intellectuelle. En France, les pouvoirs d'État s'affirment tout au long du siècle contre l'autorité romaine ; ils obéissent partiellement aux injonctions de l'Église, tout en organisant leur propre censure. D'autres institutions encore s'efforcent de jouer leur partie. La puissance des cours de justice, qu'on appelle les Parlements, décline tout au long du siècle, mais leur responsabilité reste considérable dans la chasse aux sorcières, qui bat son plein autour de 1600. Or l'accusation de sorcellerie se confond avec les griefs d'hérésie, d'athéisme, de pensée indépendante. Tous ces chefs d'accusation se mêlent, par exemple, pour envoyer au bûcher le philosophe athée Vanini qui meurt à Toulouse en 1619. Au début du roman de Cyrano, le personnage échappe de peu à ce même châtiment.

Cyrano a donc rédigé *Les États et Empires* dans un contexte censorial d'autant plus sévère que différentes institutions rivalisaient pour disposer du pouvoir d'interdire. Cette situation permet de comprendre ce qu'on désigne par « libertin » au temps de Cyrano : on appelle « libertine » toute liberté excessive ou condamnable, dans la pensée comme dans les mœurs ; mais au XVIIe siècle, il n'est pas de liberté qui ne soit virtuellement condamnable. La « liberté » conduit en effet à la « nouveauté », et toute « nouveauté » est dangereuse. À vrai dire, les « nouveautés » interdites sont souvent fort anciennes ; des doctrines aussi antiques que le pythagorisme ou l'épicurisme sont « nouvelles » au regard de l'orthodoxie, car la reprise de principes philosophiques antiques conforte l'opposition à la doctrine scolastique officielle et soutient une revendication d'expérience individuelle : observation des phénomènes naturels, pensée autonome, expérience des sens. Des théologiens et des apologètes soucieux de la pérennité du dogme font paraître de longs ouvrages qui stigmatisent ces errements. Ils constituent ainsi des listes, fort instructives, répertoriant les formes de pensée répréhensibles. Ces principes condamnables se rencontrent tous, à peu de chose près, dans le roman de Cyrano de Bergerac. L'éditeur du texte posthume a choisi de lui donner pour sous-titre « histoire comique » ; l'expression doit au moins être précisée. Au temps de Cyrano, le roman comique est sans doute le genre littéraire le moins codifié, le plus ouvert aux expérimentations formelles et intellectuelles ; Cyrano profite de cette plasticité pour engager dans la trame de son récit les propositions les plus diverses de la pensée « nouvelle », et pour en faire un étonnant outil de réflexion ironique.

## ROMAN COMIQUE, ROMAN IRONIQUE

Le roman se présente d'abord comme un récit d'aventures, comique et satirique. Le personnage est pourchassé par le parlement de Toulouse qui veut l'envoyer au bûcher, comme Vanini, parce que les parlementaires confondent la pensée autonome avec la pratique de la sorcellerie ; un curé de campagne déchaîne contre lui les populations paysannes en profitant de leur ignorance. Le personnage erre dans les environs de Toulouse en utilisant la ruse pour déjouer la violence ; il joue le rôle d'un vagabond, d'un « gueux », et toute une séquence du récit rappelle l'univers grotesque et violent des « romans de gueux » espagnols, ces romans *picaresques* dont l'influence est décisive sur le roman français du temps. Mais l'ironie du texte emprunte aussi des voies plus étranges : sans cesser d'être comique, le parcours se mue en mouvement initiatique. Plongé dans les ténèbres d'un cachot immonde, le personnage parvient à regagner la puissance de voir, de s'élever vers la lumière, de monter jusqu'au soleil. Au fil de ce voyage cosmique, le récit convoque tour à tour différentes hypothèses sur l'organisation de l'univers, qui ont pour point commun de s'opposer à la tradition établie. Le roman appelle donc au moins une double lecture : le trajet du personnage à travers l'univers se double d'un cheminement à travers les représentations possibles de l'ordre du monde.

*Les États et Empires* ne relèvent pas de la vulgarisation scientifique ou philosophique. Ils se présentent ouvertement comme une fiction, dont les rapports avec la réalité factuelle sont troubles et incertains. Les hypothèses qui parcourent le texte sont trop diverses pour constituer un corps de doctrine. Des théories divergentes sont exposées par d'étranges personnages, qui ne sont pas des autorités bien crédibles : les oiseaux, les arbres ou les fruits raisonnent dans ce roman. Les événements représentés défient manifestement la vraisemblance. Le personnage ne saura jamais si ses aventures ne sont pas « un songe duquel [il se va] éveiller » ; le Soleil qu'il croit visiter pourrait n'être que le fruit difforme d'une imagination déréglée. Mais le récit est conduit à la première personne : il se présente comme la relation d'une expérience. Plus encore, si le personnage des *États et Empires du Soleil* est poursuivi au début du roman, c'est parce qu'il a rédigé un récit intitulé *Les États et Empires de la Lune* ; le personnage du *Soleil* est donc présenté comme l'auteur du premier volet du même roman. Cyrano souligne ainsi la force polémique d'un ouvrage qui programme et prévoit sa propre persécution ; plus largement, il brouille ironiquement la distinction entre son identité réelle et le personnage de la fiction, engagé dans d'incroyables aventures. Le nom du personnage, Dyrcona, est l'anagramme du nom de l'auteur, tout proche et cependant distinct ; la personne réelle de l'auteur est présente et déformée à la fois dans le récit de fiction. Le roman raconte des expériences personnelles, mais ce sont des expériences imaginaires. Il suit le parcours d'un individu qui tend à se libérer des traditions dogmatiques ; cependant le personnage n'explore pas le monde réel : il découvre des mondes possibles.

Toutes les propositions cosmologiques et physiques engagées dans le roman sont traitées sur un mode ironique, ou franchement comique. Elles en perdent leur certitude, mais non pas leur intérêt. La valeur de la pensée, pour Cyrano, n'est pas affaire de certitude ; elle réside dans le désir de connaître, dans la puissance d'imaginer, et dans la conscience des limites du savoir. Le roman ne reprend pas seulement des principes hétérodoxes, il s'attache surtout à déstabiliser tout énoncé de vérité. Cyrano ne diffuse pas de doctrine, mais il retraite les éléments du discours philosophique, ses concepts, ses mythes et ses symboles ; il en exploite la force polémique ; il les entraîne dans le jeu d'une ironie multiforme, qui peut être aussi bien parodique, satirique, offensive, bouffonne, burlesque ou émerveillée. Aucun principe philosophique ou scientifique n'échappe au mouvement ironique qui conduit la narration ; aucun motif narratif, si comique soit-il, n'est dénué de poids philosophique.

## Le voyage : un autre « Nouveau Monde »

Le premier volet du roman de Cyrano était intitulé *L'Autre Monde* : l'expression suggère l'ouverture des possibles cosmologiques, tout en ironisant sur « l'autre monde » chrétien ; elle rappelle aussi les « nouveaux mondes » récemment explorés par les voyageurs lointains.

Le motif du voyage est présent dès le titre, qui fait allusion à un ouvrage de géographie célèbre en son temps, *Les États, empires, royaumes et principautés du monde*, de Pierre Davity (1625). Il fournit aussi la trame du roman : des environs de Toulouse jusqu'aux contrées lointaines de l'astre solaire, le narrateur-personnage (appelons-le le Narrateur) ne cesse de voyager.

Voyager, c'est se donner les moyens de renouveler la connaissance du monde par une expérience directe. Les pensées « libertines » du temps de Cyrano se nourrissent du souvenir encore vif des grandes explorations maritimes et de la découverte du Nouveau Monde : on n'a pas oublié que l'existence des antipodes avait été niée pendant des siècles par les savants et les théologiens, parce qu'elle contredisait la double tradition dogmatique de la Bible et de la scolastique ; on se rappelle encore que l'existence d'un continent inconnu paraissait inconcevable, jusqu'à ce que les progrès de la navigation aient fait apparaître son incontestable réalité. Ces deux exemples, constamment cités par les penseurs novateurs du temps de Cyrano, invitent à imaginer qu'au-delà des espaces terrestres d'autres mondes pourraient s'offrir à d'autres formes de vie [1]. Plus largement, ils rappellent que le champ des possibles est infiniment plus ouvert qu'on ne le croit. Ils montrent que l'impossible peut devenir possible.

---

1. C'est ainsi que raisonnent Francis Godwin (*L'Homme dans la Lune*, 1638, trad. fr. 1648), John Wilkins (*Le Monde dans la Lune*, 1638, trad. fr. 1655), Pierre Borel (*Discours nouveau prouvant la pluralité des mondes*, 1657), et tous ceux qui proposent à l'époque de Cyrano l'hypothèse d'autres mondes habités.

Ils conduisent aussi à porter sur le monde connu un regard nouveau. Les récits de voyage, qui se multiplient depuis le XVe siècle, ont décrit des sociétés qui semblaient inimaginables. Ils ont montré la diversité des coutumes et des croyances à travers le monde ; ils ont contribué à remettre en cause l'idée d'une nature humaine universelle ; ils ont même jeté le doute sur la supériorité de l'Occident chrétien. Le voyage invite à considérer les sociétés les plus familières avec la distance qui permet de les juger et d'imaginer leur transformation. Cette possibilité a très vite été transposée dans la fiction narrative. C'est le principe de l'utopie depuis l'*Utopia* de Thomas More (1516) : puisqu'on peut concevoir d'autres univers sociaux, rien n'interdit d'imaginer la transformation des sociétés connues. Le roman de Cyrano ne propose pas de système social alternatif, mais il fait place à cette virtualité. Au cours de ses pérégrinations, le Narrateur rencontre à la fois des caricatures des sociétés de son temps et des projections utopiques d'un monde plus juste. Ainsi, sur le Soleil, le Narrateur découvre le pays des Oiseaux : les Oiseaux, comme les hommes, ont peur des créatures étrangères et les jettent en prison pour soulager leur angoisse. Mais leur législation inverse les lois connues dans les sociétés humaines : les Oiseaux élisent comme roi non pas un aigle, mais la plus douce des colombes, et ils haïssent la guerre. Cyrano emprunte encore un schéma caractéristique des relations de voyage : la représentation des sociétés occidentales à travers le regard naïf de peuples lointains. On lira donc dans *Les États et Empires* le point de vue des Oiseaux sur le monde des hommes. C'est le plus virulent des réquisitoires contre l'oppression familiale, politique, sociale et religieuse. Les hommes, disent les Oiseaux, sont « si enclins à la servitude, que de peur de manquer à servir, ils se vendent les uns aux autres leur liberté. C'est ainsi que les jeunes sont esclaves des vieux, les pauvres des riches, les Paysans des Gentilshommes, les Princes des Monarques, et les Monarques mêmes des Lois qu'ils ont établies. Mais avec tout cela ces pauvres serfs ont si peur de manquer de maîtres, que comme s'ils appréhendaient que la liberté ne leur vînt de quelque endroit non attendu, ils se forgent des Dieux de toute part [...] ». Les Oiseaux présentent donc les dieux comme des créatures imaginaires inventées par les hommes par peur de leur propre liberté. Le refus véhément de tout asservissement culmine dans cet athéisme radical.

Mais les Oiseaux ne condamnent pas seulement la société humaine. Ils vont jusqu'à contester la supériorité de l'homme sur les animaux, et la singularité de l'espèce humaine dans le règne naturel. Pour eux, l'homme n'est qu'un animal, plus faible et plus méchant que bien d'autres. Ils sont d'ailleurs doués de la parole, ce privilège des hommes. Ce n'est pas une simple fantaisie plaisante. Le récit biblique de la Genèse, qui établit la place prépondérante de l'homme dans la nature et sa domination sur toutes les créatures, a valeur de dogme à l'époque de Cyrano. Pour la théologie chrétienne, il est fondamental de pouvoir distinguer avec la plus grande netteté l'âme immortelle propre à l'homme et les réactions instinctives des animaux. Contester cette distinction, c'est déjà mettre en doute la nature spirituelle de l'homme et l'immortalité de son âme, qui sont les bases de toute pensée chrétienne. De plus, dans les années 1640, la réflexion sur les rapports entre l'homme et l'animal a connu un regain d'actualité avec les débats entre Descartes et le philosophe épicurien Gassendi. Dans la philosophie de Descartes, la définition du sujet par l'expérience du *cogito* conduit à un partage rigoureux entre la pensée humaine et les réactions « mécaniques » des animaux. Gassendi, au contraire, soutient que les forces intellectuelles de l'homme, toujours sujettes à l'erreur et à l'illusion, ne le distinguent pas de manière absolue des autres êtres vivants. Sur ce point, Cyrano se range résolument du côté de Gassendi : l'idée d'une animalité de l'homme soutient plus efficacement son athéisme virulent ; elle s'intègre surtout, on va le voir, dans une perspective générale qui tend à nier les frontières entre la matière et la pensée.

## L'ENVOL VERS LA LUMIÈRE

Le voyage raconté dans *Les États et Empires* est un envol vers le ciel et vers la lumière. Comme le voyage, l'envol est d'abord une figure de l'émancipation. L'ascension du Narrateur reproduit le trajet du philosophe Épicure, tel que l'a représenté Lucrèce dans un texte célèbre où l'on voit Épicure s'élever au ciel par la puissance de sa pensée, pour libérer les hommes de la superstition[1]. Chez Lucrèce comme chez Cyrano, le motif renvoie aussi au mythe de Prométhée, héros monté au ciel pour dérober le feu aux dieux et l'apporter aux hommes. Il s'agit donc d'un schéma philosophique qui se présente comme un récit et comme une allégorie. Cyrano le reprend en jouant sur plusieurs interprétations possibles.

À l'époque de Cyrano, cette ascension de l'esprit libéré évoque d'abord les avancées de la science moderne, dont l'astronomie est le fer de lance. Copernic ou Galilée ont « approché » les cieux en renouvelant la description de la mécanique astrale. En utilisant le télescope qui vient d'être inventé, Galilée a vu les astres de plus près que quiconque avant lui : « [...] et c'est une vision magnifique et plaisante que celle du globe de la Lune, éloigné de nous d'environ soixante rayons terrestres, et vu néanmoins d'aussi près que s'il n'était distant que de deux de ces unités de longueur[2]. » Désormais les cieux ne sont plus relégués dans un monde inaccessible. Plus encore, l'astronomie récente a montré la continuité entre la matière terrestre et la matière céleste, que la tradition universitaire tenait pour radicalement hétérogènes. Cyrano engage dans la trame de son récit les propositions de l'astronomie nouvelle, qui sont encore interdites par l'Église et par l'Université. L'univers que le Narrateur parcourt est infini, la matière est homogène, et la Terre tourne autour du Soleil. Le Narrateur accomplit le pro-

1. Voir le Dossier, doc. 21.
2. Galilée, *Le Messager des étoiles*, 1613, cité par A. Koyré, *Du monde clos à l'univers infini*, Gallimard, « Tel », 1973, p. 116.

gramme posé par Galilée pour la science : « En portant haut les regards, on se distingue ; on les élève en les fixant sur le grand livre de la nature, dont la philosophie fait son objet[1]. » En montant vers le Soleil, le Narrateur « vérifie » de ses yeux la plupart des observations fondatrices de Galilée : les phases de Vénus, les satellites des planètes, la rotation de la Terre ; il monte même sur une de ces « macules » ou *taches* du Soleil que Galilée a remarquées à la surface de l'astre solaire. Leur portée scientifique et métaphysique est particulièrement décisive : en les analysant comme des agrégats de matière en cours de dissolution, Galilée a pu établir contre toute la tradition que la matière céleste n'est pas plus inaltérable que celle de la Terre ; c'est l'image même de la perfection divine qui est atteinte. Cyrano profite donc du récit de l'ascension vers le Soleil pour énumérer l'ensemble des observations fondatrices de Galilée, dans un mouvement progressif qui culmine avec la « macule[2] ». Ainsi, l'ascension du Narrateur figure l'avancée de la compréhension scientifique du monde par l'observation des phénomènes.

Mais la montée vers les hauteurs solaires peut aussi se comprendre dans un autre contexte intellectuel. Dans le mouvement ironique du récit de Cyrano, chaque motif narratif renvoie en même temps à des perspectives distinctes et même divergentes. Ainsi, lorsque la machine du Narrateur défaille et menace de le laisser retomber dans les airs, au milieu de son ascension, le Soleil, appelé « notre Père commun », lui vient directement en aide. Dans son envol, le Narrateur utilise donc des forces cosmiques, une « énergique vertu » qui émane des astres. Le récit engage alors une autre représentation du monde ; il suppose un univers traversé par des flux d'énergie, dont l'homme peut se rendre maître pour accomplir sa propre libération.

1. Galilée, Épître dédicatoire du *Dialogue sur les deux grands systèmes du monde* [1632], Seuil, « Points », 1992, p. 87.
2. La série des observations de Galilée est presque complète ; il n'y manque que les remarques sur la Voie lactée, dont Cyrano reprend cependant l'implication majeure : la remise en cause de la finitude du monde.

Cette conception est déconcertante pour le lecteur moderne, mais il faut se garder d'y voir des fantaisies ineptes ou des racontars de vieille. Les spéculations sur l'unité vivante du cosmos et l'énergie des choses ont tenu une place considérable dans la philosophie du XVIe et du début du XVIIe siècle ; elles ont accompagné et soutenu l'essor de la science moderne.

## Savoirs et fictions

La grande révolution épistémologique de l'Occident moderne s'engage autour de 1630, lorsque Galilée postule que le livre de l'univers « est écrit en langue mathématique [1] ». Désormais la science ne résidera plus dans la description empirique des choses, mais dans la construction d'un modèle mathématique des phénomènes, soumis à une vérification expérimentale. La nature sera étudiée comme une mécanique. Ce modèle mathématique ne s'impose pas en un jour ; il s'étend lentement, entre le XVIIe et le XIXe siècle, aux différentes sciences du monde naturel : physique, astronomie, plus tard chimie et biologie. Jusque-là, les chercheurs qui s'efforcent de dépasser les descriptions traditionnelles du monde par une attention plus fine à la réalité des choses naturelles n'ont pas d'autre choix que de tâtonner à partir de manipulations imparfaites et d'hypothèses invérifiables.

Les savants « novateurs » de la Renaissance récusent le dogmatisme figé des savoirs scolastiques. Ils revendiquent l'observation minutieuse des phénomènes de la nature, dans une perspective que l'on peut dire « naturaliste ». Mais pour encadrer leur enquête, ils ont besoin de modèles d'interprétation alternatifs. Ils les puisent avant tout chez les philosophes de l'Antiquité que la tradition scolastique a négligés. Les systèmes de Pythagore, d'Épicure ou des stoïciens leur semblent fondés sur l'expérience directe beaucoup plus que les enseignements sclérosés des universités. De plus, par

1. L'expression figure d'abord dans *L'Essayeur*, qui date de 1623. Elle est reprise dans une lettre à Liceti de 1641.

leur variété même, ils encouragent à imaginer sous une forme nouvelle la structure de l'univers. Ainsi, certains philosophes grecs ont soutenu que le monde était infini, dans le temps et dans l'espace ; pour Pythagore, le monde est agité par une continuelle métamorphose, et la Terre tourne autour du Soleil ; selon les stoïciens, le monde est parcouru par un souffle divin et les choses sont unies par une « sympathie » universelle ; pour Lucrèce et les épicuriens, l'univers est constitué d'atomes en mouvement d'où naissent des conglomérats aléatoires ; pour Empédocle, c'est l'amour qui constitue la force motrice du monde… Ainsi, les sciences de la Renaissance, qui sont aussi des métaphysiques, assemblent et recomposent des éléments de mythes cosmologiques et cosmogoniques issus des philosophies antiques. Lorsque Copernic avance en 1543 la thèse de la rotation de la Terre, son argument décisif n'est pas mathématique : c'est l'idée métaphysique que le cosmos est nécessairement organisé comme un système harmonique, avec en son centre la lumière du Soleil[1]. Copernic présente le Soleil comme « l'âme du monde », principe vivant et actif, suivant une conception issue du *Timée* de Platon. Il se réclame aussi de Pythagore, qui passait pour avoir soutenu le principe héliocentrique. Il cite même Hermès Trismégiste, l'auteur supposé du corpus des textes « hermétiques ».

Le Corpus hermétique est un ensemble d'écrits philosophiques et mystiques rédigés dans les premiers siècles de l'ère chrétienne, progressivement réunis et agglomérés à des traités d'alchimie, d'astrologie ou de magie. Au XVI^e^ siècle, il est considéré à tort comme le plus ancien des ouvrages antiques, comme une révélation des origines du monde accordée à un « mage », Hermès Trismégiste (en grec : « trois fois grand »). L'ensemble du corpus développe une conception de l'univers fondée sur des liens de correspondance occulte, de sympathie ou d'analogie entre les choses, entre l'homme (« microcosme ») et le cosmos

1. Voir les remarques de A. Koyré dans son édition de Copernic, *Des Révolutions des orbes célestes*, Diderot, « Pergame », 1998.

(« macrocosme »), entre le « haut » et le « bas » : « Ce qui est en bas est comme ce qui est en haut, et ce qui est en haut est comme ce qui est en bas », proclame l'un des plus célèbres de ces textes. Ces doctrines n'étaient pas inconnues du Moyen Âge ; mais elles gagnent à la Renaissance une audience nouvelle. C'est le philosophe néoplatonicien Marsile Ficin qui a traduit en 1471 les textes du Corpus, et le platonisme de la Renaissance est pénétré d'éléments hermétiques. La fusion de l'hermétisme et du néoplatonisme confère une dignité philosophique aux pratiques anciennes et secrètes de l'alchimie, de l'astrologie, de la magie ; elle leur fournit aussi un substrat théorique, en justifiant par exemple qu'on puisse capter le pouvoir d'une planète (Vénus, Jupiter) en utilisant des plantes, des pierres, des images, qui ont avec elle une relation d'affinité. Mais, en tout cas jusqu'à Galilée, l'hermétisme n'intéresse pas moins les tenants de la science nouvelle, qui l'utilisent, au même titre que les fictions philosophiques antiques, dans leur combat contre l'aristotélisme universitaire. Ainsi, les écrits de Kepler, qui mêlent l'astrologie à l'astronomie, sont nourris d'hermétisme platonisant. Jusqu'au cœur du XVIIe siècle, la science s'accompagne non seulement des fictions cosmologiques de l'Antiquité, mais aussi de cette pensée hermétique et « magique » qui soutient, qui encourage et qui encadre les recherches en physique, en astronomie, en (al)chimie, en médecine.

Les doctrines alchimiques, astrologiques, hermétiques peuvent être réunies sous l'appellation commune de « pensées magiques ». Mais l'expression est plus qu'ambiguë et appelle des précisions importantes. Dans leur ensemble, ces pensées ne sont pas guidées par la quête du surnaturel ; elles participent au contraire de l'enquête sur les lois propres de la nature. Elles récusent avec force la croyance au miracle, et tendent à réduire les phénomènes les plus surprenants à une interprétation strictement naturelle. Le médecin alchimiste Paracelse, le penseur magique Corneille Agrippa ne cessent de le répéter : l'étonnement devant les prodiges ne doit pas conduire à une contemplation béate de la toute-puissance de Dieu, mais à la compréhension des lois de la nature, qui permet leur maîtrise et assure la puissance de l'homme. Les penseurs magiques effacent ainsi la distinction entre la nature humaine et la surnature divine. Même s'ils se présentent parfois comme des « mages chrétiens », ils sont très vite condamnés comme hérétiques par les autorités de l'Église. Pis encore, ils refusent l'opposition entre matière et esprit qui est au fondement de la théologie chrétienne. Pour les pensées magiques, la matière est animée par la force de l'esprit ; la pensée ne repose pas sur la mise à distance des phénomènes matériels, mais sur la participation à ces courants de force qui traversent le monde. La distinction matière/esprit est donc gommée par la notion centrale d'énergie ou de puissance active.

Lorsque Cyrano combine aux motifs de la science galiléenne des principes magico-hermétiques, il ne faut pas croire qu'il s'abandonne au délire. Son récit met en jeu toutes les propositions des sciences « nouvelles » ; il explore en même temps les deux voies ouvertes aux savants de son temps, et qui sont en train de se séparer : d'un côté, la construction d'un modèle mathématique pour une nature mécanisée, dont Galilée et Descartes sont les promoteurs ; de l'autre, les fictions philosophiques d'un monde traversé par des énergies secrètes, qui appartiennent aux courants de la pensée magique et qui empruntent à différentes philosophies antiques. Les prodiges dont rêve la pensée magique sont même représentés dans le récit de Cyrano comme des expériences du Narrateur, à la fois fascinantes, merveilleuses et bouffonnes. Il est exclu de restituer ici l'ensemble du contexte convoqué par Cyrano ; on donnera seulement quelques premiers repères, par de brefs coups de sonde dans le foisonnement du roman.

## LES ÉNERGIES DE LA MATIÈRE

La machine construite par le Narrateur pour s'élever vers le Soleil fonctionne, sur un plan strictement technique et mécanique, par l'utilisation du rayonnement solaire et par les lois de la dilatation de l'air. Mais elle s'inscrit en même temps dans un schéma du monde proposé par un dialogue de Platon, le *Timée*. La machine est en effet composée d'un cube surmonté d'un icosaèdre, c'est-à-dire d'un polyèdre à vingt faces. La mention de cette figure géométrique ne s'explique qu'en référence au *Timée*, où Platon postule que l'ordre du monde repose sur l'harmonie de quatre éléments constitutifs (eau, terre, feu, air) qui correspondent chacun à une figure géométrique : l'icosaèdre est la figure de l'eau, le cube est celle de la terre. Ainsi, le Narrateur exploite les pouvoirs du feu et de l'air à partir d'une machine qui figure la terre et l'eau. L'instrument ne fonctionne donc pas seulement par les lois mécaniques ; son efficacité vient aussi du fait qu'il accomplit l'harmonie des éléments fondamentaux de l'univers.

Il est impossible, le plus souvent, de déterminer quels textes Cyrano a pu avoir entre les mains : les mêmes notions circulent et reviennent d'un auteur à l'autre, sans même parler des recueils de « lieux communs » et des résumés pédagogiques qui foisonnent au début du XVIIe siècle. Rien n'indique que Cyrano ait lu le *Timée* ; mais il a pu rencontrer l'idée de ces figures élémentaires dans de nombreux ouvrages de philosophie hermétique ou alchimique qui reprennent et exposent ces principes.

Le dialogue du *Timée* présente l'univers comme un être vivant. Il a nourri à la Renaissance les spéculations sur les liens de correspondance entre le cosmos et l'homme, aux frontières de la philosophie et de la pensée hermético-magique. Pour Marsile Ficin, philosophe néoplatonicien et hermétiste, le monde est un être vivant, pourvu d'une âme par laquelle il communique avec l'âme humaine ; ces âmes exercent l'une et l'autre une attraction cosmique réciproque, qui est appelée « désir » ou « amour ». « C'est par lui [l'amour] que les étoiles diffusent leur lumière dans les éléments, par lui que le feu, en communiquant sa chaleur, met l'air en mouvement, par lui que l'air agite l'eau et que l'eau meut la terre. Inversement la terre attire l'eau, l'eau l'air, l'air le feu. C'est aussi parce qu'elles désirent répandre leurs graines que les herbes et les plantes engendrent des plantes qui leur sont semblables. Il en est de même des animaux et des hommes qui sont portés par les attraits de ce même désir à engendrer leur postérité [1]. » Le cosmos est animé par une énergie vivante, *amour* ou *désir*, qui assemble les choses entre elles, les hommes entre eux, les hommes avec les astres et les astres avec les hommes. Dans ce cadre, le rayonnement solaire n'est pas un phénomène mécanique mais une énergie vivante. C'est à travers ce néoplatonisme hermétique qu'il faut comprendre, dans *Les États et Empires du Soleil*, l'appel du Narrateur à la bienveillance paternelle du Soleil qui guide son ascension par son « influence » astrale.

Plus encore, le Narrateur répond à l'« attraction » qu'exerce le Soleil-père par la force de son *imagination* « attachée » au Soleil, et par la puissance active de sa *volonté*, qui « lancent » son corps « vers la chose qu'il aspirait d'embrasser ». Cette présentation renvoie à une théorie magique de l'imagination, que développent par exemple le « mage » Corneille Agrippa ou le médecin alchimiste Paracelse. Selon Paracelse, les forces du cosmos et celles de l'homme collaborent dans un jeu d'« influences » réciproques ; le cosmos et l'homme sont l'un et l'autre dotés d'une puissance appelée « imagination », par laquelle ils peuvent non seulement « fabuler » des métamorphoses, mais les produire réellement. Ainsi, l'âme humaine reçoit les influences astrales lorsqu'elle « fabule » (*fabuliert*) les songes du sommeil ou de la veille ; en retour, elle engage l'âme du monde à réaliser les créatures nées de

1. M. Ficin, *Commentaire sur le Banquet de Platon*, Les Belles Lettres, 1978, p. 161.

son imagination : « l'Âme du monde *imagine* (*imaginiert*) tout ce que l'homme peut réaliser, faire ou entreprendre de nouveau et d'inouï », et elle le produit[1]. L'imagination, force humaine et cosmique à la fois, peut commander aux astres, infléchir le cours des choses, et produire des êtres nouveaux. Cependant, pour Paracelse, elle reste une puissance *naturelle*. Elle permet de comprendre des faits étranges comme les songes prophétiques ou les apparitions spectrales (dont la réalité ne fait pour lui aucun doute), sans recourir au surnaturel et sans faire intervenir la notion de miracle.

Ainsi, dans *Les États et Empires*, les rayons du Soleil n'exercent pas seulement une action *mécanique* pour propulser la machine, mais aussi une influence *astrologique* qui s'inscrit dans un mouvement du *désir*, une « aspiration » réciproque entre l'homme et le cosmos, par la force d'une *imagination magique*. Le roman attribue aussi au Soleil une action de type *alchimique*. Avant de parvenir jusqu'à l'astre lui-même, le Narrateur aborde une des « macules » du Soleil étudiées par Galilée. Cyrano emprunte à la science galiléenne le concept image de la « tache sur le Soleil » ; il joue sur ses implications majeures, la mobilité et la corruptibilité de la matière céleste, démontrées par Galilée ; mais il les fait dévier dans un sens inattendu. Le Narrateur rencontre en effet sur la « macule » un petit homme qui lui présente tout un exposé cosmogonique : il explique que la macule est le fruit d'une « coction » ou cuisson opérée par le Soleil, pour « séparer » les corps contraires, la terre et l'eau ; une série d'autres « coctions » engendre la naissance des végétaux, puis des créatures sensibles, et enfin des hommes eux-mêmes. L'action du Soleil est donc figurée comme l'un de ces processus de transmutation que les alchimistes tentent d'effectuer par des opérations de distillation, de « coction », de « séparation ». Plus encore, cette représentation alchimique de l'action du Soleil introduit à l'idée d'une continuité entre le minéral, le végétal, l'animal et

1. Cité (en allemand) par A. Koyré, *Paracelse*, Allia, 1997, p. 33.

l'humain. Ce ne sont que des étapes distinctes dans un même processus qui part de la chaleur solaire pour conduire jusqu'à la formation de l'homme, créature aussi matérielle que le minéral, comme le minéral est aussi vivant que l'homme.

Dans *Les États et Empires du Soleil*, l'idée d'une efficience magique de l'imagination converge avec le principe d'un univers matériel mais animé, en continuelle transformation, où le minéral, le végétal, l'animal et l'humain ne cessent de basculer l'un dans l'autre. Le Narrateur croise sur le Soleil des êtres étranges qui se métamorphosent sous ses yeux par la force de leur imagination ; il rencontre par exemple un arbre fruitier lancé dans une suite frénétique de métamorphoses incongrues[1] : une grenade se détache pour prendre la figure d'un petit homme, l'arbre devient un peuple agité par une étrange danse, se transforme en colosse, puis en un merveilleux jeune homme ; la grenade peut aussi se faire oiseau, métal, fleuve ou pierre. Elle le raconte au Narrateur, car elle est douée de la parole. Elle est, dit-elle, l'un de ces êtres que les hommes appellent naïvement des « esprits », parce qu'ils ne peuvent admettre les virtualités prodigieuses de la matière. Mais la grenade est catégorique : elle n'est pas un être spirituel, ni surnaturel ; ses métamorphoses s'expliquent par des données strictement matérielles : la matière, près du Soleil, est plus mobile et plus fluide que sur la Terre, donc plus perméable à l'action de l'imagination qui « l'arrange comme elle veut ». Pour le Narrateur, c'est une démonstration en acte des transformations dont la matière est capable. Ainsi la conception selon laquelle l'imagination engendre des métamorphoses réelles, se combine-t-elle avec le principe d'une régénération continuelle de l'univers, qui entraîne l'ensemble des êtres et des choses dans un même flux vivant. Ce principe, qu'on attribue à Pythagore, fonde aussi les variations poétiques des *Métamorphoses* d'Ovide. Cyrano ne connaît sans doute Platon,

1. Cet épisode autorise différentes interprétations allégoriques, notamment en termes politiques.

Ficin ou Paracelse que par des voies détournées. Il est clair en revanche qu'il a lu directement les *Métamorphoses*.

## Désir et plaisir

Le Narrateur rencontre encore sur le Soleil des arbres parlants qui racontent leur version de l'histoire du monde. C'est une récriture comique et exaltée des *Métamorphoses* d'Ovide. Si l'on suit le récit de l'arbre narrateur, l'histoire du monde est celle d'un désir érotique qui s'étend jusqu'à franchir toute barrière morale et toute limite concrète. Tout part de deux amis célèbres dans la mythologie, Oreste et Pylade, qui sont ici présentés comme des amants. Ils meurent enlacés l'un à l'autre ; la pourriture de leurs corps embrassés féconde la terre et produit des fruits. Ces « pommes » font naître un amour passionné chez tous ceux qui les mangent ; ainsi s'explique, selon l'arbre narrateur, une bonne part des événements rapportés par Ovide et par la mythologie ancienne. Pour avoir mangé de ces pommes, une jeune fille, Mirra, épouse son père, Pasiphaé s'unit à un taureau, Pygmalion à une statue, la jeune Iphis devient homme, Narcisse s'éprend de lui-même, Hermaphrodite et Salmacis se fondent dans un être au sexe double ; Artaxerce enfin se passionne pour un platane, et le feu de ses cendres monte jusqu'au Soleil. Les limites de l'humanité se perdent jusqu'à la fusion d'homme à femme, d'homme à animal, d'homme à végétal, de l'homme enfin au feu du Soleil.

Ces arbres, dotés de la parole comme les oiseaux et la grenade, représentent par eux-mêmes l'unité du monde vivant, animée par la force d'un désir, qui est cette fois précisément érotique. Les arbres sont les instruments d'une sexualisation générale de la matière vivante ; ils abritent les oiseaux dont ils cachent les amours ; au printemps, ils étendent leurs rameaux et, racontent-ils, « la Terre, comme si chacun de nos rameaux était un…, elle s'en approche pour s'y joindre ; et nos rameaux, transportés de plaisir, se déchargent, dans son giron, de la semence qu'elle brûle de concevoir ». Le désir mène au plaisir des sens qui atteint jusqu'aux arbres, jusqu'à la Terre même. Le vitalisme et l'animisme de la pensée magique conduisent à une fantasmagorie érotique étendue au cosmos entier.

Ainsi Cyrano infléchit-il la conception néoplatonicienne de l'« amour » et la pensée magique de l'« attraction » cosmique en leur donnant pour fin le plaisir des sens. En fait, dès le début du roman, le plaisir était posé comme but et comme moyen de l'action humaine. Avant son envol vers le Soleil, lorsque le Narrateur était poursuivi par les parlementaires de Toulouse, il ne cherchait pas autre chose qu'à jouir avec ses amis des plaisirs des sens et de l'intelligence. Lorsqu'il commence à s'élever au-dessus de la Terre, c'est un plaisir sensuel qui l'emporte : installé dans sa machine, il s'abandonne aux plaisirs de la vue, « admir[ant] avec extase la beauté d'un coloris si mélangé », et ressent une « émotion des entrailles ». La libération de la pensée ne va pas sans le plaisir des sens ; leur convergence se marque dans l'« extase » ou l'« enthousiasme » qui permettent au Narrateur d'être porté « au-delà de lui-même », de réaliser un projet qui est dit pourtant « hors du pouvoir humain ».

Dans l'idée d'une double libération par la pensée et les plaisirs, les hommes du XVIIe siècle reconnaissent aussitôt la pensée d'Épicure, transmise par le *De rerum natura* (*De la nature*) de Lucrèce. Ce poème philosophique, athée, matérialiste et hédoniste, est au principe de toute la pensée libertine du temps. C'est une lecture fondatrice pour Cyrano ; l'inspiration du *De rerum natura* parcourt tout son roman. Le poème de Lucrèce affirme que les dieux sont absents du monde et que l'homme doit gagner par lui-même, par la force de sa pensée et de son désir, la place qu'ils laissent vide. Il propose une théorie physique selon laquelle le monde est strictement matériel ; tout événement s'explique par les mouvements et les combinaisons aléatoires de petits « corpuscules » ou « atomes » de matière. Il construit aussi une pensée morale qui pose le plaisir pour but de l'existence. Dans un texte célèbre, Lucrèce évoque l'élan du désir érotique qui court à travers toute la nature, qui féconde et perpétue la vie[1].

Cyrano reprend à Lucrèce la physique atomiste et la morale du plaisir. Plus encore qu'épicurien, Cyrano est « lucrétien ». Il connaît l'œuvre de son contemporain Gassendi, qui se donnait pour but de faire connaître et revivre la pensée d'Épicure ; mais Gassendi s'efforçait de rendre l'épicurisme compatible avec le christianisme, et acceptable pour un large public : il en donnait une version modérée et tempérée. Cyrano au contraire puise directement dans le poème de Lucrèce ce qu'il a de plus virulent : l'exigence radicale d'une double libération de la pensée et des sens, un matérialisme polémique et un athéisme sans concession.

Lucrèce ne se contente pas de gommer la frontière entre esprit et matière, comme le font les pensées magiques. Il propose un schéma du monde rigoureusement matérialiste, où l'esprit n'a aucune place. Il ne montre aucune indulgence pour les courants magiques ou astrologiques de son temps ; la force du désir ne s'étend pas pour lui aux choses ni aux astres, et sa théorie « atomiste » de la matière n'autorise aucune métamorphose magique. L'épicurisme de Lucrèce et la pensée magique ont cependant deux points communs : l'un et l'autre mettent au premier plan l'énergie du désir ; l'un et l'autre récusent tout ordre spirituel autonome, indépendant de la matière. Dans le récit des arbres, Cyrano fait converger désir magique et désir épicurien ; il reprend à la pensée magique l'extension de la vie jusqu'au minéral et au monde astral ; il reprend à Lucrèce le principe d'une nature traversée par le désir érotique. Il décrit ainsi un mouvement de sexualisation générale de la matière vivante qui conduit vers l'assomption cosmique du plaisir des sens.

Cette convergence n'est pas due au hasard. Dans la prolifération des références qui font éclater le récit de Cyrano, il est possible à présent de distinguer au moins

1. Voir le Dossier, p. 250.

deux propositions stables : Cyrano refuse aussi nettement que possible toute distinction entre la matière et l'esprit ; il fonde l'organisation du monde sur l'énergie et le désir, qui effacent ce clivage ; et il emprunte à toutes les pensées qui peuvent soutenir ce propos : les philosophies hermétiques, alchimiques, astrologiques, néoplatoniciennes ; mais l'exaltation du désir érotique et l'idée d'une structure corpusculaire ou atomique de la matière sont d'abord puisées chez Lucrèce. La combinaison de l'épicurisme et des pensées magiques n'est d'ailleurs pas propre à Cyrano ; elle se rencontre souvent chez les néoplatoniciens de la Renaissance, et surtout dans l'œuvre multiforme de Giordano Bruno, œuvre philosophique et poétique d'une virulence inouïe, qui présente la pensée comme un essor vers l'infini, qui exalte le désir sous toutes ses formes en empruntant à l'hermétisme magique aussi bien qu'au matérialisme athée, et qui intègre l'exercice de l'ironie dans le champ de la philosophie[1].

Lorsque Cyrano écrit son récit, Bruno est mort depuis cinquante ans, grillé sur le bûcher. Ce n'est pas tout : au cours de ce demi-siècle, les principes de la pensée magique ont été progressivement battus en brèche par les développements de la science mathématisée, mécaniste et expérimentale. L'idée d'une pensée-énergie, qui en elle-même n'est pas plus absurde que la scission radicale du sujet pensant et de la nature mécanisée, se révèle assurément beaucoup moins efficace pour la maîtrise intellectuelle et technique des phénomènes. Lentement, en ce début du XVII^e^ siècle, la prétention des pensées magiques à une action efficiente s'enferre dans le ridicule. Plus encore, la pensée magique, qui récusait la frontière entre l'esprit et la matière, et qui tendait vers une libération par la connaissance de la nature, se trouve rejetée dans le spiritualisme béat et la nostalgie d'un passé mythique. Elle s'y noie encore de nos jours. C'est dans un autre ordre philosophique, dans le matérialisme vitaliste du XVIII^e^ siècle, et notamment chez Diderot, qu'on retrou-

1. Voir le Dossier, doc. 26.

vera le projet libérateur et la négation du dualisme matière/esprit qui faisaient la force des pensées magiques jusqu'au début du XVIIe siècle.

Pourquoi le récit de Cyrano emprunte-t-il si massivement, fût-ce sous forme ironique, à des philosophies dont la date de péremption est déjà dépassée ? Cyrano n'est sans doute pas disposé à abandonner trop vite des philosophies qui reposent sur l'énergie du désir, qui nient la distinction entre matière et esprit, et qui œuvrent aux limites de l'imagination poétique et de la pensée philosophique. Il poursuit l'entreprise de Giordano Bruno, jusque dans l'ironie avec laquelle il fait place aux pensées magiques. En ce sens, il faut sans doute situer *Les États et Empires* dans une histoire des philosophies du désir comme énergie matérielle, qui part de Lucrèce, passe par Giordano Bruno et se poursuit au moins jusqu'à Diderot[1]. Ces philosophies sont aussi des écritures, narratives, poétiques et souvent ironiques. Elles ont rencontré la pensée magique l'espace d'un ou deux siècles, au temps de l'efflorescence de l'hermétisme, jusqu'à l'époque de Cyrano. Mais cette inflexion magique, qui est absente chez Lucrèce comme chez Diderot, ne leur est pas essentielle. Les doctrines magiques fournissent à Cyrano un cadre fascinant, mais déjà dérisoire, pour penser la puissance du désir.

## Campanella rencontre Descartes

Cyrano n'ignore nullement l'échec programmé des pensées magiques. Son récit travaille précisément sur la frontière entre les deux voies divergentes de la science nouvelle. Il les met en scène l'une et l'autre, et il représente leur scission. L'ensemble du roman se dirige vers cet événement surprenant, raconté dans les dernières pages : Campanella, philosophe de la sensibilité des pierres, attend Descartes, philosophe de la

1. Voir le Dossier, doc. 12 ; et O. Bloch, *Matière à histoires*, Vrin, 1997.

nature mécanisée. Descartes arrive à peine que le récit s'interrompt, inachevé.

Le Narrateur du roman rencontre sur le Soleil un philosophe nommé Campanella. Le nom, oublié de nos jours, était fort célèbre au temps de Cyrano. Le penseur italien Tommaso Campanella, mort à Paris en 1639, se présentait d'abord comme une remarquable figure d'opposition. Condamné à la fois pour hérésie et pour avoir fomenté en Calabre un soulèvement contre la puissance espagnole [1], il a passé presque trente ans derrière les barreaux. Dans ses écrits, Campanella développe avec acharnement l'exigence de la liberté de penser. Il a rédigé en prison une œuvre gigantesque, dans laquelle il tente de refonder sur des bases nouvelles l'ensemble des disciplines connues, théologie, métaphysique, médecine, astronomie, politique, poétique, logique, rhétorique, historiographie, physique, éthique, magie, etc. Chrétien résolu mais hérétique, Campanella considère que le christianisme doit encourager le développement des sciences au lieu d'y faire obstacle ; il pose même que « toute religion qui interdit à ses adeptes la recherche sur les choses naturelles doit pour cette raison être tenue pour suspecte de fausseté [2] ». Ce principe le conduit à s'intéresser de près aux travaux de la science nouvelle, et spécialement à Galilée, pour qui il a rédigé une *Apologie*. Mais Campanella est aussi, après Bruno, l'un des derniers représentants du « naturalisme magique » de la Renaissance. L'un de ses ouvrages majeurs, *De sensu rerum et magia*, développe l'idée d'une sensibilité universelle de la matière. Pour Campanella, l'univers est un animal

1. Contrairement à celui de Giordano Bruno, le nom de Campanella peut cependant être cité dans la France du XVII^e siècle sans attirer une censure immédiate. Campanella était certes hérétique, mais non pas athée comme Bruno. Au lieu de mourir sur le bûcher, il a su profiter à la fin de sa vie de la rivalité entre les pouvoirs censoriaux d'Europe. Il a reçu un accueil bienveillant dans la France de Louis XIII et de Richelieu, qui l'ont utilisé dans leur stratégie diplomatique contre Rome et contre l'Espagne.

2. T. Campanella, *Apologie de Galilée*, éd. M.-P. Lerner, Les Belles Lettres, p. 60.

vivant, gouverné par une « âme » ; les pierres, les métaux, la lumière, les étoiles, les arbres, les plantes, les animaux sont tous dotés de vie, de sensibilité, et même de sagesse. Le mage est celui qui reconnaît cette vie occulte et qui sait la capter. La magie est donc la plus haute forme de la religion et de la science. Ces postulats magiques sont aussi le substrat de l'œuvre politique de Campanella, où ils interfèrent étrangement avec les données de la diplomatie contemporaine. Son ouvrage le plus célèbre est une utopie, *La Cité du Soleil*, où il imagine une société fondée sur l'égalité et la justice, mais aussi sur la conformation à une harmonie astrale. Campanella établissait lui-même des prédictions astrologiques ; il se disait inspiré par un « démon » au sens grec, un esprit familier ; on racontait qu'il pouvait lire magiquement dans les pensées d'autrui.

Dans les dernières pages du roman de Cyrano, « Campanella » devine par une prescience magique l'arrivée d'un autre personnage, appelé « Monsieur Descartes ». À l'époque de Cyrano, Descartes (mort en 1650), jouit déjà d'une notoriété considérable. Il est tenu en France et à l'étranger pour l'auteur d'une pensée radicalement novatrice, qu'on appellera jusqu'au début du XVIIIe siècle « la nouvelle philosophie ». Sa renommée tient d'abord à son système du monde physique, plus encore qu'à son *Discours de la méthode* (1637) et aux *Méditations métaphysiques* (1641)[1]. Cyrano, comme l'ensemble de ses contemporains, s'intéresse avant tout à cette œuvre physique qui est aujourd'hui largement oubliée. Descartes, qui admet et développe les postulats de la cosmologie galiléenne, présente surtout une conception de la matière qui repose sur la notion de « corpuscules ». Selon lui, la matière est composée de particules en mouvement qui s'assemblent en « tourbillons » pour constituer les corps astraux. Ce système

---

1. Cyrano se réfère avant tout aux *Principes de philosophie* de 1644 ; la physique de Descartes est aussi exposée dans la *Dioptrique*, les *Météores*, et dans le *Traité du monde ou de la lumière* que Descartes a renoncé à publier en apprenant la condamnation de Galilée.

des « tourbillons » s'appuie sur des postulats incertains. Comme une grande part des travaux de physique et de chimie de ce temps, la physique de Descartes utilise des principes « corpusculaires » ou « atomistes » issus de la pensée épicurienne, qui sont invérifiables. En ce sens, Descartes est l'auteur d'une fiction du monde personnelle, comme Épicure ou Lucrèce, comme Pythagore, comme le Platon du *Timée*. Ses adversaires contemporains n'ont pas manqué de se moquer de ce « roman ». Cyrano admire au contraire la physique de Descartes, mais il semble la considérer lui-même comme une fiction du monde parmi d'autres ; il retient tout ce qui la rapproche de celle d'Épicure ou de Lucrèce ; il va même jusqu'à définir Descartes comme « épicurien[1] ». Si l'on s'en tient là, la rencontre de Campanella et de Descartes serait celle de deux systèmes du monde fictifs, distincts mais parallèles.

Descartes est aussi l'auteur d'une philosophie qui renouvelle en profondeur la conception du sujet pensant, et qui fournit les bases métaphysiques de la science nouvelle par une distinction radicale entre la pensée et la matière, identifiée à l'étendue spatiale. En ce sens, il s'oppose à l'ensemble des fictions du monde connues, et plus encore à toutes celles qui reposent sur l'unité du monde et du cosmos. Cyrano n'ignorait certainement pas cette nouveauté de la philosophie cartésienne. La confrontation finale entre les deux figures de Campanella et de Descartes ne peut être le fruit du hasard. Cyrano semble d'ailleurs admettre la nouveauté absolue de la pensée cartésienne, lorsqu'il écrit que ses principes « sont si simples et si naturels qu'étant supposés, il n'y en a aucun qui satisfasse plus nécessairement à toutes les apparences ». En ce sens, la rencontre inachevée de Descartes et de Campanella n'est pas celle de deux systèmes rivaux, mais de deux modes d'exercice de

1. Cette définition n'est évidemment pas exacte, mais elle est courante à l'époque et n'a rien d'absurde. Si l'on fait abstraction du reste de son œuvre, le système physique de Descartes peut effectivement être interprété dans un sens matérialiste : il explique les phénomènes des sensations, par exemple, par le mouvement des particules de matière.

la pensée « nouvelle », fondamentalement divergents. Campanella définit la science comme « participation » et communication à la vie des choses. À l'inverse, Descartes postule la scission radicale de la pensée et de la matière ; il établit l'exercice de la pensée dans la distance par rapport aux phénomènes. Campanella représente une philosophie « naturaliste », qui observe les phénomènes d'une manière empirique, et non expérimentale. Descartes, au contraire, exige l'établissement d'une procédure scientifique réglée. Pour Campanella, toutes les interprétations nouvelles sont valables par leur nouveauté même, par l'énergie intellectuelle dont elles font preuve. Descartes s'efforce en revanche de déterminer des critères de certitude absolue, à l'écart du dogmatisme, par la rigueur d'une « méthode ».

L'inachèvement du roman peut être lié à des raisons conjoncturelles ; mais il marque en même temps une impasse historique décisive. Dans le monde réel, Tommaso Campanella s'intéressait à toutes les hypothèses nouvelles, qui toutes manifestaient pour lui la puissance de la pensée humaine et la force de sa liberté. Il a écrit neuf lettres à Galilée, lui a consacré une *Apologie*, et s'est intéressé à Descartes. Mais Galilée n'a jamais répondu, et Descartes n'a pas souhaité rencontrer Campanella. Il n'avait ni sympathie ni indulgence pour la pensée magique du philosophe italien. Pour lui, la liberté d'inventer des fictions du monde n'est plus un but suffisant : mieux vaut encore s'en tenir à la tradition que s'abandonner sans méthode à des spéculations déraisonnables. Il écrivait, à propos justement du *De sensu rerum et magia* de Campanella : « Ceux qui s'égarent en affectant de suivre des chemins extraordinaires me semblent bien moins excusables que ceux qui ne faillent qu'en compagnie et en suivant les traces de beaucoup d'autres[1]. » Dans le roman de Cyrano, le personnage de Descartes n'aurait pu répondre aux avances amicales de Campanella que par la défiance, les sarcasmes et le mépris. Plus encore, il n'aurait pu

1. Descartes, Lettre à Huygens de mars 1638, *Œuvres*, éd. Adam-Tannery, t. II, p. 48.

manquer de réduire à néant tout ce récit tissé de références au naturalisme magique. Mais le roman s'arrête juste à temps : Descartes ne parle pas. Le roman bute sur cette limite que dessinait déjà l'ironie du récit : le foisonnement des fictions du monde, le rêve d'une participation à l'énergie des choses sont sur le point d'être exclus de l'ordre philosophique.

## LE MERVEILLEUX BURLESQUE

La fin de ce roman inachevé confirme donc ce que le cours du récit laissait déjà paraître. En confrontant les éléments de la philosophie au parcours d'une narration, Cyrano présente la pensée comme une énergie et une recherche, une incertitude et une perplexité. En nourrissant la trame narrative d'une prolifération d'images-concepts, d'une profusion de discours contradictoires et polyphoniques, et d'une basse continue ironique, il met en scène les pouvoirs et les limites de l'imagination.

Le Soleil et sa macule sont un espace où tout est possible. Les oiseaux, les arbres, les fruits parlent. Les grenades se métamorphosent en colosses sans la moindre difficulté ; les mottes de terre engendrent des hommes vivants. Le récit présente ces prodiges comme des données de l'expérience, comme s'ils étaient réellement possibles, comme si les rêves des pensées magiques pouvaient se réaliser, comme si la force d'un désir pouvait vraiment métamorphoser le monde, comme si l'imagination était cette puissance efficace que décrivent les pensées magiques. Mais le « comme si » ne se laisse pas oublier : les prodiges sont bouffons, et chaque envolée de l'imagination s'accompagne d'une retombée burlesque. Le roman avance sur un fil, entre le rire émerveillé et le rire sarcastique. Il marque en même temps la liberté prodigieuse de l'imagination humaine et sa faiblesse comique. Cyrano maintient à la fois le merveilleux et sa dérision, les élans de l'imagination et le ridicule qui les guette, l'enchantement d'un monde animé par le désir et le désenchantement lucide.

On peut lire dans *Les États et Empires du Soleil* une réflexion sur les conditions d'exercice de la pensée, sur ses rapports avec l'imagination et les formes de la fiction. Mais on peut aussi, plus simplement, se laisser entraîner par le récit comique d'une aventure cosmique, et suivre le fil d'une rêverie plaisante, ouverte aux productions de l'imagination les plus absurdes comme les plus fécondes.

Bérengère PARMENTIER.

## PRINCIPES D'ÉDITION

Cette édition n'est pas une édition critique, mais tend seulement à présenter aussi simplement que possible le roman mal connu de Cyrano.

Puisqu'il n'existe pas de manuscrit des *États et Empires du Soleil*, nous avons établi le texte à partir de l'édition originale des *Nouvelles Œuvres* (Paris, Charles de Sercy, 1662), en apportant pour simplifier la lecture les modifications suivantes :

– Dans les très rares cas où le texte est manifestement fautif, nous l'avons corrigé, suivant l'exemple de J. Prévot et de M. Alcover dans leurs éditions critiques.

– Les variantes sont rares et peu considérables ; nous n'en avons rapporté qu'une seule (en note).

– La distribution des paragraphes, qui semble parfois aléatoire, n'a pas toujours été respectée.

– La ponctuation, très confuse dans le texte original, a été modernisée.

– Respectant la pratique habituelle des éditeurs modernes, nous avons placé entre guillemets les phrases de dialogue ; on remarquera que les guillemets sont *totalement absents* du texte original.

– L'orthographe a été systématiquement modernisée. Pour faciliter encore la lecture, nous avons traité le couple *consommer/consumer* comme une variante orthographique, remplaçant « consommer » par « consumer » suivant le sens actuel de ces mots. De même pour *sarbatane/sarbacane*, *hannissement/hennissement*, *condur/condor*, *brouir/bruir*, *salemandre/salamandre*, *limas/limace*. Les participes présents, qui supportent le pluriel au XVII^e^ siècle, ont été transcrits au singulier chaque fois que le sens l'a permis.

En revanche, nous avons conservé les majuscules du texte original, parce qu'elles sont réparties suivant un système très cohérent qui ne semble pas étranger à la signification du texte (il n'est pas indifférent que les mots Crapaud ou Cheval portent la majuscule aussi bien que Nature ou Fortune) ; cependant, dans deux cas, nous avons supprimé une majuscule qui nous semblait rendre la lecture inutilement difficile (« le [H]avre de Toulon », la [P]oste).

Les notes de bas de page ne prétendent pas rendre compte de toutes les sources de Cyrano ; elles doivent seulement fournir au lecteur des points d'ancrage contextuels pour situer et pour comprendre la démarche d'écriture de Cyrano : la reprise polémique, offensive, ironique, satirique, parodique, allusive ou précise, de thèmes philosophiques, de motifs poétiques et d'éléments de science parfois très nettement repérables, parfois délibérément brouillés. Ce repérage contextuel a été poursuivi dans le Dossier.

Pour plus d'informations, on consultera les éditions critiques de J. Prévot et de M. Alcover, citées dans la bibliographie.

Nous remercions chaleureusement Dinah Ribard pour sa relecture patiente et pour son aide amicale ; Pierre Ronzeaud et Sylvie Requemora, dont les observations ont été très utiles.

Enfin notre Vaisseau surgit au havre de Toulon ; et d'abord après avoir rendu grâces aux Vents et aux Étoiles, pour la félicité du Voyage, chacun s'embrassa sur le Port, et se dit adieu. Pour moi, parce que, au Monde de la Lune d'où j'arrivais, l'argent se met au nombre des contes faits à plaisir, et que j'en avais comme perdu la mémoire, le Pilote se contenta, pour le Naulage[1], de l'honneur d'avoir porté dans son Navire un Homme tombé du Ciel. Rien ne nous empêcha donc d'aller jusques auprès de Toulouse, chez un de mes amis. Je brûlais de le voir, pour la joie que j'espérais lui causer au récit de mes aventures. Je ne serai point ennuyeux à vous réciter*[2] tout ce qui m'arriva sur le chemin ; je me lassai, je me reposai, j'eus soif, j'eus faim, je bus, je mangeai au milieu de vingt ou trente Chiens qui composaient sa Meute. Quoique je fusse en fort mauvais ordre, maigre, et rôti du hâle, il ne laissa pas de me reconnaître. Transporté de ravissement, il me sauta au col, et, après m'avoir baisé* plus de cent fois, tout tremblant d'aise, il m'entraîna dans son Château, où sitôt que les larmes eurent fait place à la voix : « Enfin, s'écria-t-il, nous vivons, et nous vivrons, malgré tous les accidents dont la Fortune a ballotté notre vie. Mais, bons dieux ! il n'est donc pas vrai, le bruit qui courut que vous aviez été brûlé en Canada, dans ce grand feu d'artifice duquel vous

---

1. *Naulage* : « prix que payent les passagers au Maître d'un Navire pour leur passage ». Le terme est présenté comme un archaïsme par le *Dictionnaire universel* de Furetière, qui date de 1690 (désormais noté : F.).
2. Les astérisques renvoient au Lexique, p. 267-273.

fûtes l'inventeur[1] ? Et cependant deux ou trois personnes de créance, parmi ceux qui m'en apportèrent les tristes nouvelles, m'ont juré avoir vu et touché cet Oiseau de bois dans lequel vous fûtes ravi*. Ils me contèrent que par malheur vous étiez entré dedans au moment qu'on y mit le feu, et que la rapidité des fusées qui brûlaient tout alentour, vous enlev[a] si haut que l'assistance vous perdit de vue. Et vous fûtes, à ce qu'ils protestent*, consumé de telle sorte que la machine, étant retombée, on n'y trouva que fort peu de vos cendres.

– Ces cendres, lui répondis-je, monsieur, étaient donc celles de l'artifice[2] même ; car le feu ne m'endommagea en façon quelconque. L'artifice était attaché en dehors, et sa chaleur par conséquent ne pouvait pas m'incommoder.

« Or vous saurez qu'aussitôt que le salpêtre fut à bout, l'impétueuse ascension des fusées ne soutenant plus la machine, elle tomba en terre. Je la vis choir ; et lorsque je pensais culbuter avec elle, je fus bien étonné de sentir que je montais vers la Lune. Mais il faut vous expliquer la cause d'un effet que vous prendriez pour un miracle[3].

« Je m'étais le jour de cet accident, à cause de certaines meurtrissures, frotté de moelle tout le corps ; mais parce que nous étions en décours[4], et que la Lune

---

1. Au début des *États et Empires de la Lune*, le Narrateur a d'abord tenté de s'élever vers la Lune à l'aide de fioles de rosée. Retombé au Canada, il construit une seconde machine, mais des soldats la dérobent pour la faire exploser dans les airs avec des feux d'artifice (fonctionnant avec du salpêtre, substance inflammable) : le Narrateur, accouru pour sauver sa machine, s'envole avec elle, et c'est ainsi qu'il parvient sur la Lune, malgré lui.

2. *Artifice* : « feu d'artifice ».

3. Ce sera un leitmotiv de l'œuvre : la croyance au miracle est une illusion superstitieuse que devraient pouvoir combattre l'expérience de la nature et le raisonnement sur les phénomènes.

4. *Décours* : « Diminution de lumière qui se fait tous les mois dans le cours de la Lune, quand elle se rapproche du Soleil. La Lune après son plein entre dans son *décours* », explique Furetière, qui ajoute : « C'est une erreur populaire de croire que les os soient vides de leur moelle après le *décours* de la Lune. » Cyrano combine cette croyance superstitieuse avec des explications physiques plus solides.

pour lors attire la moelle, elle absorba si goulûment celle dont ma chair était imbue*, principalement quand ma boîte fut arrivée au-dessus de la moyenne région [1], où il n'y avait point de nuages interposés pour en affaiblir l'influence*, que mon corps suivit cette attraction. Et je vous proteste* qu'elle continua de me sucer [2] si longtemps, qu'à la fin j'abordai ce Monde qu'on appelle ici la Lune. »

Je lui racontai ensuite fort au long toutes les particularités de mon voyage ; et M. de Colignac, ravi d'entendre des choses si extraordinaires, me conjura de les rédiger par écrit [3]. Moi qui aime le repos je résistai longtemps, à cause des visites qu'il était vraisemblable que cette publication m'attirerait. Toutefois, honteux du reproche dont il me rebattait* de ne pas faire assez de compte* de ses prières, je me résolus enfin de le satisfaire. Je mis donc la plume à la main, et à mesure que j'achevais un cahier, impatient de ma gloire, qui lui démangeait plus que la sienne, il allait à Toulouse le prôner* dans les plus belles assemblées. Comme on l'avait en réputation d'un des plus forts Génies de son siècle, mes louanges dont il semblait l'infatigable Écho me firent connaître de tout le monde. Déjà les Graveurs, sans m'avoir vu, avaient buriné mon image ; et la Ville retentissait, dans chaque Carrefour, du gosier enroué des Colporteurs qui criaient à tue-tête : « Voilà le portrait de l'auteur des *États et Empires de la Lune* ! »

---

1. *Moyenne région* : à partir de la Terre considérée comme point de référence, l'ancienne astronomie partageait le ciel en « basse région » (l'air que nous respirons), « moyenne région » (où évoluent les nuages, et où se jouent en général les phénomènes météorologiques), et « haute région » où se trouvent les étoiles fixes. L'expression est encore utilisée par commodité dans les ouvrages de science « moderne » au temps de Cyrano, et notamment chez Descartes (*Principes de philosophie*, IV, 4, etc.).

2. *Sucer* : « Tirer le suc de quelque chose avec la bouche » (F.). L'usage du terme est ici plaisant.

3. Le *narrateur-personnage* du *Soleil* se présente donc comme l'*auteur* du volume qui précède, *Les États et Empires de la Lune*. Bizarrerie supplémentaire : à la fin du premier volume, le narrateur-personnage de *La Lune* lisait déjà un ouvrage intitulé *Les États et Empires du Soleil*.

Parmi les gens qui lurent mon Livre, il se rencontra beaucoup d'ignorants qui le feuilletèrent. Pour contrefaire les Esprits de la grande volée, ils applaudirent comme les autres, jusqu'à battre des mains à chaque mot, de peur de se méprendre, et tout joyeux s'écrièrent : « Qu'il est bon ! » aux endroits qu'ils n'entendaient* point. Mais la superstition travestie en remords, de qui les dents sont bien aiguës sous la chemise d'un sot, leur rongea tant le cœur, qu'ils aimèrent mieux renoncer à la réputation de Philosophe (laquelle aussi bien leur était un habit mal fait), que d'en répondre au jour du Jugement.

Voilà donc la médaille renversée, c'est à qui chantera la Palinodie*. L'ouvrage dont ils avaient fait tant de cas n'est plus qu'un pot-pourri de contes ridicules, un amas de lambeaux décousus, un répertoire de Peau-d'Âne à bercer les enfants[1] ; et tel n'en connaît* pas seulement la syntaxe qui condamne l'auteur à porter une bougie à saint Mathurin[2].

Ce contraste d'opinions entre les habiles et les idiots augmenta son crédit. Peu après, les copies en manuscrit se vendirent sous le manteau ; tout le monde, et ce qui est hors du monde, c'est-à-dire depuis le Gentilhomme jusqu'au Moine, acheta cette Pièce* : les Femmes même prirent parti. Chaque Famille se divisa, et les intérêts de cette querelle allèrent si loin que la Ville fut partagée en deux factions, la Lunaire et l'Antilunaire.

On était aux escarmouches* de la Bataille, quand un matin je vis entrer dans la chambre de Colignac neuf ou dix Barbes à longue robe[3], qui d'abord* lui parlè-

1. « Peau d'Âne », à cette date, est encore un conte du répertoire oral, que l'on raconte aux petits enfants. La première version écrite notable, celle de Charles Perrault, paraîtra en 1694.
2. Saint Mathurin est le patron des fous.
3. Dans la France du XVII^e siècle, les gens de « longue robe » sont les magistrats, par opposition aux gens d'épée. – L'usage de « barbe » pour désigner ce qu'on appelle plus souvent un « barbon », un vieillard ridicule, semble propre à Cyrano, qui, dans un raccourci plaisant, figure ces personnages comme de longues « barbes » posées sur de longues robes, sans corps ni visage.

rent ainsi : « Monsieur, vous savez qu'il n'y a pas un de nous en cette compagnie qui ne soit votre Allié, votre Parent, ou votre Ami, et que par conséquent il ne vous peut rien arriver de honteux qui ne nous rejaillisse sur le front. Cependant nous sommes informés de bonne part que vous retirez* un Sorcier dans votre Château ? – Un Sorcier ! s'écria Colignac ; ô Dieux ! nommez-le-moi, je vous le mets entre les mains ; mais il faut prendre garde que ce ne soit une calomnie. – Hé quoi ! monsieur, interrompit l'un des plus vénérables, y a-t-il aucun Parlement qui se connaisse en Sorciers comme le nôtre [1] ? Enfin, mon cher Neveu [2], pour ne vous pas davantage tenir en suspens, le Sorcier que nous accusons est l'Auteur des *États et Empires de la Lune* ; il ne saurait pas nier qu'il ne soit le plus grand Magicien de l'Europe, après ce qu'il avoue lui-même. Comment ! avoir monté à la Lune, cela se peut-il sans l'entremise de… je n'oserais nommer la Bête [3] ; car enfin, dites-moi, qu'allait-il faire chez la Lune ? – Belle demande ! interrompit un autre ; il allait assister au sabbat qui s'y tenait possible* ce jour-là : et en effet, vous voyez qu'il eut accointance* avec le démon de Socrate [4]. Après

---

1. Les Parlements, dans l'Ancien Régime, étaient des cours de justice locales. Le parlement de Toulouse s'est signalé au début du XVIIe siècle par l'ardeur avec laquelle il envoyait au bûcher sorcières supposées et penseurs « libertins », comme le philosophe italien Vanini, brûlé en cette ville en 1619.
2. *Neveu* peut avoir le sens actuel ou désigner tout « descendant » ; il peut aussi avoir un sens affectif plus large. Il est clair en tout cas que ces notables à barbe appartiennent au même univers social que Colignac, qu'ils appellent plus loin « notre parent ».
3. « La Bête » innommable, c'est bien sûr le Diable.
4. De fait, le personnage de la *Lune* a rencontré un personnage appelé le « Démon de Socrate », bizarre transposition fictionnelle du « démon » familier invoqué dans l'*Apologie de Socrate* de Platon (31c-d, 40a-c) et dans d'autres écrits antiques. Voir *infra* la note 4, p. 98-99. Le « démon de Socrate », dans ces textes anciens, est un « daimon » au sens grec, un esprit intermédiaire entre les hommes et les dieux ; il n'a rien à voir avec les diables du sabbat. Mais aux XVIe-XVII[e] siècles, dans leur hantise des pouvoirs du diable, les théologiens spécialistes de la sorcellerie entretiennent la confusion entre *daimon* grec et *démon* chrétien. Cyrano ironise sur cet amalgame en l'attribuant à ses vieux barbons.

cela, vous étonnez-vous que le Diable l'ait, comme il dit, rapporté en ce monde ? Mais quoi qu'il en soit, voyez-vous, tant de Lunes, tant de cheminées[1], tant de voyages par l'air, ne valent rien, je dis rien du tout ; et entre vous et moi (à ces mots, il approcha sa bouche de son oreille), je n'ai jamais vu de Sorcier qui n'eût commerce avec la Lune[2]. » Ils se turent après ces bons avis ; et Colignac demeura tellement ébahi de leur commune extravagance qu'il ne put jamais dire un mot. Ce que voyant, un vénérable Butor*, qui n'avait point encore parlé : « Voyez-vous, dit-il, notre Parent, nous connaissons* où vous tient l'enclouüre[3] : le Magicien est une Personne que vous aimez. Mais n'appréhendez rien : à votre considération[4], les choses iront à la douceur ; vous n'avez seulement qu'à nous le mettre entre les mains, et pour l'amour de vous, nous engageons notre honneur de le faire brûler sans scandale. »

À ces mots, Colignac, quoique ses poings dans ses côtés, ne put se contenir ; un éclat de rire le prit, qui n'offensa pas peu Messieurs ses Parents ; de sorte qu'il ne fut pas en son pouvoir de répondre à aucun point de leur Harangue, que par des « ha a a a » ou des « ho o o o » ; si bien que nos messieurs très scandalisés s'en allèrent, je dirais avec leur courte honte, si elle n'avait duré jusqu'à Toulouse[5]. Quand ils furent partis, je tirai Colignac dans son Cabinet, où sitôt que j'eus

---

1. L'usage du terme au sens de « chemin », « voyage » est très archaïque au temps de Cyrano ; il est inconnu de tous les dictionnaires du XVIIe siècle, mais on le rencontre dans la langue médiévale (Godefroy).
2. Reprise parodique d'un motif traditionnel dans les croyances populaires, comme chez les juristes et les théologiens qui traitent de la sorcellerie : le « sabbat » des sorciers et sorcières se tiendrait la nuit, à la lumière trouble de la Lune (voir la « Lettre pour les sorciers » de Cyrano, in *Voyage dans la Lune*, éd. cit., p. 171). L'ironie de Cyrano suggère que pour les notables, tout effort de pensée serait assimilable à la sorcellerie.
3. *Enclouer* un canon, c'est le saboter en y fichant un clou ; *enclouer* un cheval, c'est le blesser d'un clou en le ferrant ; au figuré, une *enclouüre* désigne « tout obstacle qui empêche la réussite d'une affaire » (F.).
4. Comprendre : « par estime pour vous ».
5. « On dit qu'un homme s'en retourne avec sa courte honte, pour dire qu'il a reçu l'affront de n'avoir pu réussir en quelque entreprise » (F.). Cyrano joue sur le mot (la honte est « longue » jusqu'à Toulouse).

fermé la porte dessus nous : « Comte, lui dis-je, ces Ambassadeurs à long poil me semblent des Comètes chevelues [1] ; j'appréhende que le bruit [2] dont ils ont éclaté ne soit le tonnerre de la foudre qui s'ébranle pour choir. Quoique leur accusation soit ridicule, et possible* un effet de leur stupidité, je ne serais pas moins mort, quand une douzaine d'habiles gens qui m'auraient vu griller diraient que mes Juges sont des sots. Tous les arguments dont ils prouveraient mon innocence ne me ressusciteraient pas ; et mes cendres demeureraient tout aussi froides dans mon tombeau qu'à la voirie [3]. C'est pourquoi, sauf votre meilleur avis, je serais fort joyeux de consentir à la tentation qui me suggère de ne leur laisser en cette Province que mon Portrait ; car j'enragerais au double, de mourir pour une chose à laquelle je ne crois guère. » Colignac n'eut quasi pas la patience d'attendre que j'eusse achevé pour répondre. D'abord, toutefois, il me railla ; mais quand il vit que je le prenais sérieusement : « Ha ! par la mort ! s'écria-t-il d'un visage alarmé, on ne vous touchera point au bord du manteau, que moi, mes Amis, mes Vassaux, et tous ceux qui me considèrent, ne périssent auparavant. Ma maison est telle, qu'on ne la peut forcer sans canon ; elle est très avantageuse d'assiette, et bien flanquée [4]. Mais je suis fou de

---

1. *Comète* signifie étymologiquement, en grec, « astre chevelu ». Si les comètes sont un élément clé dans l'élaboration des principes de la nouvelle astronomie, l'expression semble ici renvoyer à un savoir astronomique minimal, sans référence à une théorie déterminée. En revanche, puisque Cyrano a regardé avec une grande attention les figures des *Principes de philosophie* de Descartes (voir *infra* les notes 1, p. 68, et 1, p. 69), on pourrait imaginer qu'il se souvient de la planche XI, où les chevelures des comètes s'épandent au-dessus de cônes de lumière qui évoquent de longues robes droites.

2. *Bruit* : « réputation, nouvelles dont on s'entretient dans le monde, affaire dont on fait de l'éclat » (F.), mais Cyrano joue en même temps sur le sens concret.

3. Comprendre : les cendres du cadavre ne ressusciteraient pas davantage dans une sépulture décente que dans la fosse commune des réprouvés. Le Narrateur n'a pas la vocation du martyre.

4. « Avantageuse d'assiette », c'est-à-dire bâtie en un *site* qui donne l'*avantage* à la défense ; « bien flanquée » : bien défendue sur les *flancs*, sur les côtés.

me précautionner contre des tonnerres de parchemin[1]. – Ils sont, lui répliquai-je, quelquefois plus à craindre que ceux de la moyenne région*. »

De là en avant nous ne parlâmes que de nous réjouir. Un jour nous chassions, un autre nous allions à la promenade, quelquefois nous recevions visite, et quelquefois nous en rendions ; enfin nous quittions toujours chaque divertissement, avant que ce divertissement eût pu nous ennuyer.

Le Marquis de Cussan, voisin de Colignac, Homme qui se connaît aux bonnes choses, était ordinairement avec nous, et nous avec lui ; et pour rendre les lieux de notre séjour encore plus agréables par ce changement, nous allions de Colignac à Cussan, et revenions de Cussan à Colignac. Les plaisirs innocents dont le corps est capable ne faisaient que la moindre partie : de tous ceux que l'Esprit peut trouver dans l'étude et la conversation, aucun ne nous manquait ; et nos Bibliothèques, unies comme nos Esprits, appelaient tous les Doctes* dans notre Société. Nous mêlions la lecture à l'entretien ; l'entretien à la bonne chère, celle-là à la Pêche ou à la Chasse, aux promenades ; et en un mot, nous jouissions pour ainsi dire et de nous-même, et de tout ce que la Nature a produit de plus doux pour notre usage, et ne mêlions que la Raison pour borne à nos désirs[2]. Cependant ma réputation, contraire à mon repos, courait les Villages circonvoisins, et les Villes mêmes de la Province. Tout le monde, attiré par ce bruit, prenait prétexte de venir voir le Seigneur pour voir le Sorcier. Quand je sortais du Château, non seulement les Enfants et les Femmes, mais aussi les Hommes, me regardaient comme la Bête, surtout le Pasteur[3] de Colignac qui, par malice* ou par igno-

1. C'est-à-dire des « tonnerres de papier » ; le terme de *parchemin* renvoie plus spécialement aux papiers ou documents de justice.
2. Si la « physique » des *États et Empires du Soleil* emprunte à des perspectives philosophiques multiples, il est clair qu'en « morale » Cyrano est « épicurien » : il revendique un usage libre et maîtrisé des plaisirs, ceux des sens comme ceux de l'esprit.
3. « Pasteur » désigne tout ecclésiastique, aussi bien catholique que protestant ; il s'agit ici du curé de Colignac.

rance, était en secret le plus grand de mes ennemis. Cet Homme simple* en apparence, et dont l'esprit bas et naïf était infiniment plaisant en ses naïvetés, était en effet* très méchant ; il était vindicatif jusqu'à la rage ; calomniateur, comme quelque chose de plus qu'un Normand ; et si chicaneur*, que l'amour de la chicane* était sa passion dominante. Ayant longtemps plaidé contre son Seigneur, qu'il haïssait d'autant plus qu'il l'avait trouvé ferme contre ses attaques, il en craignait le ressentiment, et, pour l'éviter, avait voulu permuter son Bénéfice[1]. Mais soit qu'il eût changé de dessein, ou seulement qu'il eût différé* pour se venger de Colignac en ma personne, pendant le séjour qu'il ferait en ses terres, il s'efforçait de persuader le contraire, bien que des voyages qu'il faisait bien souvent à Toulouse en donnassent quelque soupçon. Il y faisait mille contes ridicules de mes enchantements* ; et la voix de cet Homme malin*, se joignant à celle des simples et des ignorants, y mettait mon nom en exécration. On n'y parlait plus de moi que comme d'un nouvel Agrippa[2], et nous sûmes qu'on y avait même informé contre moi, à la poursuite du Curé, lequel avait été précepteur de ses enfants[3]. Nous en eûmes avis par plusieurs personnes qui étaient dans les intérêts de Colignac et du Marquis ; et bien que l'humeur* grossière

1. Le « bénéfice » est le revenu lié à une église ou à une paroisse ; « permuter le bénéfice », pour le curé, c'est changer de cure.
2. Henri Corneille Agrippa de Nettesheim, dont le traité *De occulta philosophia* (*De la philosophie occulte*, 1510-1533), est l'un des ouvrages les plus célèbres de l'occultisme magique à la Renaissance. Dans la « Lettre pour les sorciers » de Cyrano, le narrateur rencontre un magicien qui se présente comme « le sorcier Agrippa » (in *Voyage dans la Lune*, éd. cit., p. 174). Voir G. Naudé, *Apologie pour tous les grands personnages [...]*, chap. XV, in *Libertins du XVIIe siècle*, éd. J. Prévot, p. 291*sq*. Et voir le Dossier, doc. 9.
3. Lexique juridique : on a « informé », c'est-à-dire qu'on a mené une instruction judiciaire contre le Narrateur, « à la poursuite », c'est-à-dire sur dénonciation du curé. La fin de la phrase est très obscure : il faut sans doute comprendre que le curé a été précepteur des enfants de l'individu anonyme (« on ») qui a lancé les poursuites ; de fait, le Narrateur apprendra plus tard, dans sa prison, que le curé a été professeur chez un puissant personnage qui le protège. Cette phrase a assurément manqué d'une relecture.

de tout un Pays nous fût un sujet d'étonnement et de risée, je ne laissai pas de m'en effrayer en secret, lorsque je considérais de plus près les suites fâcheuses que pourrait avoir cette erreur. Mon bon génie sans doute m'inspirait cette frayeur, il éclairait ma raison de toutes ces lumières pour me faire voir le précipice où j'allais tomber, et non content de me conseiller ainsi facilement, se voulut déclarer plus expressément en ma faveur[1].

Une nuit des plus fâcheuses qui fut jamais, ayant succédé à un des jours les plus agréables que nous eussions eus à Colignac, je me levai aussi tôt que l'Aurore ; et pour dissiper les inquiétudes et les nuages dont mon esprit était encore offusqué*, j'entrai dans le jardin, où la verdure, les fleurs et les fruits, l'artifice et la Nature, enchantaient l'âme par les yeux, lorsque en même instant j'aperçus le Marquis qui s'y promenait seul dans une grande allée, laquelle coupait le parterre en deux. Il avait le marcher lent et le visage pensif. Je restai fort surpris de le voir, contre sa coutume, si matineux* ; cela me fit hâter mon abord pour lui en demander la cause. Il me répondit que quelques fâcheux songes dont il avait été travaillé* l'avaient contraint de venir, plus matin qu'à son ordinaire, guérir un mal au jour, que lui avait causé l'ombre[2]. Je lui confessai qu'une semblable peine m'avait empêché de dormir, et je lui en allais conter le détail ; mais comme j'ouvrais la bouche, nous aperçûmes, au coin d'une palissade qui croisait dans la nôtre, Colignac qui marchait à grands pas. De loin[3] qu'il nous aperçut : « Vous voyez, s'écria-t-il, un homme qui vient d'échapper aux plus affreuses visions dont le spectacle soit capable de faire tourner le cerveau. À peine ai-je eu le loisir de mettre mon pourpoint* que je suis descendu pour vous le conter ; mais vous n'étiez plus ni l'un ni l'autre dans vos chambres. C'est pourquoi je suis

---

1. Le Narrateur semble s'attribuer un « génie » familier, un *démon*, comme Socrate, Cardan ou Campanella. Voir *supra* la note 4, p. 57.
2. Comprendre : « guérir au jour un mal que lui avait causé l'ombre ».
3. *De loin que* : « du plus loin que ».

accouru au jardin, me doutant que vous y seriez. » En effet le pauvre Gentilhomme était presque hors d'haleine. Sitôt qu'il l'eut reprise, nous l'exhortâmes de se décharger d'une chose qui, pour être souvent fort légère, ne laisse* pas de peser beaucoup. « C'est mon dessein, nous répliqua-t-il ; mais auparavant asseyons-nous. » Un Cabinet de jasmins nous présenta tout à propos de la fraîcheur et des sièges ; nous nous y retirâmes, et, chacun s'étant mis à son aise, Colignac poursuivit ainsi : « Vous saurez qu'après deux ou trois sommes durant lesquels je me suis trouvé parmi beaucoup d'embarras*, dans celui que j'ai fait environ* le crépuscule de l'Aurore, il m'a semblé que mon cher Hôte que voilà était entre le Marquis et moi, et que nous le tenions étroitement embrassé, quand un grand Monstre noir, qui n'était que de têtes, nous l'est venu tout d'un coup arracher. Je pense même qu'il l'allait précipiter dans un bûcher allumé proche* de là, car il le balançait déjà sur les flammes ; mais une Fille, semblable à celle des Muses qu'on nomme Euterpe [1], s'est jetée aux genoux d'une Dame qu'elle a conjurée de le sauver (cette Dame avait le port et les marques dont se servent nos Peintres pour représenter la Nature). À peine a-t-elle eu le loisir d'écouter les prières de sa Suivante que, tout étonnée : “Hélas ! a-t-elle crié, c'est un de mes Amis.” Aussitôt elle a porté à sa bouche une espèce de Sarbacane, et a tant soufflé par le canal, sous les pieds de mon cher Hôte, qu'elle l'a fait monter dans le Ciel et l'a garanti des cruautés du Monstre à cent têtes. J'ai crié après lui fort longtemps, ce me semble, et l'ai conjuré de ne pas s'en aller sans moi, quand une infinité de petits Anges tout ronds, qui se disaient enfants de l'Aurore, m'ont enlevé au même Pays vers lequel il paraissait voler, et m'ont fait voir des choses que je ne vous raconterai point, parce que je les tiens

1. Euterpe, muse de la Musique et de la Poésie lyrique. Le songe a une signification allégorique limpide : la Poésie implore la Nature de sauver le Narrateur menacé du bûcher par la monstrueuse Superstition. La Poésie est la « Suivante » de la Nature, et le Narrateur son « Ami ».

trop ridicules. » Nous le suppliâmes de ne pas laisser* de nous les dire. « Je me suis imaginé, continua-t-il, être dans le Soleil, et que le Soleil était un Monde. Je n'en serais pas même encore désabusé, sans le hennissement de mon Barbe* qui, me réveillant, m'a fait voir que j'étais dans mon lit. » Quand le Marquis connut* que Colignac avait achevé : « Et vous, dit-il, Monsieur Dyrcona[1], quel a été le vôtre ? – Pour le mien, répondis-je, encore qu'il ne soit pas des vulgaires, je le mets en compte de rien[2]. Je suis bilieux, mélancolique* ; c'est la cause pourquoi depuis que je suis au monde, mes songes m'ont sans cesse représenté des cavernes et du feu[3]. Dans mon plus bel âge il me semblait en dormant que, devenu léger, je m'enlevais jusqu'aux nues pour éviter la rage d'une troupe d'assassins qui me poursuivaient ; mais qu'au bout d'un effort fort long et fort vigoureux, il se rencontrait toujours quelque muraille, après avoir volé par-dessus beaucoup d'autres, au pied de laquelle, accablé de travail*, je ne manquais point d'être arrêté. Ou bien, si je m'imaginais prendre ma volée* droit en haut, encore que j'eusse avec les bras nagé fort longtemps dans le Ciel, je ne laissais pas de me rencontrer toujours proche* de terre ; et contre toute raison, sans qu'il me semblât être devenu ni las ni lourd, mes ennemis ne faisaient qu'étendre la main pour me

1. Le narrateur-personnage, qui n'avait pas de nom dans *Les États et Empires de la Lune*, est doté dans ce passage d'une identité d'ailleurs passagère : le nom disparaîtra après trois occurrences. « Dyrcona » est évidemment l'anagramme de « Cyrano d. ».

2. L'expression signifie : « je le compte pour rien ».

3. Le Narrateur emploie ici un lexique médical pour définir son « tempérament » : selon la médecine du temps, le corps humain est régi par l'équilibre ou le déséquilibre entre quatre « humeurs », c'est-à-dire quatre liquides fondamentaux : le sang, le flegme, la bile jaune (ou « colère »), la bile noire (ou « mélancolie »). Le Narrateur pense souffrir à la fois d'un excès de « bile » et d'un excès de « mélancolie ». Selon les médecins, la mélancolie se marque par un dérèglement de l'imagination ; c'est ainsi que l'imagination troublée du Narrateur est propice aux songes de toute espèce. D'autre part, il est bilieux (ou « colérique ») ; c'est pourquoi les images du feu envahissent ses rêves, car « celui qui est colère ne songe que de feux, de batailles, d'embrasements » (comme l'explique le médecin Du Laurens, *Discours des maladies mélancoliques*, 1597, éd. 1606, p. 135).

saisir par le pied et m'attirer à eux. Je n'ai guère eu que des songes semblables à celui-là depuis que je me connais ; hormis que cette nuit, après avoir longtemps volé comme de coutume et m'être plusieurs fois échappé de mes persécuteurs, il m'a semblé qu'à la fin je les ai perdus de vue et que, dans un Ciel libre et fort éclairé, mon corps soulagé de toute pesanteur, j'ai poursuivi mon voyage jusque dans un Palais où se composent la chaleur et la lumière[1]. J'y aurais sans doute remarqué bien d'autres choses ; mais mon agitation pour voler m'avait tellement approché du bord du lit que je suis tombé dans la ruelle*, le ventre tout nu sur le plâtre, et les yeux fort ouverts. Voilà, Messieurs, mon songe tout au long, que je n'estime qu'un pur effet de ces deux qualités qui prédominent à mon tempérament* ; car encore que celui-ci diffère un peu de ceux qui m'arrivent toujours, en ce que j'ai volé jusqu'au Ciel sans rechoir, j'attribue ce changement au sang qui s'est répandu, par la joie de nos plaisirs d'hier, plus au large qu'à son ordinaire, a pénétré la mélancolie*, et lui a ôté en la soulevant cette pesanteur qui me faisait retomber[2] ; mais après tout c'est une science où il y a fort à deviner. – Ma foi, continua Cussan, vous avez raison, c'est un pot-pourri de toutes les choses à quoi nous avons pensé en veillant, une monstrueuse chimère, un assemblage d'espèces* confuses, que la fantaisie* qui, dans le sommeil, n'est plus guidée par la Raison, nous présente sans ordre, et dont toutefois en les tordant nous croyons épreindre* le vrai sens, et tirer des songes comme des Oracles une science de l'avenir ; mais par ma foi je n'y trouvais aucune autre conformité, sinon que les songes comme les Oracles ne peuvent être entendus*. Toutefois jugez par le mien, qui n'est point extraordinaire, de la valeur de tous les autres.

---

1. Ce palais correspond à l'anticipation onirique du voyage dans le Soleil.

2. Explication médicale encore : la joie dilate le sang qui pénètre la « bile noire » et l'empêche de former les lourds sédiments qui rendent l'âme pesante. La « science où il y a fort à deviner », c'est sans doute à la fois l'interprétation des rêves et la médecine (l'interprétation des états du corps et de l'esprit en termes humoraux).

J'ai songé que j'étais fort triste, je rencontrais partout Dyrcona qui nous réclamait. Mais sans davantage m'alambiquer* le cerveau à l'explication de ces noires Énigmes, je vous développerai en quelques mots leur sens mystique[1]. C'est, par ma foi, qu'à Colignac on fait de fort mauvais songes, et que si j'en suis cru, nous irons essayer d'en faire de meilleurs à Cussan. – Allons-y donc, me dit le Comte, puisque ce trouble-fête en a tant envie. » Nous délibérâmes de partir le jour même. Je les suppliai de se mettre donc en chemin devant, parce que j'étais bien aise, ayant (comme ils venaient de conclure) à y séjourner un mois, d'y faire porter quelques Livres. Ils en tombèrent d'accord, et aussitôt après le déjeuner, mirent le cul sur la selle[2]. Ma foi, cependant, je fis un ballot des Volumes que je m'imaginai n'être pas à la Bibliothèque de Cussan, dont je chargeai un Mulet ; et je sortis environ sur les trois heures, monté sur un très bon Coureur*. Je n'allais pourtant qu'au pas, afin d'accompagner ma petite Bibliothèque, et pour enrichir mon âme avec plus de loisir des libéralités de ma vue. Mais écoutez une aventure qui vous surprendra.

J'avais avancé de plus de quatre lieues, quand je me trouvai dans une Contrée que je pensais indubitablement avoir vue autre part. En effet, je sollicitais tant ma mémoire de me dire d'où je connaissais ce Paysage que, la présence des objets excitant les images[3], je me souvins que c'était exactement le lieu que j'avais vu en songe la nuit passée. Ce rencontre* bizarre eût occupé mon intention plus de temps qu'il ne l'occupa, sans une étrange apparition par qui[4] j'en fus réveillé. Un Spectre

1. *Sens mystique* : « sens figuré, allégorique » (F.). Mais le terme ne s'emploie en principe que dans le contexte religieux de l'interprétation des textes sacrés. Il est ici ironiquement déplacé, d'autant que ce n'est pas une interprétation « allégorique », ce n'est même pas du tout une interprétation que propose Cussan.

2. « Se mirent en selle. » L'expression est courante, sans valeur comique.

3. La présence de l'objet réveille les images conservées dans la mémoire et les rend accessibles aux sens. Représentation traditionnelle, qu'il est sans doute inutile de rapporter à une doctrine particulière.

4. « Qui » renvoie ici à un antécédent non humain. Emploi courant au XVIIe siècle.

(au moins je le pris pour tel), se présentant à moi au milieu du chemin, saisit mon cheval par la bride. La taille de ce Fantôme était énorme, et par le peu qui paraissait de ses yeux, il avait le regard triste* et rude. Je ne saurais pourtant dire s'il était beau ou laid, car une longue robe tissue des feuillets d'un Livre de plain-chant le couvrait jusqu'aux ongles, et son visage était caché d'une carte où l'on avait écrit l'*In principio*[1]. Les premières paroles que le Fantôme proféra : « *Satanus Diabolas*[2] *!* cria-t-il tout épouvanté, je te conjure par le grand Dieu vivant… » À ces mots il hésita ; mais répétant toujours « le grand Dieu vivant », et cherchant d'un visage effaré son Pasteur pour lui souffler le reste, quand il vit que, de quelque côté qu'il allongeât la vue, son Pasteur ne paraissait point, un si effroyable tremblement le saisit qu'à force de claquer, la moitié de ses dents en tombèrent, et les deux tiers de la gamme[3] sous lesquels il était gisant s'écartèrent en papillotes. Il se retourna pourtant vers moi, et d'un regard ni doux ni rude, où je voyais son esprit flotter pour résoudre lequel serait plus à propos de s'irriter ou s'adoucir : « Ho bien, dit-il, *Satanus Diabolas*, par le sangué ! je te conjure, au nom de Dieu et de M. saint Jean, de me laisser faire ; car si tu grouilles* ni pied ni patte, Diable emporte, je t'étriperai. » Je tiraillais contre lui la bride de mon cheval ; mais les éclats de rire qui me suffoquaient m'ôtèrent toute force. Ajoutez à cela qu'une cinquantaine de villageois sortirent de derrière une haie, marchant sur leurs genoux, et s'égosillant à chanter *Kyrie Eleison*[4]. Quand ils furent assez proche*, quatre des plus robustes, après avoir trempé leurs mains dans un

---

1. Un livre de « plain-chant » est un livre de musique liturgique, utilisé pour la messe. *In principio*, premiers mots de l'Évangile de saint Jean (*In principio erat verbum*), présents dans la liturgie ordinaire de la messe au XVIIe siècle.
2. Un meilleur latiniste que le Fantôme aurait dit « *Satanas Diabolus* », formule du rituel de l'exorcisme.
3. *Gamme* : le mot n'est guère compréhensible ; il y a là sans doute une erreur typographique (ou bien le prétendu fantôme est-il couvert par la portée musicale du livre de plain-chant ?).
4. *Kyrie Eleison*, en grec : « Seigneur, prends pitié », début d'une prière liturgique.

Bénitier que tenait tout exprès le Serviteur du Presbytère, me prirent au collet. J'étais à peine arrêté que je vis paraître Messire Jean, lequel tira dévotement son Étole dont il me garrotta ; et ensuite une cohue de Femmes et d'enfants, qui malgré toute ma résistance me cousirent dans une grande nappe ; au reste, j'en fus si bien entortillé qu'on ne me voyait que la tête. En cet équipage, ils me portèrent à Toulouse comme s'ils m'eussent porté au monument*. Tantôt l'un s'écriait que sans cela il y aurait eu famine, parce que lorsqu'ils m'avaient rencontré, j'allais assurément jeter le sort sur les blés ; et puis j'en entendais un autre qui se plaignait que le claveau* n'avait commencé dans sa Bergerie que d'un Dimanche qu'au sortir de vêpres je lui avais frappé sur l'épaule. Mais ce qui, malgré tous mes désastres, me chatouilla de quelque émotion pour rire, fut le cri plein d'effroi d'une jeune Paysanne après son Fiancé, autrement le Fantôme, qui m'avait pris mon Cheval (car vous saurez que le Rustre s'était acalifourchonné dessus, et déjà comme sien le talonnait de bonne guerre) : « Misérable, glapissait son Amoureuse, es-tu donc borgne ? Ne vois-tu pas que le Cheval du Magicien est plus noir que charbon, et que c'est le Diable en personne qui t'emporte au Sabbat ? » Notre pitaud* d'épouvante en culbuta par-dessus la croupe ; ainsi mon Cheval eut la clef des champs. Ils consultèrent s'ils se saisiraient du Mulet, et délibérèrent qu'oui ; mais ayant décousu le paquet, et au premier volume qu'ils ouvrirent, s'étant rencontrée la *Physique* de Monsieur Descartes, quand ils aperçurent tous les cercles par lesquels ce Philosophe a distingué le mouvement de chaque Planète, tous d'une voix hurlèrent que c'étaient les cernes que je traçais pour appeler Belzébuth[1]. Celui qui le tenait le laissa

1. Par « la *Physique* de Monsieur Descartes », il faut entendre l'ouvrage de Descartes intitulé *Principes de philosophie* (texte latin 1644, trad. fr. 1647). Plusieurs des figures qui appuient le raisonnement de Descartes représentent le mouvement des planètes par des cercles concentriques (planches IV, XII et XVI, reproduites dans l'édition Adam et Tannery, t. IX). Les villageois confondent ces figures – effectivement mystérieuses et fascinantes – avec les cercles (ou « cernes ») dont les sorciers sont supposés se servir dans leurs incantations.

choir d'appréhension, et par malheur, en tombant, il s'ouvrit dans une page où sont expliquées les vertus* de l'aimant ; je dis par malheur, pour ce qu'à l'endroit dont je parle il y a une figure de cette pierre métallique, où les petits corps* qui se déprennent de sa masse pour accrocher le fer sont représentés comme des bras [1]. À peine un de ces marauds* l'aperçut, que je l'entendis s'égosiller que c'était là le Crapaud qu'on avait trouvé dans l'auge de l'Écurie de son Cousin Fiacre, quand ses Chevaux moururent [2]. À ce mot, ceux qui avaient paru les plus échauffés rengainèrent leurs mains dans leur sein, ou se regantèrent de leurs pochettes [3]. Messire Jean de son côté criait à gorge déployée qu'on se gardât de toucher à rien, que tous ces Livres-là étaient de francs grimoires [4], et le Mulet un Satan. La canaille*, ainsi épouvantée, laissa partir le Mulet en paix. Je vis pourtant Mathurine, la Servante de M. le curé, qui le chassait vers l'étable du Presbytère, de peur qu'il n'allât dans le Cimetière polluer l'herbe des Trépassés.

Il était bien sept heures du soir quand nous arrivâmes à un Bourg où, pour me rafraîchir, on me traîna dans la geôle ; car le lecteur ne me croirait pas si je disais qu'on m'enterra dans un trou, et cependant il est si vrai qu'avec une pirouette j'en visitai toute l'étendue. Enfin il n'y a personne qui, me voyant en ce lieu, ne m'eût pris pour une bougie allumée sous une ventouse. D'abord* que mon Geôlier me précipita dans cette

1. Il s'agit très certainement de la figure représentée sur la planche XIX des *Principes de philosophie*, et qui rappelle, de fait, une sorte de crapaud.

2. Il était courant, en cas d'épidémie, d'accuser les sorciers d'empoisonner les puits ou l'eau des bêtes. Sur les mécanismes juridiques et sociaux qui soutenaient la diffusion de ce type de croyances, voir par exemple R. Mandrou, *Magistrats et sorciers en France au XVII<sup>e</sup> siècle*, Plon, 1968. – Le crapaud était considéré comme un animal démoniaque (voir la « Lettre pour les sorciers », in *Voyage dans la Lune*, éd. cit., p. 175).

3. Formule plaisante : ils remettent leurs mains dans leurs poches.

4. *Grimoire* : livre « où on prétend qu'il y a des conjurations propres pour faire évoquer les Démons » (F.). *De francs grimoires* : de vrais grimoires.

Caverne : « Si vous me donnez, lui dis-je, ce vêtement de pierre pour un habit, il est trop large ; mais si c'est pour un tombeau, il est trop étroit. On ne peut ici compter les jours que par nuits ; des cinq sens il ne me reste l'usage que de deux, l'odorat et le toucher : l'un pour me faire sentir les puanteurs de ma prison, l'autre pour me la rendre palpable. En vérité, je vous l'avoue, je croirais être damné, si je ne savais qu'il n'entre point d'innocents en Enfer. »

À ce mot d'« innocent », mon geôlier s'éclata de rire : « Et par ma foi, dit-il, vous êtes donc de nos gens, car je n'en ai jamais tenu sous ma clef que de ceux-là. » Après d'autres compliments de cette nature, le bonhomme prit la peine de me fouiller, je ne sais pas à quelle intention ; mais par la diligence qu'il y employa, je conjecture que c'était pour mon bien. Ses recherches étant demeurées inutiles à cause que, durant la bataille de *Diabolas*, j'avais glissé mon or dans mes chausses, quand au bout d'une très exacte anatomie* il se trouva les mains aussi vides qu'auparavant, peu s'en fallut que je ne mourusse de crainte, comme il pensa* mourir de douleur.

« Ho ! vertubleu ! s'écria-t-il, l'écume dans la bouche, je l'ai bien vu d'abord, que c'était un Sorcier ! il est gueux comme le Diable. Va, va, continua-t-il, mon Camarade, songe de bonne heure à ta conscience. »

Il avait à peine achevé ces paroles, que j'entendis le carillon d'un trousseau de clefs, où il choisissait celle de mon Cachot. Il avait le dos tourné ; c'est pourquoi, de peur qu'il ne se vengeât du malheur de sa visite, je tirai dextrement de leur cache* trois pistoles* et je lui dis :

« Monsieur le concierge, voilà une pistole ; je vous supplie de me faire apporter un morceau, je n'ai pas mangé depuis onze heures. » Il la reçut fort gracieusement, et me protesta* que mon désastre le touchait. Quand je connus* son cœur adouci :

« En voilà encore une, continuai-je, pour reconnaître la peine que je suis honteux de vous donner. »

Il ouvrit l'oreille, le cœur et la main ; et j'ajoutai, lui en comptant trois, au lieu de deux, que par cette troisième je le suppliais de mettre auprès de moi l'un de ses Garçons pour me tenir compagnie, parce que les malheureux doivent craindre la solitude.

Ravi de ma prodigalité, il me promit toutes choses, m'embrassa les genoux, déclama contre la Justice, me dit qu'il voyait bien que j'avais des ennemis, mais que j'en viendrais à mon honneur [1], que j'eusse bon courage, et qu'au reste il s'engageait, auparavant* qu'il fût trois jours, de faire blanchir mes manchettes. Je le remerciai très sérieusement de sa courtoisie, et après mille accolades dont il pensa* m'étrangler, ce cher Ami verrouilla et reverrouilla la porte.

Je demeurai tout seul, et fort mélancolique*, le corps arrondi sur un botteau [2] de paille en poudre : elle n'était pas pourtant si menue, que plus de cinquante Rats ne la broyassent encore. La voûte, les murailles et le plancher étaient composés de six pierres de tombe, afin qu'ayant la mort dessus, dessous, et à l'entour de moi, je ne pusse douter de mon enterrement. La froide bave des Limaces, et le gluant venin des Crapauds me coulaient sur le visage ; les Poux y avaient les dents plus longues que le corps. Je me voyais travaillé* de la pierre, qui ne me faisait pas moins de mal pour être externe [3] ; enfin je pense que pour être Job, il ne me manquait plus qu'une Femme et un pot cassé [4].

Je vainquis là pourtant toute la dureté de deux heures très difficiles, quand le bruit d'une grosse de clefs [5], joint à celui des verrous, me réveilla de l'attention que je prêtais à mes douleurs. En suite du tintamarre, j'aperçus, à la clarté d'une Lampe, un puissant

1. Comprendre : « je m'en tirerais à mon honneur ».
2. *Botteau* : botte de paille. Terme attesté dans les dictionnaires de la langue médiévale, mais archaïque au XVIIe siècle.
3. Jeu de mots : la « maladie de la pierre », c'est une sorte de calcul, au sens médical (formé dans les reins, la vessie, etc.). Mais ici c'est bien une « pierre » « externe » qui rend le personnage malade.
4. Référence irrévérencieuse au Livre de Job, 2, 8-9.
5. La « grosse » représente en principe douze douzaines d'objets, ici un gros trousseau de clés.

Rustaud. Il se déchargea d'une terrine entre mes jambes : « Eh là, là, dit-il, ne vous affligez point ; voilà du potage aux choux, et quand ce serait… Tant y a, c'est de la propre soupe de notre Maîtresse ; et si par ma foi, comme dit l'autre, on n'en a pas ôté une goutte de graisse[1]. » Disant cela, il trempa ses cinq doigts jusqu'au fond, pour m'inviter d'en faire autant. Je travaillai après l'original[2], de peur de le décourager ; et lui d'un œil de jubilation : « Morguienne, s'écria-t-il, vous êtes bon frère ! On dit qu'ou zavez des envieux, jerniguay sont des traîtres, oui, testiguay sont des traîtres : hé ! qu'ils y viennent donc pour voir ! Oh ! bien, bien, tant y a, toujou va qui danse[3]. » Cette naïveté m'enfla par deux ou trois fois la gorge pour en rire. Je fus pourtant si heureux que de m'en empêcher. Je voyais que la Fortune semblait m'offrir en ce maraud* une occasion pour ma liberté ; c'est pourquoi il m'était très important de choyer ses bonnes grâces ; car d'échapper par d'autres voies, l'Architecte qui bâtit ma prison, y ayant fait plusieurs entrées, ne s'était pas souvenu d'y faire une sortie. Toutes ces considérations furent cause que pour le sonder, je lui parlai ainsi : « Tu es pauvre, mon grand Ami, n'est-il pas vrai ? – Hélas ! Monsieur, répondit le Rustre, quand vous arriveriez de chez le Devin, vous n'auriez pas mieux frappé au but. – Tiens donc, continuai-je, prends cette pistole*. »

Je trouvai sa main si tremblante, lorsque je la mis dedans, qu'à peine la put-il fermer. Ce commencement me sembla de mauvais augure ; toutefois je connus* bientôt, par la ferveur de ses remerciements, qu'il n'avait tremblé que de joie ; cela fut cause que je poursuivis : « Mais si tu étais Homme à vouloir participer à l'accomplissement d'un vœu que j'ai fait, vingt

---

1. « Et si » : « et pourtant » ou « et même ». – « *Tant y a* » signifie, selon Furetière, « Pour conclusion ». – Sur la représentation des parlers attribués aux paysans, voir J. Prévot, *Cyrano de Bergerac romancier*, Belin, 1977, p. 140-160.
2. Comprendre : « d'après l'original ».
3. L'expression signifie, selon Furetière, « qu'il n'importe pas de bien danser, pourvu qu'on ait la complaisance de danser avec ceux qui nous y invitent ».

pistoles* (outre le salut de ton âme) seraient à toi comme ton chapeau ; car tu sauras qu'il n'y a pas un bon quart d'heure, enfin un moment auparavant* ton arrivée, qu'un Ange m'est apparu et m'a promis de faire connaître la justice de ma cause, pourvu que j'aille demain faire dire une Messe à Notre-Dame de ce Bourg, au grand Autel. J'ai voulu m'excuser sur ce que j'étais enfermé trop étroitement ; mais il m'a répondu qu'il viendrait un Homme envoyé du Geôlier pour me tenir compagnie, auquel je n'aurais qu'à commander de sa part de me conduire à l'Église, et me reconduire en prison ; que je lui recommandasse le secret, et d'obéir sans réplique, sur peine de mourir dans l'an ; et s'il doutait de ma parole, je lui dirais, aux enseignes, qu'il est confrère du Scapulaire [1]. » Or le Lecteur saura qu'auparavant j'avais entrevu par la fente de sa chemise un Scapulaire qui me suggéra toute la tissure de cette apparition : « Et oui-dea, dit-il, mon bon Seigneur, je ferons ce que l'Ange nous a commandé. Mais il faut donc que ce soit à neuf heures, parce que notre Maître sera pour lors à Toulouse aux accordailles de son Fils avec la Fille du Maître des hautes œuvres [2]. Dame, écoutez, le Bouriau a un nom aussi bien qu'un ciron ; on dit qu'elle aura de son père, en mariage, autant d'écus comme il en faut pour la rançon d'un Roi. Enfin elle est belle et riche ; mais ces morceaux-là n'ont garde d'arriver à un pauvre garçon. Hélas ! mon bon Monsieur, faut que vous sachiez... » Je ne manquai pas à cet endroit de l'interrompre ; car je pressentais, par ce commencement de digression, une longue enchaînure de coq-à-l'âne. Or après que nous eûmes bien digéré* notre complot, le Rustaud prit congé de moi. Il ne manqua pas le lendemain de me venir

1. *Enseigne* : « signe, marque publique et évidente » (F.). – La confrérie du Scapulaire rassemblait des laïcs portant une dévotion spéciale à la Vierge. Ils avaient sous leurs vêtements, ou au poignet, un modèle réduit de « scapulaire » (le *scapulaire* est une sorte d'étole, de vêtement sacerdotal).

2. Comprendre : aux *fiançailles* de son fils avec la fille du *bourreau*, mot qui s'écrit *bouriau* dans la phrase suivante, pour marquer une prononciation provinciale.

déterrer justement à l'heure promise. Je laissai mes habits dans la prison, et je m'équipai de guenilles ; car afin de n'être pas reconnu, nous l'avions ainsi concerté la veille. Sitôt que nous fûmes à l'air, je n'oubliai pas de lui compter ses vingt pistoles*. Il les regarda fort, et même avec de grands yeux. « Elles sont d'or et de poids, lui dis-je, sur ma parole. – Hé ! monsieur, me répliqua-t-il, ce n'est pas à cela que je songe, mais je songe que la maison du grand Macé est à vendre, avec son clos et sa vigne. Je l'aurai bien pour deux cent francs ; il faut huit jours à bâtir le marché, et je voudrais vous prier, mon bon monsieur, si c'était votre plaisir, de faire que jusqu'à tant que le grand Macé tienne bien comptées vos pistoles dans son coffre, elles ne deviennent point feuilles de Chêne[1]. » La naïveté de ce coquin* me fit rire. Cependant nous continuâmes de marcher vers l'Église, où nous arrivâmes. Quelque temps après on y commença la grande Messe ; mais sitôt que je vis mon Garde qui se levait à son rang pour aller à l'offrande*, j'arpentai la nef de trois sauts, et en autant d'autres je m'égarai prestement dans une ruelle détournée. De toutes les diverses pensées qui m'agitèrent en cet instant, celle que je suivis fut de gagner Toulouse, dont ce Bourg-là n'était distant que d'une demi-lieue, à dessein d'y prendre la poste*. J'arrivai aux Faubourgs d'assez bonne heure ; mais je restai si honteux de voir tout le monde qui me regardait, que j'en perdis contenance. La cause de leur étonnement procédait de mon équipage* ; car comme en matière de gueuserie* j'étais assez nouveau, j'avais arrangé sur moi mes haillons si bizarrement qu'avec une démarche qui ne convenait point à l'habit, je paraissais moins un pauvre qu'un mascarade*, outre que je passais vite, la vue basse et sans demander. À la fin, considérant qu'une attention si universelle me menaçait d'une suite dangereuse, je surmontai ma honte. Aussitôt que j'apercevais quelqu'un me regarder, je lui tendais la

1. On attribuait aux sorciers la capacité de transformer la monnaie en feuilles de chêne. Voir les lettres « Pour les sorciers » et « Contre les sorciers », *op. cit.*, p. 175 et 179.

main. Je conjurais* même la charité de ceux qui ne me regardaient point. Mais admirez comme bien souvent, pour vouloir accompagner de trop de circonspections les desseins où la Fortune veut avoir quelque part, nous les ruinons en irritant cette orgueilleuse ! Je fais cette réflexion au sujet de mon aventure ; car ayant aperçu un Homme vêtu en Bourgeois médiocre*, de qui le dos était tourné vers moi : « Monsieur, lui dis-je, le tirant par son manteau, si la compassion peut toucher… » Je n'avais pas entamé le mot qui devait suivre, que cet Homme tourna la tête. Ô Dieux ! que devint-il ? Mais, ô Dieux ! que devins-je moi-même ? Cet Homme était mon Geôlier. Nous restâmes tous deux consternés d'admiration* de nous voir où nous nous voyions. J'étais tout dans ses yeux ; il employait toute ma vue. Enfin le commun intérêt, quoique bien différent, nous tira l'un et l'autre de l'extase où nous étions plongés. « Ha ! misérable que je suis, s'écria le Geôlier, faut-il donc que je sois attrapé ? » Cette parole à double sens m'inspira aussitôt le stratagème que vous allez entendre. « Hé ! main-forte, Messieurs, main-forte à la Justice ! criai-je tant que je pus glapir. Ce voleur a dérobé les pierreries de la Comtesse des Mousseaux ; je le cherche depuis un an. Messieurs, continuai-je tout échauffé, cent pistoles* pour qui l'arrêtera ! » J'avais à peine lâché ces mots qu'une tourbe de canaille* éboula* sur le pauvre ébahi. L'étonnement où mon extraordinaire impudence l'avait jeté, joint à l'imagination qu'il avait que, sans avoir comme un corps glorieux[1] pénétré sans fraction les murailles de mon cachot, je ne pouvais m'être sauvé, le transit* tellement qu'il fut longtemps hors de lui-même. À la fin toutefois il se reconnut, et les premières paroles qu'il employa pour détromper le petit peuple furent qu'on se gardât de se méprendre, qu'il était fort Homme d'honneur. Indubitablement il allait découvrir tout le mystère ; mais une douzaine de Fruitières, de

1. Les « corps glorieux », selon la théologie chrétienne, sont les corps des bienheureux, libérés de la matière après le jugement dernier. – *Fraction* : action de briser, de rompre.

Laquais et de Porte-chaises, désireux de me servir pour mon argent, lui fermèrent la bouche à coups de poing ; et d'autant qu'ils se figuraient que leur récompense serait mesurée aux outrages dont ils insulteraient à la faiblesse de ce pauvre dupé, chacun accourait y toucher du pied ou de la main. « Voyez l'Homme d'honneur ! clabaudait cette racaille. Il n'a pourtant pas su s'empêcher de dire, dès qu'il a reconnu Monsieur, qu'il était attrapé ! » Le bon de la Comédie, c'est que mon Geôlier étant en ses habits de fête, il avait honte de s'avouer Marguillier du Bourreau[1], et craignait même, se découvrant, d'être encore mieux battu. Moi, de mon côté, je pris l'essor durant le plus chaud de la bagarre. J'abandonnai mon salut à mes jambes : elles m'eurent bientôt mis en franchise[2]. Mais pour mon malheur, la vue que tout le monde recommençait à jeter sur moi, me rejeta tout de nouveau dans mes premières alarmes. Si le spectacle de cent guenilles, qui comme un branle* de petits gueux dansaient à l'entour de moi, excitait un bâilleur[3] à me regarder, je craignais qu'il ne lût sur mon front que j'étais un prisonnier échappé. Si un passant sortait la main de dessous son manteau, je me le figurais un Sergent* qui allongeait le bras pour m'arrêter. Si j'en remarquais un autre, arpentant le pavé sans me rencontrer des yeux, je me persuadais qu'il feignait de ne m'avoir pas vu, afin de me saisir par-derrière. Si j'apercevais un Marchand entrer dans sa boutique, je disais : « Il va décrocher sa hallebarde ! » Si je rencontrais un quartier plus chargé de peuple qu'à l'ordinaire : « Tant de monde, pensais-je, ne s'est point assemblé là sans dessein ! » Si un autre était vide : « On est ici près à me guetter. » Un embarras* s'opposait-il à ma fuite : « On a barricadé les rues pour m'enclore ! » Enfin ma peur subornant

1. L'expression introduit une comparaison insidieuse entre le curé et le bourreau : le *marguillier*, en effet, est l'administrateur des affaires temporelles d'une église ou d'une paroisse.

2. *Franchise* : liberté. À l'époque de Cyrano, cette acception du terme n'appartient plus guère qu'à la langue poétique.

3. *Bâilleur* : « Mot bas et piquant, pour dire un homme qui bâille souvent » (Richelet).

ma raison, chaque Homme me semblait un Archer*, chaque parole, *Arrêtez !*, et chaque bruit, l'insupportable croassement des verrous de ma prison passée. Ainsi travaillé* de cette terreur panique, je résolus de gueuser* encore, afin de traverser sans soupçon le reste de la Ville jusqu'à la poste* ; mais de peur qu'on ne me reconnût à la voix, j'ajoutai à l'exercice de Quémand[1] l'adresse de contrefaire le Muet. Je m'avance donc vers ceux que j'aperçois qui me regardent ; je pointe un doigt dessous le menton, puis dessus la bouche, et je l'ouvre en bâillant, avec un cri non articulé, pour faire entendre* par ma grimace qu'un pauvre Muet demande l'aumône. Tantôt par charité on me donnait un compatissement[2] d'épaule ; tantôt je me sentais fourrer une bribe* au poing ; et tantôt j'entendais des Femmes murmurer que je pourrais bien en Turquie avoir été de cette façon martyrisé pour la Foi. Enfin j'appris que la gueuserie* est un grand Livre qui nous enseigne les mœurs des peuples à meilleur marché que tous ces grands Voyages de Colomb et de Magellan[3].

Ce stratagème pourtant ne put encore lasser l'opiniâtreté de ma destinée, ni gagner* son mauvais naturel. Mais à quelle autre invention pouvais-je recourir ? Car de traverser une grande Ville comme Toulouse, où mon Estampe m'avait fait connaître même aux Harangères, bariolé de guenilles aussi bourrues[4] que celles d'un Arlequin, n'était-il pas vraisemblable que je serais observé et reconnu incontinent* ? Et que le contre-charme* de ce danger était le personnage de Gueux, dont le rôle se joue sous toutes sortes

---

1. *Quémand* : mendiant (d'où « quémander »).
2. *Compatissement* est apparemment un néologisme.
3. Par cette formule, Cyrano semble reconnaître sa dette envers le roman « picaresque » espagnol, roman de gueux (*picaro* signifie gueux). Le genre a été initié par le *Lazarillo de Tormes* (anonyme, 1550), *Guzman d'Alfarache* de Mateo Aleman (1599-1604), etc., et a nourri dès le XVIIe siècle l'inspiration des romanciers français (voir aussi *Francion* de Charles Sorel, 1623-1626, *Le Page disgracié* de Tristan L'Hermite, 1643, *Le Roman comique* de Scarron, 1651-1657, etc.).
4. *Bourru* : « bizarre » (F.)

de visages ? Et puis quand cette ruse n'aurait pas été projetée avec toutes les circonspections qui la devaient accompagner, je pense que parmi tant de funestes conjonctures, c'était avoir le jugement bien fort de ne pas devenir insensé.

J'avançais donc chemin, quand tout à coup je me sentis obligé de rebrousser arrière ; car mon vénérable geôlier, et quelque douzaine d'archers* de sa connaissance, qui l'avaient tiré des mains de la racaille, s'étant ameutés, et patrouillant toute la Ville pour me trouver, se rencontrèrent malheureusement sur mes voies. D'abord* qu'ils m'aperçurent avec leurs yeux de Lynx, voler de toute leur force et moi voler de toute la mienne fut une même chose. J'étais si légèrement poursuivi, que quelquefois ma liberté sentait dessus mon col l'haleine des Tyrans qui la voulaient opprimer ; mais il semblait que l'air qu'ils poussaient en courant derrière moi me poussât devant eux. Enfin le Ciel ou la peur me donnèrent quatre ou cinq ruelles d'avance. Ce fut pour lors que mes Chasseurs perdirent le vent et les traces, moi la vue et le charivari de cette importune Vénerie[1]. Certes qui n'a franchi, je dis en original[2], des agonies semblables, peut difficilement mesurer la joie dont je tressaillis, quand je me vis échappé. Toutefois, parce que mon salut me demandait tout entier, je résolus de ménager bien avaricieusement le temps qu'ils consumaient pour m'atteindre. Je me barbouillai le visage, frottai mes cheveux de poussière, dépouillai mon pourpoint, dévalai* mon haut-de-chausses, jetai mon chapeau dans un soupirail ; puis ayant étendu mon mouchoir dessus le pavé, et disposé aux coins quatre petits cailloux, comme les malades de la contagion*, je me couchai vis-à-vis, le ventre contre terre, et d'une voix piteuse me mis à geindre fort langoureusement. À peine étais-je là, que j'entendis les cris de cette enrouée populace longtemps avant le bruit de leurs pieds ; mais j'eus encore assez de jugement pour me tenir en la même posture, dans

1. *Vénerie* : chasse à courre.
2. *En original* : en personne.

l'espérance de n'en être point connu*, et je ne fus point trompé ; car me prenant tous pour un pestiféré, ils passèrent fort vite, en se bouchant le nez, et jetèrent la plupart un double* sur mon mouchoir.

L'orage ainsi dissipé, j'entre sous une allée, je reprends mes habits, et m'abandonne encore à la Fortune ; mais j'avais tant couru qu'elle s'était lassée de me suivre. Il le faut bien croire ainsi : car à force de traverser des places et des carrefours, d'enfiler et couper des rues, cette glorieuse Déesse, n'étant pas accoutumée de marcher si vite, pour mieux dérober ma route, me laissa choir aveuglément aux mains des Archers* qui me poursuivaient. À ma rencontre ils foudroyèrent[1] une huée si furieuse, que j'en demeurai sourd. Ils crurent n'avoir point assez de bras pour m'arrêter, ils y employèrent les dents, et ne s'assuraient pas encore de me tenir ; l'un me traînait par les cheveux, un autre par le collet, pendant que les moins passionnés me fouillaient. La quête fut plus heureuse que celle de la prison, ils trouvèrent le reste de mon or.

Comme ces charitables Médecins s'occupaient à guérir l'hydropisie de ma bourse, un grand bruit s'éleva, toute la place retentit de ces mots : « Tue ! tue[2] ! » et en même temps je vis briller des épées. Ces Messieurs qui me traînaient crièrent que c'étaient les Archers du Grand Prévôt qui leur voulaient dérober cette capture[3]. « Mais prenez garde, me dirent-ils, me tirant plus fort qu'à l'ordinaire, de choir entre leurs mains, car vous seriez condamné en vingt-quatre heures, et le roi ne vous sauverait pas. » À la fin pourtant, effrayés eux-mêmes du chamaillis[4] qui commençait à les atteindre, ils m'abandonnèrent si universellement que je demeurai tout seul au milieu de la rue, cependant que les agresseurs faisaient boucherie de

1. L'emploi transitif de « foudroyer » est exceptionnel. Notons-le une fois pour toutes : Cyrano modifie très souvent la construction usuelle des verbes, passant du transitif à l'intransitif, et inversement.
2. Expression utilisée « pour exciter quelqu'un au carnage » (F.).
3. Les hommes du « grand prévot », officier supérieur de police ou de justice, se trouvent donc en rivalité avec d'autres gens de police.
4. Action de se chamailler ; terme archaïque selon Furetière.

tout ce qu'ils rencontraient. Je vous laisse à penser si je pris la fuite, moi qui avais également à craindre l'un et l'autre parti. En peu de temps je m'éloignai de la bagarre ; mais comme déjà je demandais le chemin de la poste*, un torrent de peuple qui fuyait la mêlée dégorgea dans ma rue. Ne pouvant résister à la foule, je la suivis ; et me fâchant de courir si longtemps, je gagnai à la fin une petite porte fort sombre, où je me jetai pêle-mêle avec d'autres fuyards. Nous la bâclâmes* dessus nous, puis quand tout le monde eut repris haleine : « Camarades, dit un de la troupe, si vous m'en croyez, passons les deux guichets*, et tenons fort dans le préau[1]. » Ces épouvantables paroles frappèrent mes oreilles d'une douleur si surprenante que je pensai tomber mort sur la place. Hélas ! tout aussitôt, mais trop tard, je m'aperçus qu'au lieu de me sauver dans un asile comme je croyais, j'étais venu me jeter moi-même en prison, tant il est impossible d'échapper à la vigilance de son étoile. Je considérai cet Homme plus attentivement, et je le reconnus pour un des Archers* qui m'avaient si longtemps couru. La sueur froide m'en monta au front, et je devins pâle, prêt à m'évanouir. Ceux qui me virent si faible, émus de compassion, demandèrent de l'eau ; chacun s'approcha pour me secourir, et par malheur ce maudit Archer fut des plus hâtés ; il n'eut pas jeté les yeux sur moi qu'aussitôt il me reconnut. Il fit signe à ses compagnons, et en même temps on me salua d'un *Je vous fais prisonnier de par le roi.* Il ne fallut pas aller loin pour m'écrouer.

Je demeurai dans la morgue[2] jusqu'au soir, où chaque Guichetier l'un après l'autre, par une exacte dissection des parties de mon visage, venait tirer mon tableau sur la toile de sa mémoire.

---

1. Il faut sans doute comprendre : « tenons une place forte dans le préau ».

2. La *morgue,* « où l'on tient quelque temps ceux qui entrent en prison, afin que les Guichetiers les regardent fixement, et s'impriment si bien l'idée de leur visage en leur imagination, qu'ils ne puissent manquer de les reconnaître » (F.). Les guichetier*s* sont les gardiens de prison.

À sept heures sonnantes, le bruit d'un trousseau de clefs donna le signal de la retraite. On me demanda si je voulais être conduit à la chambre d'une pistole* : je répondis d'un baissement de tête. « De l'argent donc ! » me répliqua ce Guide. Je connus* bien que j'étais en lieu où il m'en faudrait avaler bien d'autres ; c'est pourquoi je le priai, en cas que sa courtoisie ne pût se résoudre à me faire crédit jusqu'au lendemain, qu'il dît de ma part au Geôlier de me rendre la monnaie qu'on m'avait prise. « Ho ! par ma foi, répondit ce maraud*, notre Maître a bon cœur, il ne rend rien[1]. Est-ce donc que pour votre beau nez... ? Hé, allons, allons aux cachots noirs. » En achevant ces paroles, il me montra le chemin par un grand coup de son trousseau de clefs, la pesanteur duquel me fit culbuter et griller* du haut en bas d'une montée obscure, jusqu'au pied d'une porte qui m'arrêta ; encore n'aurais-je pas reconnu que c'en était une, sans l'éclat du choc dont je la heurtai, car je n'avais plus mes yeux, ils étaient demeurés au haut de l'escalier sous la figure d'une chandelle que tenait à quatre-vingts marches au-dessus de moi mon bourreau de conducteur. Enfin cet homme-tigre, *pian piano*[2] descendu, démêla trente grosses serrures, décrocha autant de barres et, le guichet* seulement entrebâillé, d'une secousse de genou il m'engouffra dans cette fosse, dont je n'eus pas le temps de remarquer toute l'horreur, tant il retira vite après lui la porte. Je demeurai dans la bourbe jusqu'aux genoux. Si je pensais gagner le bord, j'enfonçais jusqu'à la ceinture. Le gloussement terrible des Crapauds qui pataugeaient dans la vase me faisait souhaiter d'être sourd ; je sentais des Lézards monter le long de mes cuisses, des Couleuvres m'entortiller le col ; et j'en entrevis une, à la sombre clarté de ses prunelles étincelantes, qui de sa gueule toute noire de venin dardait une langue à trois pointes, dont la

1. Jeu de mots sur « cœur » (bon cœur, mal de cœur) et « rendre » (donner, vomir). « Notre Maître » désigne le Geôlier.
2. Emprunt à l'italien : *piano piano*, tout doucement.

brusque agitation paraissait une foudre où ses regards mettaient le feu.

D'exprimer le reste, je ne puis : il surpasse toute créance ; et puis je n'ose tâcher à m'en ressouvenir, tant je crains que la certitude où je pense être d'avoir franchi ma prison, ne soit un songe duquel je me vais éveiller. L'aiguille avait marqué dix heures au Cadran de la grosse Tour, avant que personne eût frappé à mon tombeau. Mais, environ ce temps-là, comme déjà la douleur d'une amère tristesse commençait à me serrer le cœur, et désordonner ce juste accord qui fait la vie[1], j'entendis une voix laquelle m'avertissait de saisir la perche qu'on me présentait. Après avoir, parmi l'obscurité, tâtonné l'air assez longtemps pour la trouver, j'en rencontrai un bout, je le pris tout ému, et mon Geôlier tirant l'autre à soi, me pêcha du milieu de ce marécage. Je me doutai que mes affaires avaient pris une autre face, car il me fit de profondes civilités, ne me parla que la tête nue, et me dit que cinq ou six personnes de condition attendaient dans la cour pour me voir. Il n'est pas jusqu'à cette bête sauvage qui m'avait enfermé dans la cave que je vous ai décrite, lequel eut l'impudence de m'aborder : avec un genou en terre, m'ayant baisé les mains de l'une de ses pattes, il m'ôta quantité de Limaces qui s'étaient collées à mes cheveux, et de l'autre, il fit choir un gros tas de Sangsues dont j'avais le visage masqué.

Après cette admirable courtoisie : « Au moins, me dit-il, mon bon seigneur, vous vous souviendrez de la peine et du soin qu'a pris auprès de vous le gros Nicolas. Pardi écoutez, quand c'eût été pour le Roi, ce n'est pas pour vous le reprocher, déa. » Outré de l'effronterie du maraud*, je lui fis signe que je m'en souviendrais. Par mille détours effroyables, j'arrivai enfin à la lumière, et puis dans la cour où, sitôt que je fus entré, deux hommes me saisirent, que d'abord je ne pus connaître*, à cause qu'ils s'étaient jetés sur moi en

1. Allusion au principe médical et philosophique, courant à l'époque, selon lequel la santé et la vie résident dans l'« harmonie » ou l'« accord » des éléments constitutifs du corps.

même temps et me tenaient l'un et l'autre, la face attachée contre la mienne. Je fus longtemps sans les deviner[1] ; mais les transports de leur amitié prenant un peu de trêve, je reconnus mon cher Colignac et le brave Marquis. Colignac avait le bras en écharpe, et Cussan fut le premier qui sortit de son extase. « Hélas ! dit-il, nous n'aurions jamais soupçonné un tel désastre, sans votre Coureur* et le Mulet qui sont arrivés cette nuit aux portes de mon Château : leur poitrail, leurs sangles, leur croupière, tout était rompu, et cela nous a fait présager quelque chose de votre malheur. Nous sommes montés aussitôt à cheval, et nous n'avons pas cheminé deux ou trois lieues vers Colignac, que tout le pays ému de cet accident nous en a particularisé* les circonstances. Au galop en même temps nous avons donné jusqu'au Bourg où vous étiez en prison ; mais y ayant appris votre évasion, sur le bruit qui courait que vous aviez tourné du côté de Toulouse, avec ce que nous avions de nos gens, nous y sommes venus à toute bride. Le premier à qui nous avons demandé de vos nouvelles nous a dit qu'on vous avait repris. En même temps nous avons poussé nos Chevaux vers cette prison ; mais d'autres gens nous ont assuré que vous vous étiez évanoui de la main des Sergents*. Et comme nous avancions toujours chemin, des Bourgeois se contaient l'un à l'autre que vous étiez devenu invisible. Enfin à force de prendre langue, nous avons su qu'après vous avoir pris, perdu, et repris je ne sais combien de fois, on vous menait à la prison de la grosse Tour. Nous avons coupé chemin à vos Archers*, et d'un bonheur plus apparent que véritable, nous les avons rencontrés en tête, attaqués, combattus et mis en fuite ; mais nous n'avons pu apprendre des blessés mêmes que nous avons pris ce que vous étiez devenu, jusqu'à ce matin qu'on nous est venu dire que vous étiez aveuglément venu vous-même vous sauver en prison. Colignac est blessé en plusieurs endroits, mais fort légèrement. Au reste, nous venons de mettre ordre que vous fussiez logé dans la plus belle chambre

1. Comprendre : « sans les reconnaître ».

d'ici. Comme vous aimez le grand air, nous avons fait meubler un petit appartement pour vous seul tout au haut de la grosse Tour, dont la terrasse vous servira de Balcon ; vos yeux du moins seront en liberté, malgré le corps qui les attache.

« Ha ! mon cher Dyrcona, s'écria le comte prenant alors la parole, nous fûmes bien malheureux de ne pas t'emmener quand nous partîmes de Colignac ! Mon cœur, par une tristesse aveugle dont j'ignorais la cause, me prédisait je ne sais quoi d'épouvantable. Mais n'importe ; j'ai des Amis, tu es innocent, et en tout cas je sais fort bien comme on meurt glorieusement. Une seule chose me désespère. Le maraud* sur lequel je voulais essayer les premiers coups de ma vengeance (tu conçois bien que je parle de mon Curé) n'est plus en état de la ressentir : ce misérable a rendu l'âme. Voici le détail de sa mort. Il courait avec son Serviteur pour chasser ton Coureur* dans son Écurie, quand ce Cheval, d'une fidélité par qui peut-être les secrètes lumières de son instinct ont redoublé, tout fougueux, se mit à ruer, mais avec tant de furie et de succès, qu'en trois coups de pied contre qui la tête de ce buffle échoua, il fit vaquer son Bénéfice[1]. Tu ne comprends pas sans doute les causes de la haine de cet insensé, mais je te les veux découvrir. Sache donc, pour prendre l'affaire de plus haut, que ce saint Homme, Normand de nation et Chicaneur* de son métier, qui desservait, selon l'argent des Pèlerins, une chapelle abandonnée, jeta un dévolu sur la Cure de Colignac[2], et que malgré tous mes efforts pour maintenir le possesseur dans son bon droit, le drôle patelina* si bien ses Juges, qu'à la fin malgré nous il fut notre Pasteur. Au bout d'un an il me

---

1. C'est-à-dire qu'il libéra (il rendit « vacant ») son « bénéfice », le revenu ecclésiastique qui lui était attribué ; autrement dit, le curé mourut. – Dans les deux expressions « fidélité par qui », « coups de pied contre qui », *qui* renvoie à un antécédent inanimé (la fidélité, les coups de pied). Cet emploi est courant au XVIIe siècle.

2. Le *dévolu*, c'est la « provision qu'on obtient du Saint-Siège pour avoir le bénéfice qu'un autre possède », selon le *Dictionnaire* de Richelet qui donne les exemples suivants : « Obtenir un bénéfice par dévolu. Jeter un dévolu sur un bénéfice. »

plaida aussi sur ce qu'il entendait que je payasse la dîme[1]. On eut beau lui représenter que, de temps immémorial, ma terre était franche, il ne laissa pas d'intenter son procès qu'il perdit ; mais dans les procédures, il fit naître tant d'incidents, qu'à force de pulluler, plus de vingt autres procès ont germé de celui-là qui demeureront au croc[2], grâce au cheval dont le pied s'est trouvé plus dur que la cervelle de M. Jean. Voilà tout ce que je puis conjecturer du vertigo[3] de notre Pasteur. Mais admirez avec quelle prévoyance il conduisait sa rage ! On vient d'assurer que, s'étant mis en tête le malheureux dessein de ta prison, il avait secrètement permuté la Cure de Colignac contre une autre Cure en son Pays, où il s'attendait de se retirer aussitôt que tu serais pris. Son Serviteur a même dit que, voyant ton Cheval près de son Écurie, il lui avait entendu murmurer que c'était de quoi le mener en lieu où on ne l'atteindrait pas. »

En suite de ce discours, Colignac m'avertit de me défier des offres et des visites que me rendrait peut-être une personne très puissante qu'il me nomma ; que c'était par son crédit que Messire Jean avait gagné le procès du dévolu[4], et que cette personne de qualité avait sollicité l'affaire pour lui, en paiement des services que ce bon prêtre, du temps qu'il était Cuistre*, avait rendus au Collège à son Fils. « Or, continua Colignac, comme il est bien malaisé de plaider sans aigreur et sans qu'il reste à l'âme un caractère d'inimitié qui ne s'efface plus, encore qu'on nous ait rapatriés*, il a toujours depuis cherché secrètement les occasions de me traverser*. Mais il n'importe ; j'ai plus de parents que lui dans la robe[5], et ai beaucoup d'Amis, ou tout au pis nous saurons y interposer l'autorité Royale. »

---

1. Colignac prétend que sa terre est « franche », c'est-à-dire libre d'impôts, notamment de l'impôt versé à l'Église (la « dîme ») que le Curé veut lui faire payer.
2. « On dit qu'un procès est pendu au *croc*, quand on ne le poursuit plus » (F.).
3. *Vertigo* : « vertige, éblouissement, pâmoison » (F.).
4. *Dévolu* : voir note 2, p. 84. Messire Jean est le Curé.
5. *Dans la robe* : dans la magistrature. Voir plus haut, les « robes longues », note 3, p. 56.

Après que Colignac eut dit, ils tâchèrent l'un et l'autre de me consoler ; mais ce fut par les témoignages d'une douleur si tendre que la mienne s'en augmenta.

Sur ces entrefaites, mon Geôlier nous vint retrouver, pour nous avertir que la chambre était prête. « Allons la voir », répondit Cussan. Il marcha, et nous le suivîmes. Je la trouvai fort ajustée*. « Il ne me manque rien, leur dis-je, sinon des Livres. » Colignac me promit de m'envoyer dès le lendemain tous ceux dont je lui donnerais la liste. Quand nous eûmes bien considéré et bien reconnu, par la hauteur de ma Tour, par les fossés à fond de cuve[1] qui l'environnaient et par toutes les dispositions de mon appartement, que de me sauver était une entreprise hors du pouvoir humain, mes Amis, se regardant l'un et l'autre, et puis jetant les yeux sur moi, se mirent à pleurer ; mais comme si tout à coup notre douleur eût fléchi la colère du ciel, une soudaine joie s'empara de mon âme, la joie attira l'espérance, et l'espérance de secrètes lumières, dont ma raison se trouva tellement éblouie que, d'un emportement contre ma volonté qui me semblait ridicule à moi-même : « Allez, leur dis-je, allez m'attendre à Colignac : j'y serai dans trois jours, et envoyez-moi tous les instruments de mathématique dont je travaille ordinairement. Au reste vous trouverez dans une grande boîte force cristaux taillés de diverses façons ; ne les oubliez pas ; toutefois j'aurai plus tôt fait de spécifier dans un mémoire les choses dont j'ai besoin. »

Ils se chargèrent du billet que je leur donnai, sans pouvoir pénétrer mon intention. Après quoi, je les congédiai.

Depuis leur départ je ne fis que ruminer* à l'exécution des choses que j'avais préméditées, et j'y ruminais encore le lendemain, quand on m'apporta de leur part tout ce que j'avais marqué au catalogue. Un Valet de chambre de Colignac me dit qu'on n'avait point vu son Maître depuis le jour précédent, et qu'on ne savait ce qu'il était devenu. Cet accident* ne me troubla point, parce que aussitôt il me vint à la pensée qu'il

1. *À fond de cuve* : escarpés, sans talus.

serait possible* allé en Cour solliciter ma sortie ; c'est pourquoi, sans m'étonner, je mis la main à l'œuvre. Huit jours durant je charpentai, je rabotai, je collai, enfin je construisis la machine que je vous vais décrire.

Ce fut une grande boîte fort légère, et qui fermait fort juste ; elle était haute de six pieds ou environ, et large de trois en carré. Cette boîte était trouée par en bas ; et par-dessus la voûte qui l'était aussi, je posai un vaisseau* de cristal troué de même, fait en globe, mais fort ample, dont le goulot aboutissait justement, et s'enchâssait dans le pertuis* que j'avais pratiqué au chapiteau.

Le vase était construit exprès à plusieurs angles, et en forme d'icosaèdre*, afin que chaque facette étant convexe et concave, ma boule produisît l'effet d'un miroir ardent[1].

Le Geôlier, ni ses Guichetiers, ne montaient jamais à ma chambre, qu'ils ne me rencontrassent occupé à ce travail ; mais ils ne s'en étonnaient point, à cause de toutes les gentillesses[2] de mécanique qu'ils voyaient

1. « *Miroir ardent* est un miroir concave, sphérique ou parabolique, qui ramasse tous les rayons du soleil en un point, qu'on appelle *foyer*, où la chaleur devient si grande qu'elle brûle. On a vu de si bons *miroirs ardents* qu'ils fondaient et calcinaient les métaux en deux minutes » (F.).
La description de cette machine pourrait appeler bien des commentaires. D'un point de vue physique, il s'agit d'une boîte surmontée d'un polyèdre en verre (l'*icosaèdre* est un solide à vingt faces) dont les facettes réfléchissantes, captant les rayons de soleil qu'elles font converger, échauffent et dilatent l'air qui s'engouffre par le bas de la boîte et s'échappe par le haut du polyèdre. Le mécanisme de propulsion de l'appareil exploite donc à la fois l'énergie solaire et les lois de la dilatation de l'air. D'autre part, Cyrano joue manifestement sur une théorie de l'harmonie de l'univers qui est issue du *Timée* de Platon (55d-56d) et qui a connu une fortune remarquable dans la pensée hermétique et alchimique : chacun des quatre éléments correspondrait à une figure géométrique, l'*icosaèdre* (polyèdre à vingt faces) étant la figure de l'eau, le *cube* celle de la terre ; ainsi, la machine du Narrateur, qui utilise le *feu* et l'*air*, accomplit l'harmonie des éléments de l'univers. Voir la Présentation, p. 34. Il est peu probable que Cyrano ait lu directement le *Timée*, mais il est certain qu'il connaissait des ouvrages hermétiques et alchimiques.

2. *Gentillesses* : petits ouvrages délicats, inventions ingénieuses. Les savants des XVI^e^ et XVII^e^ siècles se plaisaient à collectionner de telles étrangetés mécaniques, rangées parmi les « curiosités » du monde

dans ma chambre, dont je me disais l'inventeur. Il y avait entre autres une horloge à vent, un œil artificiel avec lequel on voit la nuit, une Sphère où les Astres suivent le mouvement qu'ils ont dans le Ciel. Tout cela leur persuadait que la machine où je travaillais était une curiosité semblable ; et puis l'argent dont Colignac leur graissait les mains les faisait marcher doux en beaucoup de pas difficiles. Or il était neuf heures du matin, mon Geôlier était descendu, et le Ciel était obscurci, quand j'exposai cette machine au sommet de ma Tour, c'est-à-dire au lieu le plus découvert de ma terrasse. Elle fermait si close, qu'un seul grain d'air, hormis par les deux ouvertures, ne s'y pouvait glisser, et j'avais emboîté par-dedans un petit ais* fort léger qui servait à m'asseoir.

Tout cela disposé de la sorte, je m'enfermai dedans, et j'y demeurai près d'une heure, attendant ce qu'il plairait à la Fortune d'ordonner de moi.

Quand le Soleil débarrassé de nuages commença d'éclairer ma machine, cet icosaèdre* transparent qui recevait à travers ses facettes les trésors du Soleil, en répandait par le bocal la lumière dans ma cellule ; et comme cette splendeur s'affaiblissait à cause des rayons qui ne pouvaient se replier jusqu'à moi sans se rompre beaucoup de fois, cette vigueur de clarté tempérée convertissait ma Châsse* en un petit Ciel de pourpre émaillé d'or[1].

J'admirais avec extase la beauté d'un coloris si mélangé, et voici que tout à coup je sens mes entrailles émues de la même façon que les sentirait tressaillir quelqu'un enlevé par une poulie.

---

(*curiosités* : « choses rares, nouvelles, singulières », F.). Ces mécaniques surprenantes jouaient un rôle important dans l'épistémologie du temps : elles montraient que les effets les plus prodigieux, apparemment surnaturels, pouvaient être produits par une causalité naturelle et par des pouvoirs proprement humains, à la frontière de la magie et de la science.

1. La réfraction des rayons de lumière produit, semble-t-il, un effet de prisme. Il n'est peut-être pas nécessaire de renvoyer à l'analyse notoire de Descartes dans les *Météores* (éd. Adam-Tannery, vol. 6, p. 329) : les explications des phénomènes de l'arc-en-ciel sont nombreuses, au moins depuis Aristote.

J'allais ouvrir mon guichet*, pour connaître la cause de cette émotion ; mais comme j'avançais la main, j'aperçus, par le trou du plancher de ma boîte, ma Tour déjà fort basse au-dessous de moi ; et mon petit château en l'air, poussant mes pieds contre-mont*, me fit voir en un tournemain Toulouse qui s'enfonçait en terre. Ce prodige m'étonna, non point à cause d'un essor si subit, mais à cause de cet épouvantable emportement de la raison humaine au succès* d'un dessein qui m'avait même effrayé en l'imaginant. Le reste ne me surprit pas, car j'avais bien prévu que le vide[1] qui surviendrait dans l'icosaèdre* à cause des rayons unis du Soleil par les verres concaves, attirerait pour le remplir une furieuse abondance d'air dont ma boîte serait enlevée ; et qu'à mesure que je monterais, l'horrible vent qui s'engouffrerait par le trou ne pourrait s'élever jusqu'à la voûte, qu'en pénétrant cette machine avec furie, il ne la poussât en haut. Quoique mon dessein fût digéré* avec beaucoup de précaution, une circonstance toutefois me trompa, pour n'avoir pas assez espéré de la vertu* de mes miroirs. J'avais disposé autour de ma boîte une petite voile facile à contourner, avec une ficelle dont je tenais le bout, qui passait par le bocal du vase ; car je m'étais imaginé qu'ainsi, quand je serais en l'air, je pourrais prendre autant de vent qu'il m'en faudrait pour arriver à Colignac ; mais en un clin d'œil, le Soleil, qui battait à plomb et obliquement sur les miroirs ardents de l'icosaèdre, me guinda* si haut que je perdis Toulouse de vue. Cela me fit abandonner ma ficelle et, fort peu de temps après, j'aperçus par une des vitres que j'avais pratiquées aux quatre côtés de la machine, ma petite voile arrachée qui s'envolait au gré d'un tourbillon entonné* dedans.

---

1. En même temps que les références au *Timée*, Cyrano fait jouer les principes de Lucrèce, pour qui le vide joue un rôle fondamental dans la constitution de la matière et le mouvement des corps (*De rerum natura*, I, v. 329*sq* et 383*sq* ; VI, v. 1020-1027). L'association du platonisme magique et de l'épicurisme de Lucrèce est fondamentale dans l'ensemble des *États et Empires*. Avant Cyrano, c'est une caractéristique constante des philosophes magico-hermétiques, de Ficin à Bruno et Campanella.

Il me souvient qu'en moins d'une heure je me trouvai au-dessus de la moyenne région*. Je m'en aperçus bientôt, parce que je voyais grêler et pleuvoir plus bas que moi[1]. On me demandera peut-être d'où venait alors ce vent (sans lequel ma boîte ne pouvait monter) dans un étage du Ciel exempt de météores. Mais pourvu qu'on m'écoute, je satisferai à cette objection. Je vous ai dit que le Soleil qui battait vigoureusement sur mes miroirs concaves, unissant les rais dans le milieu du vase, chassait avec son ardeur, par le tuyau d'en haut, l'air dont il était plein ; et qu'ainsi le vase demeurant vide, la Nature qui l'abhorre lui faisait rehumer par l'ouverture basse d'autre air pour se remplir[2] ; s'il en perdait beaucoup, il en recouvrait autant ; et de cette sorte on ne doit pas s'ébahir que dans une région au-dessus de la moyenne où sont les vents, je continuasse de monter, parce que l'éther[3] devenait vent, par la furieuse vitesse avec laquelle il s'engouffrait pour empêcher le vide, et devait par conséquent pousser sans cesse ma machine.

Je ne fus quasi pas travaillé* de la faim, hormis lorsque je traversai cette moyenne région ; car vérita-

1. Au-dessus de la « moyenne région », le Narrateur a dépassé la sphère des phénomènes météorologiques, qu'on appelait justement « météores » (voir la phrase suivante).

2. Les *rayons* du soleil s'unissent au milieu du *récipient*, chassent avec leur *chaleur*, par le tuyau d'en haut, l'air dont il est plein ; le vase restant vide, l'air y est aspiré par l'ouverture du bas. L'air circule ainsi du bas du récipient vers le haut, et le récipient s'élève. Cyrano reprend ironiquement l'adage scolastique « la Nature abhorre le vide », qui signifie que le vide ne peut exister dans la nature, pour lui faire dire le contraire : le vide existe et peut être exploité efficacement par la technique humaine. Le vide est un objet fondamental de la réflexion du temps, aux frontières de la physique et de la métaphysique (l'existence du vide est niée par la scolastique, mais aussi par les cartésiens ; elle est en revanche admise par les épicuriens, de Lucrèce à Gassendi ; elle est démontrée à partir des expériences de Torricelli et de Pascal, dans les années 1640).

3. Le terme « éther », dans l'astronomie ancienne, désigne l'espace situé au-dessus de la « moyenne région », et où les corps célestes sont supposés fixés. Dans la doctrine scolastique, l'éther est une substance absolument pure, inaltérable et incorruptible. Cyrano en fait au contraire un élément transformable et utilisable par la technique.

blement la froideur du climat me la fit voir, de loin ; je dis de loin, à cause qu'une bouteille d'essence* que je portais toujours, dont j'avalai quelques gorgées, lui défendit d'approcher.

Pendant tout le reste de mon voyage, je n'en sentis aucune atteinte ; au contraire, plus j'avançais vers ce monde enflammé, plus je me trouvais robuste. Je sentais mon visage un peu chaud, et plus gai qu'à l'ordinaire ; mes mains paraissaient colorées d'un vermeil agréable, et je ne sais quelle joie coulait parmi mon sang qui me faisait être au-delà de moi.

Il me souvient que réfléchissant sur cette aventure, je raisonnai une fois ainsi : « La faim sans doute ne me saurait atteindre, à cause que cette douleur n'étant qu'un instinct de Nature, avec lequel elle oblige les animaux* à réparer par l'aliment ce qui se perd de leur substance, aujourd'hui qu'elle sent que le Soleil par sa pure, continuelle, et voisine irradiation, me fait plus réparer de chaleur radicale* que je n'en perds, elle ne me donne plus cette envie qui me serait inutile. » J'objectais pourtant à ces raisons, que puisque le tempérament* qui fait la vie, consistait non seulement en chaleur naturelle, mais en humide radical[1], où ce feu se doit attacher comme la flamme à l'huile d'une lampe, les rayons seuls de ce brasier vital ne pouvaient faire l'âme, à moins de rencontrer quelque matière onctueuse qui les fixât. Mais tout aussitôt je vainquis cette difficulté, après avoir pris garde que dans nos corps l'humide radical et la chaleur naturelle ne sont rien qu'une même chose ; car ce que l'on appelle « humide », soit dans les Animaux, soit dans le Soleil, cette grande âme du Monde, n'est qu'une fluxion d'étincelles plus continues, à cause de leur mobilité ; et ce que l'on nomme « chaleur » est une bruine

1. Pour la tradition médicale hippocratique (*De flatibus*), reprise et développée chez les alchimistes, la chaleur vitale nécessaire aux êtres vivants est produite à partir d'un *pneuma*, esprit ou « âme », apparenté à l'air chaud, et d'un liquide huileux, *humidum unctuosum* ou *humide radical* (comprendre : « liquide fondamental »).

d'atomes* de feu qui paraissent moins déliés*, à cause de leur interruption[1]. Mais quand l'humide et la chaleur radicale* seraient deux choses distinctes, il est constant* que l'humide ne serait pas nécessaire pour vivre si proche* du Soleil ; car puisque cet humide ne sert dans les vivants que pour arrêter la chaleur qui s'exhalerait trop vite, et ne serait pas réparée assez tôt, je n'avais garde d'en manquer dans une région où de ces petits corps* de flamme qui font la vie, il s'en réunissait davantage à mon être qu'il ne s'en détachait.

Une autre chose peut causer de l'étonnement, à savoir pourquoi les approches de ce globe ardent ne me consumaient pas, puisque j'avais presque atteint la pleine activité de sa Sphère ; mais en voici la raison. Ce n'est point, à proprement parler, le feu même qui brûle, mais une matière plus grosse, que le feu pousse çà et là par les élans de sa nature mobile ; et cette poudre de bluettes* que je nomme « feu », par elle-même mouvante, tient possible* toute son action de la rondeur de ses atomes, car ils chatouillent, échauffent, ou brûlent, selon la figure des corps qu'ils traînent avec

---

1. Toute la matière du monde serait donc constituée d'un flux continu d'atomes de feu. Cette « théorie », résolument anti-aristotélicienne, emprunte à Lucrèce, qui voit dans le monde un perpétuel mouvement d'atomes, mais aussi à la doctrine de Campanella (et de son maître Telesio), pour qui l'univers est organisé par le conflit entre le chaud, source de tout mouvement, et le froid, cause de l'immobilité. – L'idée d'une vitalité de la matière est encore précisée en termes platoniciens. Cyrano emploie ici pour la première fois l'expression « âme du Monde », qui présente le monde comme un être vivant, animé par le même flux vital que les hommes et les animaux. L'idée d'une âme du monde est issue du *Timée* (« ce monde, qui est un animal, véritablement doué d'une âme et d'une intelligence […] », 29-30) ; elle est fondamentale dans la pensée de Ficin, de Bruno ou de Campanella, et dans l'ensemble des courants hermétiques et magiques. – Encore une fois Cyrano fait jouer deux perspectives, l'épicurisme corpusculaire de Lucrèce et le vitalisme de la philosophie « magique », teintée de néoplatonisme. La première lui permet de réduire tout ce qui a lieu à l'action de corpuscules *matériels* ; la seconde l'invite à doter cette matière universelle d'une *vie* propre. Tout est matière, et tout est vivant : le « matérialisme » corpusculaire de Lucrèce converge ainsi avec le « vitalisme » magique de Campanella.

eux[1]. Ainsi la paille ne jette pas une flamme si ardente que le bois ; le bois brûle avec moins de violence que le fer ; et cela procède de ce que le feu de fer, de bois et de paille, quoique en soi le même feu, agit toutefois diversement selon la diversité des corps qu'il remue. C'est pourquoi dans la paille, le feu (cette poussière quasi spirituelle)[2] n'étant embarrassé qu'avec un corps* mol, il est moins corrosif ; dans le bois, dont la substance est plus compacte, il entre plus durement ; et dans le fer, dont la masse est presque tout à fait solide, et liée de parties angulaires, il pénètre et consume ce qu'on y jette en un tournemain. Toutes ces observations étant si familières, on ne s'étonnera point que j'approchasse du Soleil sans être brûlé, puisque ce qui brûle n'est pas le feu, mais la matière où il est attaché ; et que le feu du Soleil ne peut être mêlé d'aucune matière[3]. N'expérimentons-nous pas même que la joie, qui est un feu, pour ce qu'il ne remue qu'un sang aérien dont les particules fort déliées* glissent doucement contre les membranes de notre chair, chatouille et fait naître je ne sais quelle aveugle volupté ? et que cette volupté, ou pour mieux dire ce premier progrès de douleur, n'arrivant pas jusqu'à menacer l'animal* de mort, mais jusqu'à lui faire sentir qu'il est en vie, cause un mouvement à nos

---

1. Ainsi l'action du feu s'expliquerait non pas par une propriété intrinsèque, mais par le mouvement de corpuscules de matière, et plus précisément par la forme de ces corpuscules ronds, et la constitution physique des objets qu'il atteint. Cette explication corpusculaire renvoie toujours à Lucrèce, mais aussi à Descartes, et elle permet de comprendre pourquoi Cyrano considère Descartes comme « épicurien » : Descartes pose en effet que le monde physique est composé de particules de matières dont l'action dépend de leur « figure » (*Principes*, III, 21, 52, *Le Monde*, éd. A-T, XI, p. 14-15, etc.).

2. Le feu, comme « poussière », est décomposé en un ensemble de très petits corpuscules en mouvement : c'est bien le principe de Descartes ; mais c'est une poussière « quasi spirituelle ». Ici encore, la réduction « matérialiste » à des principes physiques s'associe à une sorte de vitalisme : il s'agit de gommer par tous les moyens la frontière entre l'esprit et la matière.

3. L'idée d'un feu primordial, pur, qui n'aurait pas besoin de se nourrir de matière, appartient à la pensée alchimique (dans la *Lune*, le Narrateur évoquait pourtant « la matière qui nourrit le feu du soleil »).

esprits* que nous appelons « joie[1] » ? Ce n'est pas que la fièvre, encore qu'elle ait des accidents* tout contraires, ne soit un feu aussi bien que la joie, mais c'est un feu enveloppé dans un corps* dont les grains sont cornus, tel qu'est la bile âtre*, ou la mélancolie*, qui venant à darder ses pointes crochues partout où sa nature mobile le promène, perce, coupe, écorche, et produit par cette agitation violente ce qu'on appelle « ardeur de fièvre[2] ». Mais cette enchaînure de preuves est fort inutile ; les expériences les plus vulgaires suffisent pour convaincre les aheurtés*[3]. Je n'ai pas de temps à perdre, il faut penser à moi. Je suis à l'exemple de Phaéton, au milieu d'une carrière où je ne saurais rebrousser[4], et dans laquelle, si je fais un faux pas, toute la Nature ensemble n'est point capable de me secourir.

Je connus* très distinctement, comme autrefois j'avais soupçonné en montant à la Lune, qu'en effet c'est la Terre qui tourne d'Orient en Occident, à l'entour du Soleil, et non pas le Soleil autour d'elle[5] ;

---

1. La joie, « qui est un feu », est donc conçue comme une très légère brûlure dans le corps, qui avive chez les mortels le sentiment de la vie. Ici encore, les explications données par Cyrano nient la frontière entre l'âme et le corps : d'un côté, elles ramènent les sentiments à la physiologie, et de la physiologie à la physique ; de l'autre, elles transmuent la physique en étude de l'âme cosmique et individuelle.
2. La fièvre est aussi une brûlure du corps, mais sans joie, car la brûlure met en mouvement des corpuscules pointus qui font souffrir. Ce type d'interprétation expliquant les sensations de plaisir ou de douleur par la forme des corpuscules était fréquent dans la chimie atomiste du temps.
3. La formule est évidemment ironique ; les explications qui précèdent, et qui ne sauraient être considérées comme des « preuves », n'ont peut-être pas convaincu le lecteur.
4. Allusion mythologique : Phaéton, fils du dieu du Soleil, Phébus, a obtenu la faveur de conduire le char de son père, qui chaque jour parcourt l'orbe du ciel ; mais il n'a pas su retenir les chevaux, qui sont sortis de leur route, incendiant l'univers.
5. Dans la séquence qui commence ici, le Narrateur « vérifie » un certain nombre d'hypothèses de la science moderne, qui détruisent les postulats de l'astronomie ptoléméenne. On peut même dire qu'il énumère méthodiquement les observations fondatrices établies par Galilée autour de 1610. Cependant, c'est avant tout l'élan novateur d'un savoir nouveau qui intéresse Cyrano, plutôt que la rigueur des données scientifiques. Les explications qui suivent sont en effet par-

car je voyais en suite de la France, le pied de la botte d'Italie, puis la mer Méditerranée, puis la Grèce, puis le Bosphore, le Pont-Euxin, la Perse, les Indes, la Chine, et enfin le Japon, passer successivement vis-à-vis du trou de ma loge ; et quelques heures après mon élévation, toute la Mer du Sud ayant tourné laissa mettre à sa place le continent de l'Amérique.

Je distinguai clairement toutes ces révolutions*, et je me souviens même que longtemps après je vis encore l'Europe remonter une fois sur la Scène, mais je n'y pouvais plus remarquer séparément les États, à cause de mon exaltation qui devint trop haute [1]. Je laissai sur ma route, tantôt à gauche, tantôt à droite, plusieurs Terres comme la nôtre, où pour peu que j'atteignisse les Sphères de leur activité, je me sentais fléchir [2]. Toutefois, la rapide vigueur de mon essor surmontait celle de ces attractions.

Je côtoyai la Lune qui pour lors se trouvait entre le Soleil et la Terre, et je laissai Vénus à main droite. Mais à propos de cette Étoile, la vieille Astronomie a tant prêché que les Planètes sont des Astres qui tournent à l'entour de la Terre, que la moderne n'oserait en douter [3]. Et je remarquai toutefois que durant tout le

---

semées d'erreurs, marquant l'insuffisance de l'information proprement scientifique de Cyrano. Ainsi, la Terre tourne en fait d'ouest en est (c'est d'ailleurs ce qu'on pouvait lire dans *Les États et Empires de la Lune* ; on peut noter que la même erreur se trouve dans la traduction française de *L'Homme dans la Lune* de Godwin, en 1654. Voir le Dossier, doc. 6). Mais Cyrano retient ce qui est pour lui l'essentiel : la rotation de la Terre, arrachée à la place fixe et centrale que la tradition lui accordait dans l'univers.

1. Le sens concret d'*exaltation* (« élévation ») est archaïque selon Furetière ; le terme reste cependant utilisé dans des domaines spécialisés : il désigne pour les astrologues la puissance des planètes, et pour les alchimistes la purification des métaux.

2. Le Narrateur « vérifie » donc un nouveau principe de l'astronomie moderne : les corps ne tendent pas, comme l'affirmait Aristote, vers un centre unique identifié avec le centre de la Terre, mais la gravité s'exerce à partir de centres multiples.

3. On notera à la fois l'appel véhément à rejeter les radotages de la « vieille astronomie », et une nouvelle inexactitude, cette fois lexicale : puisque Vénus tourne autour du Soleil, comme l'affirme précisément le Narrateur, c'est une planète et non une étoile.

temps que Vénus parut au-deçà du Soleil, à l'entour duquel elle tourne, je la vis toujours en croissant ; mais achevant son tour, j'observai qu'à mesure qu'elle passa derrière, les cornes se rapprochèrent, et son ventre noir se redora. Or cette vicissitude* de lumières et de ténèbres montre bien évidemment que les planètes sont, comme la Lune et la Terre, des globes sans clarté, qui ne sont capables que de réfléchir celle qu'ils empruntent[1].

En effet, à force de monter, je fis encore la même observation de Mercure. Je remarquai de plus que tous ces Mondes ont encore d'autres petits Mondes, qui se meuvent à l'entour d'eux[2]. Rêvant* depuis aux causes de la construction de ce grand Univers, je me suis imaginé qu'au débrouillement du Chaos, après que Dieu eut créé la matière, les corps* semblables se joignirent par ce principe d'amour inconnu, avec lequel nous expérimentons que toute chose cherche son pareil[3]. Des particules formées de certaine façon

1. Nouvelle « vérification » fictive des observations galiléennes. C'est Galilée qui a remarqué les « cornes » de Vénus, c'est-à-dire les modifications de la lumière à sa surface, qui montrent à la fois que Vénus tourne autour du Soleil et qu'elle n'a pas de lumière propre. Voir aussi Gassendi, et Descartes (*Principes de philosophie*, III, 10, 16, etc.).
2. Le Narrateur « vérifie » donc que les planètes ont des satellites, conformément à une autre observation de Galilée (sur les satellites de Jupiter). La formulation rappelle plus encore l'exaltation de Bruno devant le foisonnement des mondes dans un univers infini (G. Bruno, *L'Infini, l'univers et les mondes*, Berg international, 1987).
3. Cyrano juxtapose aux observations de l'astronomie moderne une conception néoplatonicienne de l'amour comme force motrice de l'univers, qui rappelle la philosophie de Ficin. « C'est aussi parce qu'elle le désire vivement que la terre tout entière descend vers le centre du monde qui lui est semblable. [...] Le ciel lui-même est mû par un amour inné. L'âme du ciel est, en effet, tout entière en même temps dans tous les points du ciel. C'est donc parce qu'il désire jouir de l'âme que le ciel se précipite pour jouir partout et en toutes ses parties de l'âme tout entière » (M. Ficin, *Commentaire sur le « Banquet » de Platon*, 1469, Les Belles Lettres, 1978, p. 162). – L'association de l'astronomie moderne et d'une philosophie du désir n'est pas aussi étrange qu'il paraît. Elle était fondatrice lors des débuts de la science moderne ; ainsi, pour Copernic, « la gravité n'est pas autre chose qu'un désir naturel appartenant aux parties de telle sorte qu'elles convergent dans leur unité » (*Des révolutions des orbes célestes*, trad. A. Koyré, Diderot, 1998, I, 9).

s'assemblèrent, et cela fit l'air. D'autres, à qui la figure donna possible* un mouvement circulaire, composèrent en se liant les globes qu'on appelle Astres, qui non seulement à cause de cette inclination de pirouetter sur leurs Pôles, à laquelle leur figure les nécessite, ont dû s'amasser en rond, comme nous les voyons, mais ont dû même s'évaporant de la masse, et cheminant dans leur fuite d'une allure semblable, faire tourner les orbes moindres qui se rencontraient dans la Sphère de leur activité[1]. C'est pourquoi Mercure, Vénus, la Terre, Mars, Jupiter et Saturne ont été contraints de pirouetter et rouler tout ensemble à l'entour du Soleil[2]. Ce n'est pas qu'on ne se puisse imaginer qu'autrefois tous ces autres globes n'aient été des Soleils[3], puisqu'il reste encore à la Terre, malgré son extinction présente, assez de chaleur pour faire tourner la Lune autour d'elle par le mouvement circulaire des corps* qui se déprennent de sa masse, et qu'il en reste assez à Jupiter pour en faire tourner quatre[4]. Mais ces Soleils, à la longueur du temps, ont fait une perte de lumière et de feu si considérable par l'émission continuelle des petits corps qui font l'ardeur et la clarté[5], qu'ils sont demeurés un marc froid, ténébreux, et presque impuissant. Nous découvrons même que ces taches qui sont au Soleil, dont les Anciens ne s'étaient point aperçus, croissent de jour en

---

1. Par le mouvement de l'amour, certaines particules s'assemblent en puzzle. D'autres, rondes et tournant sur elles-mêmes, forment les astres, et entraînent dans leur rotation des globes plus petits qui deviennent leurs satellites. La philosophie néoplatonicienne du désir s'inscrit ainsi dans les schémas des « tourbillons » qui constituent la base de la physique de Descartes (voir les *Principes*, *op. cit.*, III).

2. La Terre est donc dotée d'un mouvement circulaire, comme le Narrateur l'a déjà « vérifié » plus haut, et contrairement aux enseignements de la science ptoléméenne.

3. La Terre est peut-être un ancien soleil. L'idée vient de la physique cartésienne (*Principes*, III, 150). Voir *infra* la note 2, p. 98.

4. Les satellites de Jupiter sont encore une observation importante de Galilée. Voir *supra* la note 2, p. 96.

5. La lumière est donc constituée par le mouvement de petites particules de matière. C'est en particulier l'analyse de Descartes, dans les *Principes* (III, 55), les *Météores* (éd. A.-T., t. VIII, p. 334), la *Dioptrique* (éd. A.-T., t. VI, p. 103).

jour[1]. Or que sait-on si ce n'est point une croûte qui se forme en sa superficie, sa masse qui s'éteint à mesure que la lumière s'en déprend ; et s'il ne deviendra point, quand tous ces corps* mobiles l'auront abandonné, un globe opaque comme la Terre[2] ? Il y a des siècles fort éloignés, au-delà desquels il ne paraît aucun vestige du genre humain[3]. Peut-être qu'auparavant la Terre était un Soleil peuplé d'animaux* proportionnés au climat* qui les avait produits ; et peut-être que ces animaux-là étaient les Démons de qui l'Antiquité raconte tant d'exemples[4]. Pourquoi non ? Ne se peut-il pas faire

---

1. Les « taches » ou « macules » du Soleil sont encore une observation de Galilée en 1610 ; il les a définis comme des agrégats de matière en cours de dissolution rapide. Ces observations permettent de confirmer l'idée copernicienne de la rotation de la Terre autour du Soleil ; plus encore, ces « taches » mouvantes attestent la *corruptibilité des cieux*, principe contraire à la cosmologie traditionnelle pour laquelle le ciel est constitué d'une substance cristalline inaltérable (Galilée, *Histoires et démonstrations sur les taches solaires*, 1613, *Dialogue sur les deux grands systèmes du monde*, 1632, I, 98-108 et III, 507*sq*). Les « taches » jouent un rôle fondamental dans toute la science moderne ; elles sont au fondement du système cartésien des « tourbillons » (Descartes, *Principes de philosophie*, III, art. 32, 94-118, fig. IX). Voir aussi Gassendi, *Syntagma philosophicum*, II, II, IV.
2. Cette hypothèse ainsi que les métaphores employées par Cyrano sont conformes aux principes de Descartes, pour qui les taches sont effectivement une sorte d'« écume » projetée par une matière subtile en mouvement (comme la matière lumineuse du Soleil), qui peut se figer en « écorce », et former ainsi un corps « dur et obscur ou opaque » (*Principes*, III, § 94-119, 146). Descartes propose en ce sens de voir dans la Terre une ancienne étoile (§ 150). Dans la *Lune*, Cyrano utilisait déjà la physique cartésienne : « certaines obscurités, qui d'ici paraissent des taches, sont des mondes qui se construisent ».
3. Proposition audacieuse : selon le récit biblique de la Création, qui vaut comme un dogme au temps de Cyrano, l'univers et l'homme ont été créés ensemble, en quelques jours. Lorsqu'il se livre à des hypothèses sur la création du monde qui pourraient démentir le récit biblique, Descartes prend bien soin de souligner que ce ne sont que des « suppositions » (*Principes*, III, 44*sq*) ; voir le Dossier, doc. 24.
4. Cyrano s'éloigne de nouveau du champ de la physique cartésienne. Il reprend à présent un motif essentiel dans les discussions de son temps sur la frontière entre nature et surnature, celui des « démons ». Le terme « démons », ambivalent en français, peut désigner des voix intérieures dictant une conduite morale, des créatures réelles intermédiaires entre l'homme et les dieux (le *daimon* des

que ces animaux* depuis l'extinction de la Terre y ont encore habité quelque temps, et que l'altération de leur globe n'en avait pas détruit encore toute la race ? En effet, leur vie a duré jusqu'à celle d'Auguste, au témoignage de Plutarque. Il semble même que le Testament prophétique et sacré de nos premiers Patriarches nous ait voulu conduire à cette vérité par la main ; car on y lit, auparavant* qu'il soit parlé de l'Homme, la révolte des Anges [1]. Cette suite de temps que l'Écriture observe n'est-elle pas comme une demi-preuve que les Anges ont habité la Terre auparavant avant nous ? et que ces orgueilleux qui avaient habité notre Monde du temps qu'il était Soleil, dédaignant peut-être, depuis

---

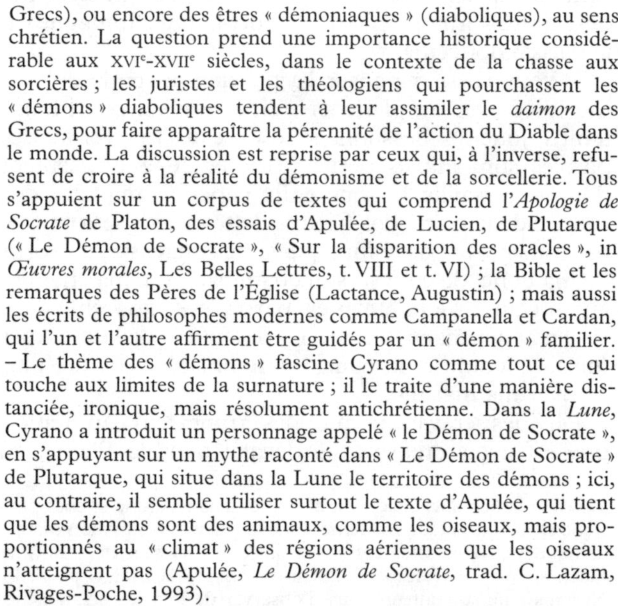

Grecs), ou encore des êtres « démoniaques » (diaboliques), au sens chrétien. La question prend une importance historique considérable aux XVI$^{e}$-XVII$^{e}$ siècles, dans le contexte de la chasse aux sorcières ; les juristes et les théologiens qui pourchassent les « démons » diaboliques tendent à leur assimiler le *daimon* des Grecs, pour faire apparaître la pérennité de l'action du Diable dans le monde. La discussion est reprise par ceux qui, à l'inverse, refusent de croire à la réalité du démonisme et de la sorcellerie. Tous s'appuient sur un corpus de textes qui comprend l'*Apologie de Socrate* de Platon, des essais d'Apulée, de Lucien, de Plutarque (« Le Démon de Socrate », « Sur la disparition des oracles », in *Œuvres morales*, Les Belles Lettres, t. VIII et t. VI) ; la Bible et les remarques des Pères de l'Église (Lactance, Augustin) ; mais aussi les écrits de philosophes modernes comme Campanella et Cardan, qui l'un et l'autre affirment être guidés par un « démon » familier. – Le thème des « démons » fascine Cyrano comme tout ce qui touche aux limites de la surnature ; il le traite d'une manière distanciée, ironique, mais résolument antichrétienne. Dans la *Lune*, Cyrano a introduit un personnage appelé « le Démon de Socrate », en s'appuyant sur un mythe raconté dans « Le Démon de Socrate » de Plutarque, qui situe dans la Lune le territoire des démons ; ici, au contraire, il semble utiliser surtout le texte d'Apulée, qui tient que les démons sont des animaux, comme les oiseaux, mais proportionnés au « climat » des régions aériennes que les oiseaux n'atteignent pas (Apulée, *Le Démon de Socrate*, trad. C. Lazam, Rivages-Poche, 1993).

1. La révolte des anges n'est pas évoquée dans la Genèse, mais dans la deuxième épître de saint Pierre (2, 4). Elle est considérée comme un article de foi par le concile de Trente. Cyrano feint ironiquement de respecter les Écritures pour en détourner le sens, en imaginant une cosmogonie rivale de la Genèse, et qui réfute l'idée d'un univers créé à l'usage de l'homme.

qu'il fut éteint, d'y continuer leur demeure, et sachant que Dieu avait posé son Trône dans le Soleil, osèrent entreprendre de l'occuper ? Mais Dieu qui voulut punir leur audace, les chassa même de la Terre, et créa l'Homme, moins parfait, mais par conséquent moins superbe*, pour occuper leurs places vides.

Environ au bout de quatre mois de voyage, du moins autant qu'on saurait supputer, quand il n'arrive point de nuit pour distinguer le jour, j'abordai une de ces petites Terres qui voltigent à l'entour du Soleil, [et] que les mathématiciens appellent des Macules[1], où à cause des nuages interposés, mes miroirs ne réunissant plus tant de chaleur, et l'air par conséquent ne poussant plus ma Cabane avec tant de vigueur, ce qui resta de vent ne fut capable que de soutenir ma chute et me descendre sur la pointe d'une fort haute Montagne où je baissai doucement[2].

Je vous laisse à penser la joie que je sentis de voir mes pieds sur un plancher solide, après avoir si longtemps joué le personnage d'Oiseau. En vérité des paroles sont faibles pour exprimer l'épanouissement dont je tressaillis, lorsque enfin j'aperçus ma tête couronnée de la clarté des Cieux. Cette extase pourtant ne me transporta pas si fort que je ne songeasse, au sortir de ma boîte, de couvrir son chapiteau avec ma chemise auparavant* de m'éloigner, parce que j'appréhendais, si, l'air devenant serein, le Soleil eût rallumé mes miroirs, comme il était vraisemblable, de ne plus trouver ma maison.

Par des crevasses que des ruines* d'eau témoignaient avoir creusées, je dévalai dans la Plaine, où

---

1. Les « mathématiciens », c'est-à-dire les tenants d'une science physique et astronomique moderne, fondée sur la modélisation mathématique de la nature, comme Galilée ou Descartes. – Sur les « taches » ou « macules » du Soleil, voir *supra* la note 1, p. 98. Le Narrateur ne se contente plus d'observer de loin les phénomènes relevés par la science moderne, il y met carrément le pied. Mais aucun scientifique n'a jamais supposé qu'on puisse marcher sur cet agrégat de matière instable qu'on appelle une « macule ».

2. Le Narrateur *baisse*, c'est-à-dire *descend* vers ce qui nous apparaîtrait comme le « haut » : il expérimente ainsi la relativité de l'opposition du haut et du bas.

pour l'épaisseur du limon dont la terre était grasse, je ne pouvais quasi marcher. Toutefois, au bout de quelque espace de chemin, j'arrivai dans une fondrière où je rencontrai un petit Homme tout nu assis sur une pierre, qui se reposait. Je ne me souviens pas si je lui parlai le premier, ou si ce fut lui qui m'interrogea ; mais j'ai la mémoire toute fraîche, comme si je l'écoutais encore, qu'il me discourut pendant trois grosses heures en une Langue que je sais bien n'avoir jamais ouïe, et qui n'a aucun rapport avec pas une de ce Monde-ci, laquelle toutefois je compris plus vite et plus intelligiblement que celle de ma Nourrice. Il m'expliqua, quand je me fus enquis d'une chose si merveilleuse, que dans les Sciences il y avait un vrai, hors lequel on était toujours éloigné du facile ; que plus un idiome s'éloignait de ce vrai, plus il se rencontrait au-dessous de la conception et de moins facile intelligence. « De même, continuait-il, dans la Musique, ce vrai ne se rencontre jamais que l'âme aussitôt soulevée ne s'y porte aveuglément. Nous ne le voyons pas, mais nous sentons que Nature le voit ; et sans pouvoir comprendre en quelle sorte nous en sommes absorbés, il ne laisse* pas de nous ravir, et si [1] nous ne saurions remarquer où il est. Il en va des Langues tout de même. Qui rencontre cette vérité de lettres, de mots, et de suite [2], ne peut jamais en s'exprimant tomber au-dessous de sa conception : il parle toujours égal à sa pensée ; et c'est pour n'avoir pas la connaissance de ce parfait idiome que vous demeurez court, ne connaissant pas l'ordre ni les paroles qui puissent expliquer ce que vous imaginez. » Je lui dis que le premier Homme de notre Monde s'était indubitablement servi de cette Langue, parce que chaque nom qu'il avait imposé à chaque chose déclarait son essence. Il m'interrompit, et continua : « Elle n'est pas simplement nécessaire pour exprimer tout ce que l'esprit conçoit, mais sans elle on ne peut pas être entendu* de tous. Comme cet idiome est l'instinct ou la voix de la Nature, il doit être intelli-

1. *Et si* signifie « et pourtant ».
2. « Suite » de mots : syntaxe.

gible à tout ce qui vit sous le ressort de Nature ; c'est pourquoi, si vous en aviez l'intelligence, vous pourriez communiquer et discourir de toutes vos pensées aux bêtes, et les bêtes à vous de toutes les leurs, à cause que c'est le langage même de la Nature, par qui elle se fait entendre* à tous les animaux*.

« Que la facilité donc avec laquelle vous entendez le sens d'une Langue qui ne sonna jamais à votre ouïe ne vous étonne plus. Quand je parle, votre âme rencontre dans chacun de mes mots ce vrai qu'elle cherche à tâtons ; et quoique sa raison ne l'entende pas, elle a chez soi Nature, qui ne saurait manquer de l'entendre.

– Ha ! c'est sans doute, m'écriai-je, par l'entremise de cet énergique idiome, qu'autrefois notre premier Père conversait avec les animaux, et qu'il était entendu d'eux ? Car comme la domination sur toutes les espèces lui avait été donnée, elles lui obéissaient, parce qu'il le faisait en une Langue qui leur était connue ; et c'est aussi pour cela (cette Langue matrice étant perdue) qu'elles ne viennent point aujourd'hui comme jadis, quand nous les appelons, à cause qu'elles ne nous entendent plus [1]. »

Le petit Homme ne fit pas semblant de me vouloir répondre ; mais reprenant le fil de son discours, il allait continuer, si je ne l'eusse interrompu encore une fois. Je lui demandai donc en quel Monde nous respirions, s'il était beaucoup habité, et quelle sorte de gouvernement maintenait leur police*. « Je vais, répliqua-t-il, vous étaler des secrets qui ne sont point connus en votre climat*.

« Regardez bien la terre où nous marchons : elle était, il n'y a guère, une masse indigeste et brouillée, un chaos de matière confuse, une crasse noire et gluante dont le Soleil s'était purgé. Or après que par la vigueur

---

1. Chute bouffonne : naïf ou ironique, le Narrateur rapproche le récit sacré de la Genèse (1, 28) d'une expérience quotidienne triviale. Cyrano reprend ainsi sous forme ironique les spéculations de différents penseurs de son temps sur la « langue adamique », la langue parfaitement transparente et adéquate au réel qu'aurait connue le monde à sa création, avant Babel. Voir M.-L. Demonet, *Les Voix du signe. Nature et origine du langage à la Renaissance*, Champion, 1992.

des rais qu'il dardait contre, il a eu mêlé, pressé, et rendu compacts ces nombreux nuages d'atomes* ; après, dis-je, que par une longue et puissante coction*, il a eu séparé dans cette boule les corps* les plus contraires, et réuni les plus semblables, cette masse outrée de chaleur a tellement sué, qu'elle a fait un déluge qui l'a couverte plus de quarante jours ; car il fallait bien à tant d'eau cet espace de temps pour s'écouler aux régions les plus penchantes et les plus basses de notre globe [1].

« De ces torrents d'humeur* assemblés, il s'est formé la Mer, qui témoigne encore par son sel que ce doit être un amas de sueur, toute sueur étant salée [2]. Ensuite de la retraite des eaux, il est demeuré sur la terre une bourbe grasse et féconde où, quand le Soleil eut rayonné, il s'éleva comme une ampoule, qui ne put à cause du froid pousser son germe dehors. Elle reçut donc une autre coction ; et cette coction la rectifiant* encore, et la perfectionnant par un mélange plus exact, elle rendit ce germe, qui n'était en puissance que de végéter, capable de sentir. Mais parce que les eaux qui avaient si longtemps croupi sur le limon l'avaient trop morfondu*, la bube* ne se creva point ; de sorte que le Soleil la recuisit encore une fois ; et après une troisième digestion, cette matrice* étant si fort échauffée que le froid n'apportait plus d'obstacle à son accouchement, elle s'ouvrit et enfanta un Homme, lequel a retenu dans le foie, qui est le siège de l'âme végétative et l'endroit de la première coction, la puissance de croître ; dans le cœur, qui est le siège de l'activité et la place de la seconde coction,

1. Le terme *coction* (cuisson, digestion) est un terme clé du vocabulaire des alchimistes. Cette idée d'une distillation cosmique est ici liée à une conception animiste du monde conçu comme un être vivant, capable de sueur. En même temps, Cyrano s'amuse à donner une explication désacralisante du Déluge biblique.

2. L'idée selon laquelle la mer serait la sueur de la terre est présente chez Lucrèce (*De rerum natura*, V, v. 483-491). Elle s'épanouit surtout dans le cadre d'un animisme « magique », notamment chez Campanella : « l'air est un ciel impur, le feu vient du soleil et la mer est la sueur de la terre coulant à la chaleur du soleil et unissant l'air et la terre, comme le sang unit le corps et l'esprit de l'homme » (*La Cité du Soleil*, Mille et Une Nuits, p. 67).

la puissance vitale ; et dans le cerveau, qui est le siège de l'intellectuelle et le lieu de la troisième coction*, la puissance de raisonner[1]. Sans cela pourquoi serions-nous plus longtemps dans le ventre de nos mères que tout le reste des animaux, si ce n'était qu'il faut que notre embryon reçoive trois coctions distinctes pour former les trois facultés distinctes de notre âme, et les bêtes, seulement deux, pour former ses deux puissances ? Je sais bien que le Cheval ne s'achève qu'en dix, douze ou quatorze mois, au ventre de la Jument[2]. Mais comme il est d'un tempérament* si contraire à celui qui nous fait Hommes, que jamais il n'a vie qu'aux mois (remarquez !) tout à fait antipathiques à la nôtre quand nous restons dans la matrice* outre le cours naturel ; ce n'est pas merveille que le période* du temps dont Nature a besoin, pour délivrer une Jument, soit autre que celui qui fait accoucher une Femme. – Oui mais enfin, dira quelqu'un, le Cheval demeure plus de temps que nous au ventre de sa mère ; et par conséquent il y reçoit des coctions ou plus parfaites ou plus nombreuses ! – Je réponds qu'il ne s'ensuit pas ; car sans m'appuyer des observations que tant de Doctes ont faites sur l'énergie des nombres, quand ils prouvent que, toute matière étant en mouvement, certains êtres s'achèvent dans une certaine révolution* de jours, qui se détruisent dans une autre ; ni sans me faire fort des preuves qu'ils tirent, après avoir expliqué la cause de tous ces mouvements, que le nombre de neuf est le plus parfait[3] ; je me contenterai

1. La distinction traditionnelle entre les trois puissances n'implique pas de référence à une philosophie déterminée.

2. Pline, *Histoire naturelle*, VIII, § 66 : « Les femelles [des chevaux] portent pendant onze mois, et mettent bas au quatorzième » (Les Belles Lettres, vol. 8, p. 80).

3. L'idée d'une « énergie des nombres », selon laquelle les nombres auraient en eux-mêmes une force propre, avancée d'abord dans la philosophie de Pythagore, a été reprise par les astrologues, cabalistes et penseurs « magiques ». Très présente chez un « mage » comme Corneille Agrippa, elle n'est pas étrangère aux spéculations de Kepler sur « l'harmonie du monde », ni même à Copernic ; elle est bien entendu vigoureusement combattue non seulement par Galilée et Descartes, mais aussi par Gassendi.

de répondre que le germe de l'Homme étant plus chaud, le Soleil y travaille et finit plus d'organes en neuf mois qu'il n'en ébauche en un an dans celui du Poulain. Or qu'un Cheval ne soit beaucoup plus froid qu'un Homme, on n'en saurait douter, puisque cette bête ne meurt que d'enflure de rate, ou d'autres maux qui procèdent de mélancolie*[1]. "Cependant, me direz-vous, on ne voit point dans notre Monde aucun Homme engendré de boue, et produit de cette façon ?" Je le crois bien, votre Monde est aujourd'hui trop échauffé ; car sitôt que le Soleil attire un germe de la Terre, ne rencontrant point ce froid humide, ou pour mieux dire ce période* certain d'un mouvement achevé qui le contraigne à plusieurs coctions*, il en forme aussitôt un végétant* ; ou s'il se fait deux coctions, comme la seconde n'a pas le loisir de s'achever parfaitement, elle n'engendre qu'un insecte. Aussi j'ai remarqué que le Singe, qui porte comme nous ses petits près de neuf mois, nous ressemble par tant de biais, que beaucoup de Naturalistes ne nous ont point distingué d'espèce[2] ; et la raison c'est que leur semence à peu près tempérée comme la nôtre pendant ce temps a presque eu le loisir d'achever les trois digestions.

« Vous me demanderez indubitablement de qui je tiens l'Histoire que je vous ai contée. Vous me direz que je ne saurais l'avoir apprise de ceux qui n'y étaient pas. Il est vrai que je suis le seul qui s'y soit rencontré, et que par conséquent je n'en puis rendre témoignage, à cause qu'elle était arrivée auparavant* que je naquisse. Cela est encore vrai ; mais apprenez aussi que, dans une région voisine du Soleil comme la nôtre, les âmes pleines de feu sont plus claires, plus subtiles, et plus

---

1. Il est difficile de trouver l'origine de cette idée : ce n'est pas en tout cas ce qu'écrivait Pline.
2. C'est effectivement le cas de certains naturalistes antiques, comme Galien. Cyrano utilise cette idée pour renverser la représentation biblique du monde : l'idée d'une proximité entre le singe et l'homme, due à un principe de « coction » universel, remet directement en cause le récit de la Genèse et toute la tradition chrétienne ; elle s'oppose aussi à la distinction radicale établie par Descartes entre l'homme et l'animal avec la théorie des « animaux-machines ».

pénétrantes, que celles des autres animaux* aux Sphères plus éloignées. Or puisque dans votre Monde même, il s'est jadis rencontré des Prophètes [de] qui l'esprit, échauffé par un vigoureux enthousiasme*, ont eu des pressentiments du futur, il n'est pas impossible que dans celui-ci, beaucoup plus proche du Soleil et par conséquent beaucoup plus lumineux que le vôtre, il ne vienne à un fort génie quelque odeur du passé ; que sa raison mobile ne se remue aussi bien en arrière qu'en avant, et qu'elle ne soit capable d'atteindre la cause par les effets, vu qu'elle peut arriver aux effets par la cause. »

Il acheva son récit de cette sorte ; mais après une conférence* encore plus particulière de secrets fort cachés qu'il me révéla, dont je veux taire une partie, et dont l'autre m'est échappée de la mémoire, il me dit qu'il n'y avait pas encore trois semaines qu'une motte de terre, engrossée par le Soleil, avait accouché de lui. « Regardez bien cette tumeur ! » Alors il me fit remarquer sur de la bourbe je ne sais quoi d'enflé comme une taupinière : « C'est, dit-il, une apostume*, ou pour mieux parler, une matrice* qui recèle depuis neuf mois l'embryon d'un de mes frères. J'attends ici à dessein de lui servir de sage-Femme[1]. »

---

1. L'idée d'une germination des êtres vivants à partir de la terre se rencontre, de l'Antiquité au XVIIe siècle, chez de nombreux naturalistes et chez tous ceux qui s'efforcent de gommer la différence entre le règne de la matière et celui de la vie, à commencer par Lucrèce (V, v. 804-811) ; elle est surtout développée par les tenants d'une conception « animiste » du monde naturel, comme Campanella. Au début du XVIIe siècle, elle ne semble pas encore aussi absurde que de nos jours. Kepler peut attester très sérieusement dans les notes scientifiques du *Songe* : « Sous l'effet de la chaleur du Soleil, la résine sort des poutres des navires et s'agglomère en une boule, d'où naissent des canards. Leur bec est la dernière partie de leur corps à se développer ; quand il est dégagé, ils se jettent à l'eau. [...] En 1615, pendant un été très sec, j'ai vu à Linz une branche de genévrier qui venait des plaines désertes de la Traun [affluent du Danube]. Elle avait donné naissance à un insecte d'une forme étrange, qui avait la couleur du scarabée cornu. L'insecte se tenait au milieu de la branche et bougeait lentement. Sa partie postérieure qui adhérait à l'arbre était faite de résine de genévrier » (*Le Songe*, *op. cit.*, p. 121).

Il aurait continué, s'il n'eût aperçu à l'entour de ce gazon d'argile le terrain qui palpitait. Cela lui fit juger, avec la grosseur du bubon, que la terre était en travail, et que cette secousse était déjà l'effort des tranchées* de l'accouchement. Il me quitta aussitôt pour y courir, et moi j'allai rechercher ma Cabane.

Je regrimpai donc la Montagne que j'avais descendue, au sommet de laquelle je parvins avec beaucoup de lassitude. Vous pouvez croire combien je fus en peine, quand je ne la trouvai plus où je l'avais laissée. J'en soupirais déjà la perte, comme je l'aperçus au loin qui voltigeait. Autant que mes jambes purent fournir, j'y courus à perte d'haleine ; et certes c'était un passe-temps agréable de contempler cette nouvelle façon d'aller à la Chasse : car quelquefois que j'avais presque la main dessus, il survenait dans la boule de verre une légère augmentation de chaleur qui, tirant l'air avec plus de force, et cet air devenu plus raide enlevant ma boîte au-dessus de moi, me faisait sauter après comme un Chat au croc où il voit pendre un Lièvre. Sans que ma chemise était demeurée sur le chapiteau pour s'opposer à la force des miroirs, elle eût fait le voyage toute seule.

Mais à quoi bon me rafraîchir la mémoire d'une aventure dont je ne saurais me souvenir qu'avec la même douleur que je ressentis alors ? Il suffira de savoir qu'elle bondit, courut, et vola tant, et que je sautai, je marchai et j'arpentai tant, qu'enfin je la vis choir au pied d'une fort haute montagne. Elle m'eût mené possible* encore plus loin, si de cette orgueilleuse enflure de la Terre, les ombres, qui noircissaient le Ciel bien avant sur la Plaine, n'eussent répandu tout autour une nuit de demi-lieue ; car se rencontrant parmi ces ténèbres, son verre n'en eut pas plus tôt senti la fraîcheur qu'il ne s'y engendra plus de vide, plus de vent par le trou, et conséquemment plus d'impulsion qui la soutînt ; de sorte qu'elle chut, et se fût brisée en mille éclats, si par bonheur une mare où elle tomba n'eût plié sous le faix. Je la tirai de l'eau, remis en état ce qui était froissé ; puis, après l'avoir embrassée* de toute ma force, je la portai sur le sommet d'un coteau qui se rencontra tout proche*. Là je développai ma chemise d'à l'entour du vase, mais je ne la pus vêtir, parce que mes miroirs commençant leur effet, j'aperçus ma Cabane qui frétillait déjà pour voler. Je n'eus le loisir que d'entrer vitement dedans, où je m'enfermai comme la première fois.

La Sphère de notre Monde ne me paraissait plus qu'un Astre à peu près de la grandeur que nous paraît la Lune ; encore il s'étrécissait, à mesure que je montais, jusqu'à devenir une étoile, puis une bluette*, et puis rien ; d'autant que ce point lumineux s'aiguisa si fort pour s'égaler à celui qui termine le dernier rayon de ma vue, qu'enfin elle le laissa s'unir à la couleur des Cieux.

Quelqu'un peut-être s'étonnera que pendant un si long voyage, le sommeil ne m'ait point accablé ; mais comme le sommeil n'est produit que par la douce exhalaison des viandes* qui s'évaporent de l'estomac au cerveau, ou par un besoin que sent Nature de lier notre âme pour réparer pendant le repos autant d'esprits* que le travail* en a consumés[1], je n'avais garde de dormir vu que je ne mangeais pas, et que le Soleil me restituait beaucoup plus de chaleur radicale* que je n'en dissipais. Cependant mon élévation continuait, et à mesure qu'elle m'approchait de ce Monde enflammé, je sentais couler dans mon sang une certaine joie qui le rectifiait*, et passait jusqu'à l'âme. De temps en temps je regardais en haut pour admirer la vivacité des nuances qui rayonnaient dans mon petit dôme de cristal ; et j'ai la mémoire encore présente, que je pointais alors mes yeux dans le bocal du vase, comme voici que tout en sursaut je sens je ne sais quoi de lourd qui s'envole de toutes les parties de mon corps. Un tourbillon de fumée fort épaisse et quasi palpable suffoqua mon verre de ténèbres ; et, quand je voulus me mettre debout pour contempler ce noir

1. Les *esprits*, pour la médecine du temps, sont les petits corpuscules qui permettent la vie en faisant le lien entre le corps et l'âme ; ces corpuscules sont consumés par l'effort (« travail »).

dont j'étais aveuglé, je ne vis plus ni vase, ni miroirs, ni verrière, ni couverture à ma Cabane. Je baissai donc la vue à dessein de regarder ce qui faisait ainsi choir mon chef-d'œuvre en ruine : mais je ne trouvai à sa place, et à celle des quatre côtés et du plancher, que le Ciel tout autour de moi. Encore ce qui m'effraya davantage, ce fut de sentir, comme si le vague de l'air se fût pétrifié, je ne sais quel obstacle invisible qui repoussait mes bras quand je les pensais étendre. Il me vint alors dans l'imagination qu'à force de monter, j'étais sans doute arrivé dans le Firmament, que certains Philosophes et quelques Astronomes ont dit être solide [1]. Je commençai à craindre d'y demeurer enchâssé ; mais l'horreur dont me consterna la bizarrerie de cet accident s'accrut bien davantage par ceux qui succédèrent ; car ma vue qui vaguait çà et là, étant par hasard tombée sur ma poitrine, au lieu de s'arrêter à la superficie de mon corps, passa tout à travers ; puis un moment ensuite je m'avisai que je regardais par-derrière, et presque sans aucun intervalle [2]. Comme si mon corps n'eût plus été qu'un organe de voir, je sentis ma chair qui, s'étant décrassée de son opacité, transférait les objets à mes yeux, et mes yeux aux objets par chez elle. Enfin après avoir heurté mille fois sans [les] voir, la voûte, le plancher, et les murs de ma chaise, je connus* que par une secrète nécessité de la lumière dans sa source, nous étions, ma Cabane et moi, devenus transparents. Ce n'est pas que je ne la dusse apercevoir, quoique diaphane, puisqu'on aperçoit bien le verre, le cristal, et les diamants, qui le sont ; mais je me figure que le Soleil, dans une région si proche de lui, purge bien plus parfaitement les corps* de leur opacité, en arrangeant plus droits les pertuis* imperceptibles de la matière, que dans notre Monde, où sa force presque usée par un si long chemin est à peine capable de transpirer son éclat aux

1. Cette idée, avancée par certains philosophes anciens, constituait surtout la doctrine officielle des universités scolastiques, jusqu'au milieu du XVII^e siècle.
2. *Intervalle* : interruption, discontinuité.

pierres précieuses[1] ; toutefois à cause de l'interne égalité de leurs superficies, il leur fait rejaillir à travers de leurs glaces, comme par de petits yeux, ou le vert des émeraudes, ou l'écarlate des rubis, ou le violet des améthystes, selon que les différents pores de la pierre, ou plus droits, ou plus sinueux, éteignent ou rallument par la quantité des réflexions cette lumière affaiblie. Une difficulté peut embarrasser le Lecteur, à savoir comment je pouvais me voir, et ne point voir ma loge, puisque j'étais devenu diaphane aussi bien qu'elle. Je réponds à cela que sans doute le Soleil agit autrement sur les corps* qui vivent que sur les inanimés, puisque aucun endroit, ni de ma chair, ni de mes os, ni de mes entrailles, quoique transparents, n'avait perdu sa couleur naturelle ; au contraire, mes poumons conservaient encore sous un rouge incarnat leur molle délicatesse ; mon cœur toujours vermeil balançait aisément entre le systole et le diastole ; mon foie semblait brûler dans un pourpre de feu et, cuisant l'air que je respirais, continuait la circulation du sang[2] ; enfin je me voyais, me touchais, me sentais le même, et si pourtant[3] je ne l'étais plus.

Pendant que je considérais cette métamorphose, mon voyage s'accourcissait toujours, mais pour lors avec beaucoup de lenteur, à cause de la sérénité de l'éther qui se raréfiait à proportion que je m'approchais

---

1. Cyrano brode à partir de deux physiques corpusculaires distinctes, celle de Lucrèce (*De rerum natura*, VI, v. 959*sq*, 981*sq*), et celle de Descartes (*Dioptrique*, I et II, *Principes*, III, 17, IV, 16, etc.), mais il les combine avec la représentation néoplatonicienne d'un « corps astral », « véhicule éthéré » qui accompagne l'âme dans sa descente vers le corps terrestre, s'alourdissant et s'assombrissant à mesure ; pour la magie d'origine néo-platonicienne, il est posible de s'unir aux sphères célestes en dégageant ce « corps astral » de la pesanteur de la matière. Voir D.P. Walker, *La Magie spirituelle et angélique*, Albin Michel, 1997, p. 42.
2. *Pourpre* : rouge foncé ; le mot peut être masculin. – La circulation du sang, dont le principe a été découvert par Harvey en 1628, figurait parmi les problèmes majeurs de la science au temps de Cyrano. Son explication restait discutée. La description fictive de Cyrano semble emprunter à la fois aux hypothèses de Descartes et de Gassendi, pour qui le foie joue un rôle décisif.
3. *Et si pourtant* : et pourtant.

de la source du jour ; car, comme la matière en cet étage est fort déliée* pour le grand vide dont elle est pleine, et que cette matière est par conséquent fort paresseuse, à cause du vide qui n'a point d'action, cet air ne pouvait produire en passant par le trou de ma boîte qu'un petit vent à peine capable de la soutenir.

Je ne réfléchis jamais au malicieux caprice de la Fortune, qui toujours s'opposait au succès de mon entreprise avec tant d'opiniâtreté, que je ne m'étonne comment le cerveau ne me tourna point. Mais écoutez un miracle [1] que les siècles futurs auront de la peine à croire.

Enfermé dans une boîte à jour [2] que je venais de perdre de vue, et mon essor tellement appesanti que je faisais beaucoup de ne pas tomber ; enfin dans un état où tout ce que renferme la machine entière du Monde était impuissant à me secourir, je me trouvais réduit au période* d'une extrême infortune. Toutefois comme alors que nous expirons nous sommes intérieurement poussés à vouloir embrasser* ceux qui nous ont donné l'être, j'élevai mes yeux au Soleil, notre Père commun [3]. Cette ardeur de ma volonté non seulement soutint mon corps, mais elle le lança vers la chose qu'il aspirait d'embrasser [4]. Mon corps poussa ma boîte, et de cette façon je continuai mon voyage. Sitôt que je m'en aperçus, je roidis avec plus d'attention que jamais

1. Le terme *miracle* doit être compris ironiquement, dans le cadre d'une critique générale de la croyance religieuse aux miracles. Voir *supra* la note 3, p. 54.

2. *Boîte à jour* : où « passe l'air et la lumière » (F.).

3. Formulation néoplatonicienne, que l'on trouve notamment chez Campanella, pour qui le Soleil est le « père », et la Terre la « mère » des êtres d'ici-bas, mais aussi chez Copernic : « Le Soleil, comme reposant sur le trône royal, gouverne la famille des astres qui l'entoure [...]. La Terre conçoit du Soleil et devient grosse en engendrant tous les ans » (*Des révolutions*, *op. cit.*, p. 75).

4. L'ardeur de la « volonté », associée à l'« imagination », suscite l'action réciproque du Soleil-père et suffit à propulser le corps. L'action humaine est conçue comme une procédure magique, qui s'appuie sur les énergies cosmiques auxquelles répondent l'imagination et la volonté humaine. Voir le texte de Corneille Agrippa cité dans le Dossier, doc. 9.

toutes les facultés de mon âme, pour les attacher d'imagination à ce qui m'attirait ; mais ma tête chargée de ma Cabane, contre le chapiteau de laquelle les efforts de ma volonté me guindaient* malgré moi, m'incommoda de telle sorte qu'à la fin cette pesanteur me contraignit de chercher à tâtons l'endroit de sa porte invisible. Par bonheur je la rencontrai, je l'ouvris, et me jetai dehors ; mais cette naturelle appréhension de choir qu'ont tous les animaux* quand ils se surprennent soutenus de rien, me fit pour m'accrocher brusquement étendre le bras. Je n'étais guidé que de la Nature, qui ne sait pas raisonner ; et c'est pourquoi la Fortune son ennemie poussa malicieusement ma main sur le chapiteau de cristal. Hélas ! quel coup de tonnerre fut à mes oreilles le son de l'icosaèdre* que j'entendis se casser en morceaux ! Un tel désordre, un tel malheur, une telle épouvante, sont au-delà de toute expression. Les miroirs n'attirèrent plus d'air, car il ne se faisait plus de vide ; l'air ne devint plus vent, par la hâte de le remplir ; le vent cessa de pousser ma boîte en haut ; bref aussitôt après ce débris je la vis choir fort longtemps à travers ces vastes campagnes du Monde ; elle recontracta dans la même région l'opaque ténébreux qu'elle avait exhalé. D'autant que l'énergique vertu* de la lumière cessant en cet endroit, elle se rejoignit avidement à l'obscure épaisseur qui lui était comme essentielle, de la même façon qu'il s'est vu des âmes, longtemps après la séparation, venir chercher leurs corps et, pour tâcher de s'y rejoindre, errer cent ans durant à l'entour de leurs sépultures. Je me doute qu'elle perdit ainsi sa diaphanéité, car je l'ai vue depuis en Pologne au même état qu'elle était quand j'y entrai la première fois [1]. Or j'ai su qu'elle tomba sous la ligne équinoxiale au royaume de Bornéo ; qu'un Marchand Portugais l'avait achetée de l'Insulaire qui la trouva, et

1. Cyrano renvoie plaisamment à la machine inventée par un Italien exilé en Pologne, Titus Livius Burattini. Voir René Taton, « Le dragon volant de Burattini », *Revue des sciences humaines*, 186-187, 1982-1983. Bizarrement, la machine de Burattini était beaucoup plus proche de l'appareil utilisé par le Narrateur dans la *Lune* que de l'icosaèdre présenté dans ce second récit.

que, de main en main, elle était venue en la puissance de cet Ingénieur Polonais qui s'en sert maintenant à voler.

Ainsi donc, suspendu dans le vague des Cieux, et déjà consterné de la mort que j'attendais par ma chute, je tournai, comme je vous ai dit, mes tristes yeux au Soleil ; ma vue y porta ma pensée, et mes regards fixement attachés à son globe marquèrent une voie dont ma volonté suivit les traces pour y enlever mon corps.

Ce vigoureux élan de mon âme ne sera pas incompréhensible à qui considérera les plus simples effets de notre volonté ; car on sait bien par exemple que quand je veux sauter, ma volonté, soulevée par ma fantaisie*, ayant suscité tout le microcosme[1], elle tâche de le transporter jusqu'au but qu'elle s'est proposé. Si elle n'y arrive pas toujours, c'est à cause que les principes, dans la Nature, qui sont universels, prévalent aux particuliers[2], et que la puissance de vouloir étant particulière aux choses sensibles, et celle de choir au centre[3] étant généralement répandue par toute la matière, mon saut est contraint de cesser dès que la masse, après avoir vaincu l'insolence de la volonté qui l'a surprise, se rapproche du point où elle tend.

Je tairai tout ce qui survint au reste de mon voyage, de peur d'être aussi long à le conter qu'à le faire. Tant y a qu'au bout de vingt-deux mois j'abordai enfin très heureusement les grandes Plaines du jour.

---

1. Le *microcosme* (en grec, « petit monde »), c'est l'*homme*, considéré en rapport avec le *cosmos* (*macrocosme*, « grand monde »). Selon une conception antique qui a connu une fortune remarquable au XVIe siècle, l'homme serait un monde en miniature (*microcosme*) et l'univers (*macrocosme*) un immense être vivant, l'un et l'autre en relation d'analogie. Cyrano semble jouer ironiquement avec ce modèle explicatif.

2. Principe épistémologique traditionnel.

3. *Choir au centre* : l'expression est ambiguë. Pour l'astronomie ancienne, inspirée d'Aristote, tous les corps tendaient vers le centre du *monde*, identifié à la Terre ; mais Cyrano semble plutôt faire référence aux principes de l'astronomie nouvelle, qui repose sur l'extension au monde astral des principes de la physique terrestre, et pour laquelle tout solide (tout astre, etc.) est susceptible d'exercer une attraction.

Cette Terre est semblable à des flocons de neige embrasée, tant elle est lumineuse ; cependant c'est une chose assez incroyable que je n'aie jamais su comprendre, depuis que ma boîte tomba, si je montai ou si je descendis au Soleil[1]. Il me souvient seulement quand j'y fus arrivé, que je marchais légèrement dessus ; je ne touchais le plancher que d'un point, et je roulais souvent comme une boule, sans que je me trouvasse incommodé de cheminer avec la tête, non plus qu'avec les pieds[2]. Encore que j'eusse quelquefois les jambes vers le Ciel, et les épaules contre terre, je me sentais dans cette posture aussi naturellement situé, que si j'eusse eu les jambes contre terre, et les épaules vers le Ciel. Sur quelque endroit de mon corps que je me plantasse, je m'y trouvais debout. Je connus* par là que le Soleil est un Monde qui n'a point de centre et que, comme j'étais bien loin hors de la Sphère active du nôtre, et de tous ceux que j'avais rencontrés, il était par conséquent impossible que je pesasse encore, puisque la pesanteur n'est qu'une attraction du centre dans la Sphère de son activité[3].

Le respect avec lequel j'imprimais de mes pas cette lumineuse campagne suspendit pour un temps l'ardeur dont je pétillais d'avancer mon voyage. Je me sentais tout honteux de marcher sur le jour. Mon corps même étonné se voulant appuyer de mes yeux, et cette terre transparente qu'ils pénétraient ne les pouvant soutenir, mon instinct, malgré moi devenu maître de ma pensée, l'entraînait au plus creux d'une lumière sans fond. Ma raison pourtant peu à peu désabusa mon instinct ; j'appuyai sur la Plaine des vestiges*

---

1. Le « haut » et le « bas » sont deux catégories qui perdent leur sens dans l'espace infini postulé par Cyrano.
2. Cyrano suppose qu'il n'y a pas de pesanteur sur le Soleil ; selon un modèle qu'adopteront couramment les auteurs de science-fiction, il imagine les conséquences pratiques possibles de cette hypothèse physique.
3. Cette affirmation contredit ce qu'on a lu plus haut : « J'avais presque atteint la pleine activité de sa sphère. » En principe, pour la science moderne, tous les corps exercent une attraction, mais la question restait discutée s'agissant du Soleil.

assurés et non tremblants, et je comptai mes pas si fièrement, que si les Hommes avaient pu m'apercevoir de leur Monde, ils m'auraient pris pour ce grand Dieu qui marche sur les nues[1]. Après avoir, comme je crois, cheminé durant quinze jours, je parvins en une contrée du Soleil moins resplendissante que celle dont je sortais. Je me sentis tout ému de joie, et je m'imaginai qu'indubitablement cette joie procédait d'une secrète sympathie* que mon être gardait encore pour son opacité. La connaissance que j'en eus ne me fit point pourtant désister de mon entreprise ; car alors je ressemblais à ces vieillards endormis, lesquels, encore qu'ils sachent que le sommeil leur est préjudiciable et qu'ils aient commandé à leurs domestiques de les en arracher, sont pourtant bien fâchés dans ce temps-là, quand on les réveille. Ainsi, quoique mon corps s'obscurcissant à mesure que j'atteignais des Provinces plus ténébreuses, il recontractât les faiblesses qu'apporte cette infirmité de la matière (je devins las et le sommeil me saisit), ces mignardes langueurs dont les approches du sommeil nous chatouillent coulaient dans mes sens tant de plaisir que mes sens, gagnés par la volupté, forcèrent mon âme de savoir bon gré au Tyran qui enchaînait ses domestiques ; car le sommeil, cet ancien Tyran de la moitié de nos jours, qui à cause de sa vieillesse ne pouvant supporter la lumière, ni la regarder sans s'évanouir, avait été contraint de m'abandonner à l'entrée des brillants climats* du Soleil, et était venu m'attendre sur les confins de la région ténébreuse dont je parle, où m'ayant rattrapé il m'arrêta prisonnier, enferma mes yeux, ses ennemis déclarés, sous la noire voûte de mes paupières ; et de peur que mes autres sens, le trahissant comme ils m'avaient trahi, ne l'inquiétassent dans la paisible possession de sa conquête, il les garrotta chacun contre leur lit. Tout cela veut dire en deux mots, que je me couchai sur le sable fort assoupi. C'était une rase campagne tellement découverte que ma vue, de sa plus longue portée, n'y rencontrait pas seulement un buisson ; et cependant à mon réveil, je

1. Apollon, dieu du Soleil.

me trouvai sous un arbre en comparaison de qui[1] les plus hauts Cèdres ne paraîtraient que de l'herbe. Son tronc était d'or massif, ses rameaux d'argent, et ses feuilles d'émeraudes qui, dessus* l'éclatante verdeur de leur précieuse superficie, se représentaient comme dans un miroir les images du fruit qui pendait alentour. Mais jugez si le fruit devait rien aux feuilles : l'écarlate enflammée d'un gros escarboucle composait la moitié de chacun, et l'autre était en suspens si elle tenait sa matière d'une chrysolite, ou d'un morceau d'ambre doré ; les fleurs épanouies étaient des roses de diamant fort larges, et les boutons de grosses perles en poire.

Un Rossignol, que son plumage uni rendait beau par excellence, perché tout au coupeau*, semblait avec sa mélodie vouloir contraindre les yeux de confesser aux oreilles qu'il n'était pas indigne du Trône où il était assis.

Je restai longtemps interdit à la vue de ce riche spectacle, et je ne pouvais m'assouvir de le regarder. Mais comme j'occupais toute ma pensée à contempler entre les autres fruits une pomme de Grenade extraordinairement belle, dont la chair était un essaim de plusieurs gros rubis en masse, j'aperçus remuer cette petite Couronne qui lui tient lieu de tête, laquelle s'allongea autant qu'il le fallait pour former un col. Je vis ensuite bouillonner au-dessus je ne sais quoi de blanc, qui à force de s'épaissir, de croître, d'avancer et de reculer la matière en certains endroits, parut enfin le visage d'un petit buste de chair. Ce petit buste se terminait en rond vers la ceinture, c'est-à-dire qu'il gardait encore par en bas sa figure de pomme. Il s'étendit pourtant peu à peu, et sa queue s'étant convertie en deux jambes, chacune de ses jambes se partagea en cinq orteils. Humanisée que fut la Grenade, elle se détacha de sa tige, et d'une légère culbute tomba justement à mes pieds. Certes je l'avoue, quand j'aperçus marcher fièrement devant moi cette pomme raisonnable, ce petit bout de Nain pas plus grand que le pouce, et cependant assez fort pour se créer soi-même, je demeurai saisi de vénération.

1. Le pronom « qui », au XVII^e siècle, peut renvoyer à des inanimés (en français moderne : « quoi »).

« Animal humain, me dit-il (en cette Langue matrice dont je vous ai autrefois discouru), après t'avoir longtemps considéré du haut de la branche où je pendais, j'ai cru lire dans ton visage que tu n'étais pas originaire de ce Monde ; c'est à cause de cela que je suis descendu pour en être éclairci au vrai. » Quand j'eus satisfait sa curiosité à propos de toutes les matières dont il me questionna... [1]. « Mais vous, lui dis-je, découvrez-moi qui vous êtes ; car ce que je viens de voir est si fort étonnant, que je désespère d'en connaître jamais la cause, si vous ne me l'apprenez. Quoi ! un grand arbre tout de pur or, dont les feuilles sont d'émeraudes, les fleurs de diamants, les boutons de perles, et parmi tout cela, des fruits qui se font hommes en un clin d'œil ? Pour moi, j'avoue que la compréhension d'un tel miracle surpasse ma capacité. » En suite de cette exclamation, comme j'attendais sa réponse : « Vous ne trouverez pas mauvais, me dit-il, étant le Roi de tout le Peuple qui compose cet arbre, que je l'appelle pour me suivre. » Quand il eut ainsi parlé, je pris garde qu'il se recueillit en soi-même. Je ne sais si bandant les ressorts intérieurs de sa volonté, il excita hors de soi quelque mouvement qui fit arriver ce que vous allez entendre, mais tant y a qu'aussitôt après, tous les fruits, toutes les fleurs, toutes les feuilles, toutes les branches, enfin tout l'arbre tomba par pièces en petits Hommes, voyants, sentants, et marchants, lesquels, comme pour célébrer le jour de leur naissance au moment de leur naissance même, se mirent à danser à l'entour de moi. Le Rossignol, entre tous, resta dans sa figure, et ne fut point métamorphosé [2] ; il se vint jucher

1. Le texte présente ici des points de suspension, qui peuvent signaler soit une ellipse, dans la narration ou dans la phrase, soit une censure.

2. Le terme « métamorphose », qui va être repris tout au long de cette séquence, renvoie directement aux *Métamorphoses* d'Apulée et plus encore aux *Métamorphoses* d'Ovide, dont toute cette séquence est une sorte de « réécriture », enchantée et ironique à la fois. La notion de « métamorphose » n'en garde pas moins toute sa portée philosophique ; ainsi, chez Giordano Bruno, le rejet de l'eschatologie chrétienne s'appuie sur l'idée d'une métamorphose permanente des choses du monde, dans l'immanence d'une nature infinie. Voir le Dossier, doc. 25.

sur l'épaule de notre petit Monarque, où il chanta un air si mélancolique* et si amoureux, que toute l'assemblée, et le Prince même, attendris par les douces langueurs de sa voix mourante, en laissa couler quelques larmes. La curiosité d'apprendre d'où venait cet Oiseau me saisit pour lors d'une démangeaison de langue si extraordinaire que je ne la pus contenir : « Seigneur, dis-je, m'adressant au roi, si je ne craignais d'importuner Votre Majesté, je lui demanderais pourquoi parmi tant de métamorphoses le Rossignol tout seul a gardé son être. » Ce petit prince m'écouta avec une complaisance qui marquait bien sa bonté naturelle ; et connaissant* ma curiosité : « Le Rossignol, me répliqua-t-il, n'a point comme nous changé de forme, parce qu'il ne l'a pu : c'est un véritable oiseau qui n'est que ce qu'il vous paraît. Mais marchons vers les régions opaques, et je vous conterai en chemin faisant qui je suis, avec l'histoire du Rossignol. » À peine lui eus-je témoigné la satisfaction que je recevais de son offre, qu'il sauta légèrement sur l'une de mes épaules. Il se haussa sur ses petits ergots pour atteindre de sa bouche à mon oreille ; et tantôt se balançant à mes cheveux, tantôt s'y donnant l'estrapade[1] : « Ma foi ! me dit-il, excuse une personne qui se sent déjà hors d'haleine ; comme, dans un corps étroit, j'ai les poumons serrés et la voix par conséquent si déliée* que je suis contraint de me peiner* beaucoup pour me faire ouïr, le Rossignol trouvera bon de parler lui-même de soi-même. Qu'il chante donc, si bon lui semble, au moins nous aurons le plaisir d'écouter son histoire en musique. » Je lui répliquai que je n'avais point encore assez d'habitude au langage d'Oiseau ; que véritablement un certain Philosophe, que j'avais rencontré en montant au Soleil, m'avait bien donné quelques principes généraux pour entendre* celui des brutes* ; mais qu'ils ne suffisaient pas pour entendre généralement tous les mots, ni pour être touché de toutes les délicatesses qui se rencontrent

1. *Estrapade* : sorte d'acrobatie par laquelle le corps paraît disloqué (c'est aussi le nom d'un supplice qui disloque effectivement le corps).

dans une aventure telle que devait être celle-là. « Hé bien, dit-il, puisque tu le veux, tes oreilles ne seront pas simplement sevrées des belles chansons du Rossignol, mais de quasi toute son aventure, de laquelle je ne te puis raconter que ce qui est venu à ma connaissance. Toutefois tu te contenteras de cet échantillon ; aussi bien, quand je la saurais tout entière, la brièveté de notre voyage en son pays, où je le vais reconduire, ne me permettrait pas de prendre mon récit de plus loin. » Ayant ainsi parlé, il sauta de dessus mon épaule à terre ; ensuite il donna la main à tout son petit peuple, et se mit à danser avec eux d'une sorte de mouvement que je ne saurais représenter, parce qu'il ne s'en est jamais vu de semblable. Mais écoutez, Peuples de la Terre, ce que je ne vous oblige pas de croire, puisqu'au monde où vos miracles ne sont que des effets naturels, celui-ci a passé pour un miracle[1]. Aussitôt que ces petits Hommes se furent mis à danser, il me sembla sentir leur agitation dans moi, et mon agitation dans eux. Je ne pouvais regarder cette danse que je ne fusse entraîné sensiblement de ma place, comme par un vortice[2] qui remuait de son même branle*, et de l'agitation particulière d'un chacun, toutes les parties de mon corps ; et je sentais épanouir sur mon visage la même joie qu'un mouvement pareil avait étendu sur le leur. À mesure que la danse se serra, les danseurs se brouillèrent d'un trépignement beaucoup plus prompt et plus imperceptible : il semblait que le dessein du Ballet fût de représenter un énorme Géant, car à force de s'approcher et de redoubler la vitesse de leurs mouvements, ils se mêlèrent de si près que je ne discernai plus qu'un grand Colosse à jour[3] et quasi transparent ; mes yeux toutefois les virent entrer l'un dans [l']autre. Ce fut en ce temps-là que je commençai à ne pouvoir davantage distinguer la diversité des mouvements de

1. Au monde des hommes, on prend pour « miracles » (surnaturels) les effets surprenants de la nature même. Voir *supra* la note 3, p. 54.
2. *Vortice* : tourbillon, du latin *vortex*. Le terme était employé en anatomie. Il rappelle surtout la théorie cartésienne des « tourbillons » (*vortex* dans le texte latin, et parfois « vorticule » en français).
3. *À jour* : où passe la lumière.

chacun, à cause de leur extrême volubilité*, et par ce aussi que cette volubilité s'étrécissant toujours à mesure qu'elle s'approchait du centre, chaque vortice occupa enfin si peu d'espace qu'il échappait à ma vue. Je crois pourtant que les parties s'approchèrent encore ; car cette masse humaine, auparavant démesurée, se réduisit peu à peu à former un jeune Homme de taille médiocre*, dont tous les membres étaient proportionnés avec une symétrie où la perfection dans sa plus forte idée n'a jamais pu voler. Il était beau au-delà de ce que tous les Peintres ont élevé leur fantaisie* ; mais ce que je trouvai de bien merveilleux, c'est que la liaison de toutes les parties qui achevèrent ce parfait microcosme se fit en un clin d'œil. Tels d'entre les plus agiles de nos petits danseurs s'élancèrent par une cabriole à la hauteur, et dans la posture essentielle à former une tête ; tels, plus chauds et moins déliés*, formèrent le cœur ; et tels, beaucoup plus pesants, ne fournirent que les os, la chair et l'embonpoint[1].

Quand ce beau grand jeune Homme fut entièrement fini, quoique sa prompte construction ne m'eût quasi pas laissé de temps pour remarquer aucun intervalle dans son progrès, je vis entrer par la bouche le Roi de tous les peuples dont il était un chaos ; encore il me semble qu'il fut attiré dans ce corps par la respiration du corps même. Tout cet amas de petits Hommes n'avait point encore auparavant donné aucune marque de vie ; mais sitôt qu'il eut avalé son petit Roi, il ne se sentit plus être qu'un. Il demeura quelque temps à me considérer ; et s'étant comme apprivoisé par ses regards, il s'approcha de moi, me caressa, et me donnant la main : « C'est maintenant que, sans endommager la délicatesse de mes poumons, je pourrai t'entretenir des choses que tu passionnais de savoir, me

1. Cette figuration merveilleuse semble appeler une interprétation allégorique, mais on peut la comprendre sur plusieurs plans : ce peut être une allégorie politique (l'union des peuples par la présence du roi), ou bien une allégorie physique (constitution de la matière à partir de corpuscules en mouvement, en fonction de leur taille et de leur poids, comme l'écrit Lucrèce), ou encore une allégorie métaphysique (unité du végétal et de l'humain).

dit-il ; mais il est bien raisonnable de te découvrir auparavant les secrets cachés de notre origine. Sache donc que nous sommes des animaux* natifs du Soleil dans les régions éclairées. La plus ordinaire comme la plus utile de nos occupations, c'est de voyager par les vastes contrées de ce grand Monde. Nous remarquons curieusement les mœurs des Peuples, le génie des climats* et la nature de toutes les choses qui peuvent mériter notre attention ; par le moyen de quoi nous nous formons une science certaine de ce qui est. Or tu sauras que mes vassaux voyageaient sous ma conduite, et qu'afin d'avoir le loisir d'observer les choses plus curieusement, nous n'avions pas gardé cette conformation particulière à notre corps qui ne peut tomber sous tes sens, dont la subtilité nous eût fait cheminer trop vite ; mais nous nous étions faits Oiseaux. Tous mes sujets par mon ordre étaient devenus Aigles ; et quant à moi, de peur qu'ils ne s'ennuyassent, je m'étais métamorphosé en Rossignol pour adoucir leur travail* par les charmes de la Musique. Je suivais sans voler la rapide volée* de mon Peuple, car je m'étais perché sur la tête d'un de mes vassaux, et nous suivions toujours notre chemin, quand un Rossignol habitant d'une Province du pays opaque que nous traversions alors, étonné de me voir en la puissance d'un Aigle (car il ne nous pouvait prendre que pour tels qu'il nous voyait), se mit à plaindre mon malheur ; je fis faire halte à mes gens, et nous descendîmes au sommet de quelques arbres où soupirait ce charitable Oiseau. Je pris tant de plaisir à la douceur de ses tristes Chansons, qu'afin d'en jouir plus longtemps et plus à mon aise, je ne le voulus pas détromper. Je feignis sur-le-champ une Histoire dans laquelle je lui contai les malheurs imaginaires qui m'avaient fait tomber aux mains de cet Aigle. J'y mêlai des aventures si surprenantes, où les passions étaient si adroitement soulevées, et le chant si bien choisi pour la lettre[1], que le Rossignol en était tout hors de lui-même. Nous gazouillions l'un après l'autre réciproquement l'Histoire en musique de nos

---

1. Comprendre : « la mélodie s'accordait si bien aux paroles... ».

mutuelles amours. Je chantais dans mes airs que non seulement je me consolais, mais que je me réjouissais encore de mon désastre, puisqu'il m'avait procuré la gloire d'être plaint par de si belles chansons ; et ce petit inconsolable me répondait, dans les siens, qu'il accepterait avec joie toute l'estime que je faisais de lui, s'il savait qu'elle lui pût faire mériter l'honneur de mourir à ma place ; mais que la Fortune n'ayant pas réservé tant de gloire à un malheureux comme lui, il acceptait de cette estime seulement ce qu'il en fallait pour m'empêcher de rougir de mon amitié. Je lui répondais encore à mon tour avec tous les transports, toutes les tendresses et toutes les mignardises d'une passion si touchante que je l'aperçus deux ou trois fois sur la branche prêt à mourir d'amour. À la vérité je mêlais tant d'adresse à la douceur de ma voix, et je surprenais son oreille par des traits si savants et des routes si peu fréquentées à ceux de son espèce, que j'emportais sa belle âme à toutes les passions dont je la voulais maîtriser. Nous occupâmes en cet exercice l'espace de vingt-quatre heures ; et je crois que jamais nous ne nous fussions lassés de faire l'amour [1], si nos gorges ne nous eussent refusé de la voix. Ce fut l'obstacle seul qui nous empêcha de passer outre ; car sentant que le travail* commençait à me déchirer la gorge, et que je ne pouvais plus continuer sans choir en pâmoison, je lui fis signe de s'approcher de moi. Le péril où il crut que j'étais au milieu de tant d'Aigles lui persuada que je l'appelais à mon aide. Il vola aussitôt à mon secours ; et me voulant donner un glorieux témoignage qu'il savait pour un Ami braver la mort jusque dans son Trône, il se vint asseoir fièrement sur le grand bec crochu de l'Aigle où j'étais perché. Certes un courage si fort dans un si faible animal me toucha de quelque vénération ; car encore que je l'eusse réclamé, comme il se le figurait, et qu'entre les animaux* de semblable espèce aider au malheureux soit une loi, l'instinct pourtant de sa timide nature le devait faire balancer* ;

1. *Faire l'amour* : courtiser. Le sens usuel de l'expression au XVIIe siècle n'est pas sexuel.

et toutefois il ne balança* point ; au contraire, il partit avec tant de hâte que je ne sais qui vola le premier, du signal ou du Rossignol. Glorieux de voir sous ses pieds la tête de son Tyran, et ravi de songer qu'il allait être, pour l'amour de moi, sacrifié presque entre mes ailes, et que de son sang peut-être quelques gouttes bienheureuses rejailliraient sur mes plumes, il tourna doucement la vue de mon côté, et m'ayant comme dit adieu d'un regard par lequel il semblait me demander permission de mourir, il précipita si brusquement son petit bec dedans les yeux de l'Aigle, que je les vis plus tôt crevés que frappés. Quand mon Oiseau se sentit aveugle, il se forma derechef une vue toute neuve. Je réprimandai doucement le Rossignol de son action trop précipitée ; et jugeant qu'il serait dangereux de lui cacher plus longtemps notre véritable être, je me découvris à lui, je lui contai qui nous étions. Mais le pauvre petit, prévenu* que ces Barbares dont j'étais prisonnier me contraignaient à feindre cette Fable, n'ajouta nulle foi à tout ce que je lui pus dire. Quand je connus* que toutes les raisons par lesquelles je prétendais le convaincre s'en allaient au vent, je donnai tout bas quelques ordres à dix ou douze mille de mes sujets, et incontinent* le Rossignol aperçut à ses pieds une rivière couler sous un bateau, et le bateau flotter dessus ; il n'était grand que ce qu'il devait l'être pour me contenir deux fois. Au premier signal que je leur fis paraître, mes Aigles s'envolèrent, et je me jetai dans l'Esquif, d'où je criai au Rossignol que, s'il ne pouvait encore se résoudre à m'abandonner si tôt, il s'embarquât avec moi. Dès qu'il fut entré dedans, je commandai à la rivière de prendre son flux vers la région où mon Peuple volait ; mais la fluidité de l'onde étant moindre que celle de l'air, et par conséquent la rapidité de leur vol plus grande que celle de notre navigation, nous demeurâmes un peu derrière. Durant tout le chemin, je m'efforçai de détromper mon petit Hôte ; je lui remontrai qu'il ne devait attendre aucun fruit de sa passion, puisque nous n'étions pas de même espèce ; qu'il pouvait bien l'avoir reconnu, quand l'Aigle à qui il avait crevé les yeux, s'en était forgé de nouveaux en sa présence, et lorsque par mon commandement douze mille de mes vassaux s'étaient métamorphosés en cette rivière et ce bateau sur lequel nous voguions. Mes remontrances n'eurent point de succès ; il me répondait que, pour l'Aigle que je voulais faire accroire qui s'était forgé des yeux, il n'en avait pas eu besoin, n'ayant point été aveugle, à cause qu'il n'avait pas bien adressé du bec dans ses prunelles [1] ; et pour la rivière et le bateau que je disais n'avoir été engendrés que d'une métamorphose de mon Peuple, ils étaient dans le Bois dès la création du Monde, mais qu'on n'y avait pas pris garde. Le voyant si fort ingénieux à se tromper, je convins avec lui que mes vassaux et moi nous nous métamorphoserions à sa vue en ce qu'il voudrait, à la charge qu'après cela il s'en retournerait en sa patrie. Tantôt il demanda que ce fût en arbre, tantôt il souhaita que ce fût en fleur, tantôt en fruit, tantôt en métal, tantôt en pierre. Enfin pour satisfaire tout à la fois à toute son envie, quand nous eûmes atteint ma cour au lieu où je lui avais commandé de m'attendre, nous nous métamorphosâmes aux yeux du Rossignol en ce précieux arbre que tu as rencontré sur ton chemin, duquel nous venons d'abandonner la forme. Au reste, maintenant que je vois ce petit Oiseau résolu de s'en retourner dans son pays, nous allons mes sujets et moi reprendre notre figure, et la route de notre voyage.

Mais il est raisonnable de te découvrir auparavant qui nous sommes : des animaux* natifs et originaires du Soleil dans la partie éclairée ; car il y a une différence bien remarquable entre les Peuples que produit la région lumineuse et les Peuples du pays opaque. C'est nous qu'au Monde de la Terre vous appelez des Esprits, et votre présomptueuse stupidité nous a donné ce nom, à cause que n'imaginant point d'animaux plus parfaits que l'Homme, et voyant faire à de certaines Créatures des choses au-dessus du pouvoir humain, vous avez cru ces animaux-là des

---

1. Comprendre : « pour l'Aigle dont je voulais faire croire qu'il s'était forgé des yeux, il [l'Aigle] n'en avait pas eu besoin… à cause qu'il [le Rossignol] n'avait pas… ».

Esprits[1]. Vous vous trompez toutefois, nous sommes des animaux* comme vous ; car encore que quand il nous plaît nous donnions à notre matière, comme tu viens de voir, la figure et la forme essentielle des choses auxquelles nous voulons nous métamorphoser, cela ne conclut pas que nous soyons des Esprits. Mais écoute, et je te découvrirai comment toutes ces métamorphoses, qui te semblent autant de miracles, ne sont rien que de purs effets naturels. Il faut que tu saches qu'étant nés habitants de la partie claire de ce grand Monde, où le principe de la matière est d'être en action, nous devons avoir l'imagination beaucoup plus active que ceux des régions opaques, et la substance du corps aussi beaucoup plus déliée*. Or cela supposé, il est infaillible que, notre imagination ne rencontrant aucun obstacle dans la matière qui nous compose, elle l'arrange comme elle veut, et devenue maîtresse de toute notre masse, elle la fait passer en remuant toutes ses particules dans l'ordre nécessaire à constituer en grand cette chose qu'elle avait formée en petit[2]. Ainsi chacun de nous s'étant imaginé l'endroit et la partie de ce précieux arbre auquel il se voulait changer, et ayant

1. Rejet de l'anthropocentrisme et critique de la superstition s'articulent à une redéfinition du domaine de la nature. L'homme n'a pas de privilège dans l'univers : la Terre n'est pas seule peuplée, l'univers comprend d'autres animaux, « plus parfaits », et qui cependant appartiennent comme les hommes au règne de la nature. La nature est capable d'effets prodigieux qui pourtant ne sont pas des « miracles » surnaturels.

2. Pour cette conception des pouvoirs de l'imagination, voir la Présentation et le Dossier, doc. 9 et 10. En même temps, Cyrano reprend et détourne la représentation corpusculaire et matérialiste de l'imagination qu'on rencontre chez Lucrèce (mais aussi, sous une forme plus complexe, chez Descartes, *Principes*, IV, 195-196). Pour Lucrèce, toute vision, toute sensibilité, toute pensée, agit par des émanations matérielles de corpuscules qui se propulsent à travers les pores dont les corps sont troués. Ordinairement, ces « pores » ou « canaux » sont imparfaits. En revanche, dans ces régions lumineuses du Soleil que Cyrano invente, les corps sont tout entiers perméables aux effluves de l'imagination, qui les transforme effectivement. C'est bien dans les coordonnées naturalistes, matérialistes, d'une physique corpusculaire, que Cyrano explique la possibilité du prodige (qui n'est donc pas un « miracle »). – Rappelons que le Narrateur a déjà fait l'expérience d'un effet analogue dans son ascension vers le Soleil (voir p. 111-112).

par cet effort d'imagination excité notre matière aux mouvements nécessaires à les produire, nous nous y sommes métamorphosés. Ainsi mon Aigle, ayant les yeux crevés, n'a eu pour se les rétablir qu'à s'imaginer un Aigle clairvoyant, car toutes nos transformations arrivent par le mouvement. C'est pourquoi quand de feuilles, de fleurs et de fruits que nous étions, nous avons été transmués en Hommes, tu nous as vus danser encore quelque temps après, parce que nous n'étions pas encore remis du branle* qu'il avait fallu donner à notre matière pour nous faire Hommes : à l'exemple des cloches qui, quoiqu'elles soient arrêtées, bruissent encore quelque temps après, et suivent sourdement le même son que le batail* causait en les frappant. Aussi est-ce pourquoi tu nous as vus danser auparavant* de faire ce grand Homme, parce qu'il a fallu pour le produire nous donner tous les mouvements généraux et particuliers qui sont nécessaires à le constituer, afin que cette agitation serrant nos corps peu à peu et les absorbant en un, chacun de nous par son mouvement créât en chaque partie le mouvement spécifique qu'elle doit avoir. Vous autres Hommes ne pouvez pas les mêmes choses, à cause de la pesanteur de votre masse, et de la froideur de votre imagination. »

Il continua sa preuve, et l'appuya d'exemples si familiers et si palpables, qu'enfin je me désabusai d'un grand nombre d'opinions mal prouvées dont nos Docteurs aheurtés* préviennent* l'entendement des faibles. Alors je commençai de comprendre qu'en effet l'imagination de ces Peuples Solaires, laquelle à cause du climat doit être plus chaude, leurs corps, pour la même raison, plus légers, et leurs individus plus mobiles (n'y ayant point, en ce Monde-là comme au nôtre, d'activité de centre qui puisse détourner la matière du mouvement que cette imagination lui imprime)[1] je conçus, dis-je, que cette imagination pouvait produire sans miracle tous les miracles qu'elle venait de faire. Mille

1. Cyrano combine son explication corpusculaire avec une évocation du principe de gravité qu'il refuse avec insistance au Soleil (voir *supra* les notes 2 et 3, p. 114).

exemples d'événements quasi pareils, dont les Peuples de notre globe font foi, achevèrent de me persuader[1]. Cipus, Roi d'Italie, qui pour avoir assisté à un combat de Taureaux, et avoir eu toute la nuit son imagination occupée à des cornes, trouva son front cornu le lendemain ; Gallus Vitius, qui banda son âme et l'excita si vigoureusement à concevoir l'essence de la folie, qu'ayant donné à sa matière par un effort d'imagination les mêmes mouvements que cette matière doit avoir pour constituer la folie, devint fol. Le roi Codrus, poulmonique, qui fichant ses yeux et sa pensée sur la fraîcheur d'un jeune visage, et cette florissante allégresse qui regorgeait jusqu'à lui de l'adolescence du garçon, prenant dans son corps le mouvement par lequel il se figurait la santé d'un jeune Homme, se remit en convalescence. Enfin plusieurs Femmes grosses qui ont fait Monstres leurs enfants déjà formés dans la matrice*, parce que leur imagination, qui n'était pas assez forte pour se donner à elles-mêmes la figure des Monstres qu'elles concevaient, l'était assez pour arranger la matière du fœtus, beaucoup plus chaude et plus mobile que la leur, dans l'ordre essentiel à la production de ces Monstres. Je me persuadai même que si, quand ce fameux hypocondre* de l'Antiquité s'imaginait être cruche, sa matière trop compacte et trop pesante avait pu suivre l'émotion de sa fantaisie*, elle aurait formé de tout son corps une cruche parfaite ; et il aurait paru à tout le monde véritablement cruche, comme il se le paraissait à lui seul[2]. Tant d'autres exemples dont je me satisfis me convainquirent en telle sorte que je ne

---

1. L'énumération qui suit peut surprendre : elle rapporte des transformations dont on raconte qu'elles se sont produites sur la Terre, alors que le raisonnement qui précède les supposait impossibles ailleurs que sur le Soleil. Elle s'offre ainsi, d'emblée, à une lecture ironique, et semble même rejeter dans l'ordre de la fiction plaisante les explications qu'on vient de lire.

2. Exemples topiques du *pouvoir de l'imagination*, issus d'une tradition antique (voir, entre autres, les *Métamorphoses* d'Ovide), constamment repris aux XVI^e^-XVII^e^ siècles et que l'on trouve notamment chez Montaigne (*Essais*, I, 21, voir le Dossier, doc. 3) ; Malebranche leur fait encore écho (*De la recherche de la vérité*, II). Cyrano leur réserve un traitement comique qui interdit, semble-t-il, de les prendre au sérieux.

doutai plus d'aucune des merveilles que l'Homme-Esprit m'avait racontées. Il me demanda si je ne souhaitais plus rien de lui ; je le remerciai de tout mon cœur. Et ensuite il eut encore la bonté de me conseiller que, puisque j'étais habitant de la Terre, je suivisse le Rossignol aux régions opaques du Soleil, parce qu'elles étaient plus conformes aux plaisirs qu'appète la Nature humaine. À peine eut-il achevé ce discours, qu'ayant ouvert la bouche fort grande, je vis sortir du fond de son gosier le Roi de ces petits animaux en forme de Rossignol. Le grand Homme tomba aussitôt, et en même temps tous ses membres par morceaux s'envolèrent sous la figure d'Aigles. Ce Rossignol, créateur de soi-même[1], se percha sur la tête du plus beau d'entre eux, d'où il entonna un air admirable avec lequel je pense qu'il me disait adieu. Le véritable Rossignol prit aussi sa volée, mais non pas de leur côté, ni ne monta pas si haut. Aussi je ne le perdis point de vue, nous cheminions à peu près de même force ; car comme je n'avais pas dessein d'aborder plutôt une terre que l'autre, je fus bien aise de l'accompagner ; outre que les régions opaques des Oiseaux étant plus conformes à mon tempérament*, j'espérais y rencontrer aussi des aventures plus correspondantes à mon humeur*. Je voyageai sur cette espérance pour le moins trois semaines avec toute sorte de contentement, si je n'eusse eu que mes oreilles à satisfaire ; car le Rossignol ne me laissait point manquer de Musique ; quand il était las, il venait se reposer sur mon épaule ; et, quand je m'arrêtais, il m'attendait. À la fin j'arrivai dans une Contrée du Royaume de ce petit Chantre, qui alors ne se soucia plus de m'accompagner. L'ayant perdu de vue, je le cherchai, je l'appelai, mais enfin je restai si las d'avoir couru après lui vainement que je résolus de me reposer. Pour cet effet je m'étendis sur

1. Expression importante, qui rappelle le pouvoir de *figuration* qui, pour certains courants de la pensée renaissante, et spécialement selon Pic de La Mirandole, permet à l'homme de se faire « peintre et sculpteur » (*plastes et fictor*) de soi-même, et donc de se montrer l'égal du Créateur. Voir Pic de La Mirandole, *De la dignité de l'homme*, trad. Y. Hersant, L'Éclat, 1993, p. 7.

un gazon d'herbe molle qui tapissait les racines d'un superbe Rocher. Ce Rocher était couvert de plusieurs arbres dont la gaillarde et verte fraîcheur exprimait la jeunesse ; mais comme, déjà tout amolli par les charmes du lieu, je commençais de m'endormir à l'ombre… [1]

## Histoire des oiseaux

Je commençais de m'endormir à l'ombre, comme j'aperçus en l'air un Oiseau merveilleux qui planait sur ma tête ; il se soutenait d'un mouvement si léger et si imperceptible, que je doutai plusieurs fois si ce n'était point encore un petit Univers balancé par son propre centre. Il descendit pourtant peu à peu, et arriva enfin si proche* de moi, que mes yeux soulagés furent tout pleins de son image. Sa queue paraissait verte, son estomac d'azur émaillé, ses ailes incarnates, et sa tête de pourpre faisait briller en s'agitant une Couronne d'or, dont les rayons jaillissaient de ses yeux [2].

Il fut longtemps à voler dans la nue, et je me tenais tellement collé à tout ce qu'il devenait que, mon âme s'étant toute repliée et comme raccourcie à la seule opération de voir, elle n'atteignit presque pas jusqu'à celle d'ouïr, pour me faire entendre* que l'Oiseau parlait en chantant.

Ainsi peu à peu débandé* de mon extase, je remarquai distinctement les syllabes, les mots et le discours qu'il articula.

Voici donc, au mieux qu'il m'en souvient, les termes dont il arrangea le tissu de sa chanson :

---

1. Variante, dans certaines éditions de 1662 : « Ce Rocher était couvert de plusieurs jeunes arbres verts et touffus, dont l'ombre charma mes sens fatigués le plus agréablement du monde, et m'obligea de les abandonner au sommeil pour réparer avec sûreté mes forces dans un lieu si tranquille et si frais. »

2. *Cf.* Pline, *Histoire naturelle*, X, 2, « Des Phoenix » : « on dit qu'il est gros comme un aigle, et qu'il a le pennage du cul doré, étant purpurin au reste du corps. Il a la queue bleue entremêlée de certaines plumes incarnates, et la tête timbrée d'un pennache exquis et d'une touffe de plumes fort belles… », trad. Antoine du Pinet (1561), in Pline, *Des animaux*, La Bibliothèque, 2001, p. 90.

« Vous êtes étranger, siffla l'oiseau fort agréablement, et naquîtes dans un Monde d'où je suis originaire. Or cette propension secrète dont nous sommes émus pour nos compatriotes est l'instinct qui me pousse à vouloir que vous sachiez ma vie.

« Je vois votre esprit tendu à comprendre comment il est possible que je m'explique à vous d'un discours suivi, vu qu'encore que les Oiseaux contrefassent votre parole, ils ne la conçoivent pas ; mais aussi, quand vous contrefaites l'aboi d'un Chien ou le chant d'un Rossignol, vous ne concevez pas non plus ce que le Chien ou le Rossignol ont voulu dire. Tirez donc conséquence de là que ni les Oiseaux ni les Hommes ne sont pas pour cela moins raisonnables[1].

« Cependant de même qu'entre vous autres, il s'en est trouvé de si éclairés, qu'ils ont entendu* et parlé notre langue comme Apollonius Tianeus, Anaximander, Ésope[2], et plusieurs dont je vous tais les noms, pour ce qu'ils ne sont jamais venus à votre connaissance ; de même parmi nous il s'en trouve qui entendent et parlent la vôtre. Quelques-uns à la vérité ne savent que celle d'une nation. Mais tout ainsi qu'il se rencontre des Oiseaux qui ne disent mot, quelques-uns qui gazouillent, d'autres qui parlent, il s'en rencontre encore de plus parfaits qui savent user de toutes sortes d'idiomes ; quant à moi j'ai l'honneur d'être de ce petit nombre.

« Au reste vous saurez qu'en quelque Monde que ce soit, Nature a imprimé aux Oiseaux une secrète envie de voler jusqu'ici, et peut-être que cette émotion de notre volonté est ce qui nous a fait croître des ailes,

---

1. Sur l'idée d'une intelligence animale, voir la Présentation et le Dossier, doc. 18-19.

2. Le philosophe Apollonius de Tyane passait pour connaître le langage des oiseaux aussi bien que toutes les autres langues, pour avoir le don de prophétie et la capacité de faire des miracles. *Cf.* Naudé, *Apologie*, XII, *op cit.*, p. 243) ; Anaximandre est l'auteur, au VIe siècle av. J.-C., d'un traité *De la nature* qui n'a pas été conservé, mais dont on sait qu'il postulait une matière infinie susceptible de produire toujours des êtres nouveaux. En leur assimilant un fabuliste, Ésope, qui « fait parler les animaux », Cyrano annonce ce qui sera le projet de La Fontaine : donner un sens philosophique, « épicurien », à l'écriture de la fable animalière.

comme les femmes grosses produisent sur leurs enfants la figure des choses qu'elles ont désirées ; ou plutôt comme ceux qui passionnant de savoir nager, ont été vus tout endormis se plonger au courant des fleuves et franchir, avec plus d'adresse qu'un expérimenté Nageur, des hasards qu'étant éveillés ils n'eussent osé seulement regarder ; ou comme ce Fils du Roi Crésus, à qui un véhément désir de parler pour garantir son Père, enseigna tout d'un coup une langue [1] ; ou bref comme cet Ancien qui, pressé de son ennemi et surpris sans armes, sentit croître sur son front des cornes de Taureau, par le désir qu'une fureur semblable à celle de cet animal lui en inspira [2].

« Quand donc les Oiseaux sont arrivés au Soleil, ils vont joindre la République* de leur espèce. Je vois bien que vous êtes gros* d'apprendre qui je suis. C'est moi que parmi vous on appelle Phénix [3]. Dans chaque Monde il n'y en a qu'un à la fois, lequel y habite durant l'espace de cent ans ; car au bout d'un siècle, quand sur quelque montagne d'Arabie il s'est déchargé d'un gros œuf au milieu des charbons de son bûcher, dont il a trié la matière de rameaux d'aloès, de cannelle et d'encens, il prend son essor, et dresse sa volée* au Soleil, comme la Patrie où son cœur a longtemps aspiré. Il a bien fait auparavant tous ses efforts pour ce voyage ; mais la pesanteur de son œuf, dont les coques sont si épaisses qu'il faut un siècle à le couver, retardait toujours l'entreprise.

---

1. Montaigne, *Essais*, I, 21 : « la passion donna au fils de Crésus la voix, que nature lui avait refusée » (la source est Hérodote). Voir le Dossier, doc. 3.
2. Cet ancien, c'est Cipus, déjà mentionné plus haut (voir les *Essais*, I, 21 ; *Métamorphoses* d'Ovide, XV, 547-625). L'ensemble des exemples présentés dans ce paragraphe appartiennent à la topique de la *force de l'imagination*, mais le terme est ici remplacé par ceux de *volonté* et de *désir*. Ces trois facultés sont ainsi superposées pour désigner une même force prodigieuse.
3. Créature mythique, mais décrite par les naturalistes de l'Antiquité (voir *supra* note 2, p. 129). Pline avoue lui-même avant de le décrire : « je ne sais si ce qu'on en dit est fable ou non » (*Histoire naturelle*, X, 2, *op. cit.*, p. 90) ; voir aussi, encore une fois, Ovide (*Métamorphoses*, XV, 391-410).

« Je me doute bien que vous aurez de la peine à concevoir cette miraculeuse production ; c'est pourquoi je veux vous l'expliquer. Le Phénix est Hermaphrodite ; mais entre les Hermaphrodites, c'est encore un autre Phénix tout extraordinaire, car[1]... »

Il resta un demi-quart d'heure sans parler, et puis il ajouta : « Je vois bien que vous soupçonnez de fausseté ce que je vous viens d'apprendre ; mais si je ne dis vrai, je veux jamais n'aborder votre globe, qu'un Aigle ne fonde sur moi. »

Il demeura encore quelque temps à se balancer dans le Ciel, et puis il s'envola.

L'admiration* qu'il m'avait causée par son récit me donna la curiosité de le suivre ; et, parce qu'il fendait le vague des Cieux d'un essor non précipité, je le conduisis de la vue et du marcher assez facilement.

Environ au bout de cinquante lieues, je me trouvai dans un pays si plein d'Oiseaux que leur nombre égalait presque celui des feuilles qui les couvraient. Ce qui me surprit davantage fut que ces Oiseaux, au lieu de s'effaroucher à ma rencontre, voltigeaient à l'entour de moi ; l'un sifflait à mes oreilles, l'autre faisait la roue sur ma tête ; bref après que leurs petites gambades eu[r]ent occupé mon attention fort longtemps, tout à coup je sentis mes bras chargés de plus d'un million de toutes sortes d'espèces, qui pesaient dessus si lourdement, que je ne les pouvais remuer.

Ils me tinrent en cet état jusqu'à ce que je vis arriver quatre grands Aigles dont, les uns m'ayant de leurs serres accolé par les jambes, les deux autres par les bras m'enlevèrent fort haut.

Je remarquai parmi la foule une Pie, qui tantôt deçà tantôt delà, volait et revolait avec beaucoup d'empressement ; et j'entendis qu'elle me cria que je ne me défendisse point, à cause que ses compagnons tenaient

1. L'ellipse est intrigante : l'évocation du comble de l'hermaphroditisme (sujet évidemment subversif du point de vue de la morale sexuelle) pourrait avoir été éludée par Cyrano lui-même, ou bien supprimée par l'éditeur du texte posthume. – La figure de l'hermaphrodite a aussi un sens alchimique. – Sur ces questions, voir P. Ronzeaud, *L'Utopie hermaphrodite*, Marseille, CMR, 17, 1982.

déjà conseil de me crever les yeux. Cet aver[illegible] empêcha toute la résistance que j'aurais pu[illegible] sorte que ces Aigles m'emportèrent à plus [illegible] lieues de là dans un grand Bois, qui était (à ce que me dit ma Pie) la Ville où leur Roi faisait sa résidence.

La première chose qu'ils firent fut de me jeter en prison dans le tronc creusé d'un grand Chêne, et quantité des plus robustes se perchèrent sur les branches, où ils exercèrent les fonctions d'une Compagnie de Soldats sous les armes.

Environ au bout de vingt-quatre heures, il en entra d'autres en garde qui relevèrent ceux-ci. Cependant que j'attendais avec beaucoup de mélancolie* ce qu'il plairait à la Fortune d'ordonner de mes désastres, ma charitable Pie m'apprenait tout ce qui se passait.

Entre autres choses, il me souvient qu'elle m'avertit que la populace des Oiseaux avait fort crié de ce qu'on me gardait si longtemps sans me dévorer ; qu'ils avaient remontré que j'amaigrirais tellement qu'on ne trouverait plus sur moi que des os à ronger.

La rumeur pensa* s'échauffer en sédition, car ma Pie s'étant émancipée de représenter que c'était un procédé barbare de faire ainsi mourir, sans connaissance de cause, un animal* qui approchait en quelque sorte de leur raisonnement, ils la pensèrent mettre en pièces, alléguant que cela serait bien ridicule de croire qu'un animal tout nu, que la Nature même en mettant au jour ne s'était pas souciée de fournir des choses nécessaires à le conserver, fût comme eux capable de raison : « Encore, ajoutaient-ils, si c'était un animal qui approchât un peu davantage de notre figure, mais justement le plus dissemblable, et le plus affreux ; enfin une bête chauve, un Oiseau plumé, une chimère amassée de toutes sortes de natures, et qui fait peur à toutes : l'Homme, dis-je [1], si sot et si vain, qu'il se persuade que nous n'avons été faits que pour lui ; l'Homme qui, avec son âme si clairvoyante, ne saurait distinguer le sucre d'avec l'arsenic, et qui avalera de la ciguë que son beau jugement lui aurait fait prendre

1. Le discours, collectif au départ, semble à présent individualisé.

pour du persil ; l'Homme qui soutient qu'on ne raisonne que par le rapport des sens[1], et qui cependant a les sens les plus faibles, les plus tardifs et les plus faux d'entre toutes les Créatures ; l'Homme enfin que la Nature, pour faire de tout, a créé comme les Monstres, mais en qui pourtant elle a infus l'ambition de commander à tous les animaux, de les exterminer. »

Voilà ce que disaient les plus sages : pour la Commune[2], elle criait que cela était horrible, de croire qu'une bête qui n'avait pas le visage fait comme eux eût de la raison. « Hé ! quoi, murmuraient-ils l'un à l'autre, il n'a ni bec, ni plumes, ni griffes, et son âme serait spirituelle ? Ô Dieux ! quelle impertinence ! »

La compassion qu'eurent de moi les plus généreux* n'empêcha point qu'on n'instruisît mon procès criminel : on en dressa toutes les écritures dessus l'écorce d'un Cyprès ; et puis au bout de quelques jours je fus porté au Tribunal des Oiseaux. Il n'y avait pour Avocats, pour Conseillers, et pour Juges, à la séance, que des Pies, des Geais et des Étourneaux ; encore n'avait-on choisi que ceux qui entendent* ma Langue.

Au lieu de m'interroger sur la sellette*, on me mit à califourchon sur un chicot* de bois pourri, d'où celui qui présidait à l'Auditoire*, après avoir claqué du bec deux ou trois coups, et secoué majestueusement ses plumes, me demanda d'où j'étais, de quelle Nation, et de quelle espèce. Ma charitable Pie m'avait donné auparavant quelques instructions, qui me furent très salutaires, et entre autres que je me gardasse bien d'avouer que je fusse Homme. Je répondis donc que j'étais de ce petit Monde qu'on appelait la Terre, dont le Phénix et quelques autres que je voyais dans l'assemblée pouvaient leur avoir parlé ; que le climat* qui m'avait vu naître était assis sous la Zone tempérée du Pôle Arctique, dans une extrémité de l'Europe qu'on

---

1. Cette formule pouvait être employée dans des philosophies très diverses, mais le contexte satirique incite à y voir la reprise d'un adage scolastique célèbre, que l'on supposait tiré d'Aristote : « Il n'y a rien dans l'entendement qui n'ait d'abord été dans les sens. »
2. Comprendre : « la voix commune ».

nommait la France ; et quant à ce qui concernait mon espèce, que je n'étais point Homme comme ils se le figuraient, mais Singe ; que des Hommes m'avaient enlevé au berceau fort jeune, et nourri parmi eux ; que leur mauvaise éducation m'avait ainsi rendu la peau délicate ; qu'ils m'avaient fait oublier ma Langue naturelle, et instruit à la leur ; que pour complaire à ces animaux* farouches, je m'étais accoutumé à ne marcher que sur deux pieds ; et qu'enfin, comme on tombe plus facilement qu'on ne monte d'espèce, l'opinion, la coutume, et la nourriture* de ces bêtes immondes avaient tant de pouvoir sur moi qu'à peine mes parents, qui sont Singes d'honneur, me pourraient eux-mêmes reconnaître. J'ajoutai, pour ma justification, qu'ils me fissent visiter par des Experts, et qu'en cas que je fusse trouvé Homme, je me soumettais à être anéanti comme un Monstre.

« Messieurs, s'écria une Arondelle* de l'assemblée dès que j'eus cessé de parler, je le tiens convaincu ; vous n'avez pas oublié qu'il vient de dire que le pays qui l'avait vu naître était la France ; mais vous savez qu'en France les Singes n'engendrent point : après cela jugez s'il est ce qu'il se vante d'être. »

Je répondis à mon accusatrice que j'avais été enlevé si jeune du sein de mes parents, et transporté en France, qu'à bon droit je pouvais appeler mon pays natal celui duquel je me souvenais le plus loin.

Cette raison, quoique spécieuse[1], n'était pas suffisante ; mais la plupart, ravis d'entendre que je n'étais pas Homme, furent bien aises de le croire ; car ceux qui n'en avaient jamais vu ne pouvaient se persuader qu'un Homme ne fut bien plus horrible que je ne leur paraissais, et les plus sensés ajoutaient que l'Homme était quelque chose de si abominable qu'il était utile qu'on crût que ce n'était qu'un être imaginaire.

---

1. *Spécieux* : « qui a belle apparence, surtout en matière de raisonnement » (F.). Le terme n'est pas nécessairement péjoratif, et signifie « probable ».

De ravissement tout l'Auditoire* en battit des ailes, et sur l'heure on me mit pour m'examiner au pouvoir des Syndics*, à la charge de me représenter le lendemain, et d'en faire à l'ouverture des Chambres le rapport à la Compagnie. Ils s'en chargèrent donc, et me portèrent dans un bocage reculé. Là, pendant qu'ils me tinrent, ils ne s'occupèrent qu'à gesticuler autour de moi cent sortes de culbutes, à faire la procession, des coques de noix sur la tête. Tantôt ils battaient des pieds l'un contre l'autre, tantôt ils creusaient de petites fosses pour les remplir, et puis j'étais tout étonné que je ne voyais plus personne.

Le jour et la nuit se passèrent à ces bagatelles, jusqu'au lendemain que, l'heure prescrite étant venue, on me reporta derechef comparaître devant mes Juges, où mes Syndics interpellés de dire vérité, répondirent que pour la décharge de leur conscience, ils se sentaient tenus d'avertir la Cour qu'assurément je n'étais pas Singe comme je me vantais : « Car, disaient-ils, nous avons eu beau sauter, marcher, pirouetter et inventer en sa présence cent tours de passe, par lesquels nous prétendions l'émouvoir à faire de même, selon la coutume des Singes. Or, quoiqu'il eût été nourri parmi les Hommes, comme le Singe est toujours Singe, nous soutenons qu'il n'eût pas été en sa puissance de s'abstenir de contrefaire nos singeries. Voilà, messieurs, notre rapport. »

Les Juges alors s'approchèrent pour venir aux opinions ; mais on s'aperçut que le Ciel se couvrait et paraissait chargé. Cela fit lever l'assemblée.

Je m'imaginais que l'apparence* du mauvais temps les y avait conviés, quand l'Avocat Général me vint dire, par ordre de la Cour, qu'on ne me jugerait point ce jour-là ; que jamais on ne vidait un procès criminel lorsque le Ciel n'était pas serein, parce qu'ils craignaient que la mauvaise température de l'air n'altérât quelque chose à la bonne constitution de l'esprit des Juges ; que le chagrin dont l'humeur* des Oiseaux se charge durant la pluie, ne dégorgeât sur la cause, ou qu'enfin la Cour ne se vengeât de sa tristesse sur l'accusé ; c'est pourquoi mon jugement fut remis à un plus beau temps. On me remena donc en prison, et je me souviens que pendant le chemin ma charitable Pie ne m'abandonna guère, elle vola toujours à mes côtés, et je crois qu'elle ne m'eût point quitté si ses Compagnons ne se fussent approchés de nous.

Enfin j'arrivai au lieu de ma prison, où pendant ma captivité je ne fus nourri que du pain du Roi[1] : c'était ainsi qu'ils appelaient une cinquantaine de vers, et autant de guillots, qu'ils m'apportaient à manger de sept heures en sept heures.

Je pensais recomparaître dès le lendemain, et tout le monde le croyait ainsi ; mais un de mes Gardes me conta, au bout de cinq ou six jours, que tout ce temps-là avait été employé à rendre justice à une Communauté de Chardonnerets qui l'avait implorée contre un de leurs Compagnons. Je demandai à ce Garde de quel crime ce malheureux était accusé : « Du crime, répliqua le Garde, le plus énorme dont un Oiseau puisse être noirci. On l'accuse… le pourrez-vous bien croire ? On l'accuse… mais, bons Dieux ! d'y penser seulement les plumes m'en dressent à la tête… Enfin on l'accuse de n'avoir pas encore depuis six ans mérité d'avoir un Ami ; c'est pourquoi il a été condamné à être Roi, et Roi d'un Peuple différent de son espèce.

« Si ses sujets eussent été de sa nature, il aurait pu tremper au moins des yeux et du désir dedans leurs voluptés ; mais comme les plaisirs d'une espèce n'ont point du tout de relation avec les plaisirs d'une autre espèce, il supportera toutes les fatigues, et boira toutes les amertumes de la Royauté, sans pouvoir en goûter aucune des douceurs.

« On l'a fait partir ce matin environné de beaucoup de Médecins, pour veiller à ce qu'il ne s'empoisonne dans le voyage. » Quoique mon Garde fût grand causeur de sa nature, il ne m'osa pas entretenir seul plus longtemps, de peur d'être soupçonné d'intelligence*.

1. On appelait « pain du roi », en France, la nourriture donnée aux prisonniers. Chez les oiseaux, le « pain du roi » est constitué de vers et de « guillots », qui sont les vers du fromage pourri (ce mot est « bas et populaire », selon Furetière).

n sur la fin de la semaine, je fus encore
evant mes Juges.

nicha sur le fourchon d'un petit arbre sans feuilles. Les Oiseaux de longue robe[1], tant Avocats, Conseillers, que Présidents, se juchèrent tous par étage, chacun selon sa dignité, au coupeau* d'un grand Cèdre. Pour les autres qui n'assistaient à l'assemblée que par curiosité, ils se placèrent pêle-mêle, tant que les sièges furent remplis, c'est-à-dire tant que les branches du cèdre furent couvertes de pattes.

Cette Pie que j'avais toujours remarquée pleine de compassion pour moi, se vint percher sur mon arbre, où, feignant de se divertir à becqueter la mousse : « En vérité, me dit-elle, vous ne sauriez croire combien votre malheur m'est sensible, car encore que je n'ignore pas qu'un Homme parmi les vivants est une peste dont on devrait purger tout État bien policé ; quand je me souviens toutefois d'avoir été dès le berceau élevée parmi eux, d'avoir appris leur Langue si parfaitement que j'en ai presque oublié la mienne, et d'avoir mangé de leur main des fromages mous si excellents – je ne saurais y songer sans que l'eau m'en vienne aux yeux et à la bouche –, je sens pour vous des tendresses qui m'empêchent d'incliner au plus juste parti. »

Elle achevait ceci quand nous fûmes interrompus par l'arrivée d'un Aigle qui se vint asseoir entre les rameaux d'un arbre assez proche du mien. Je voulus me lever pour me mettre à genoux devant lui, croyant que ce fût le Roi, si ma Pie de sa patte ne m'eût contenu en mon assiette. « Pensiez-vous donc, me dit-elle, que ce grand Aigle fût notre Souverain ? C'est une imagination de vous autres Hommes, qui à cause que vous vous laissez commander aux plus grands, aux plus forts, et aux plus cruels de vos compagnons, avez sottement cru, jugeant de toutes choses par vous, que l'Aigle nous devait commander.

1. Sur la « longue robe », voir note 3, p. 56.

« Mais notre politique est bien autre ; car nous ne choisissons pour nos Rois que les plus faibles, les plus doux, et les plus pacifiques ; encore les changeons-nous tous les six mois, et nous les prenons faibles, afin que le moindre à qui ils auraient fait quelque tort, se pût venger [du Roi]. Nous le choisissons doux, afin qu'il ne haïsse ni ne se fasse haïr de personne, et nous voulons qu'il soit d'une humeur pacifique, pour éviter la guerre, le canal de toutes les injustices.

« Chaque semaine, il tient les États [1], où tout le monde est reçu à se plaindre de lui. S'il se rencontre seulement trois Oiseaux mal satisfaits de son gouvernement, il est dépossédé, et l'on procède à une nouvelle élection. Pendant la journée que durent les États, notre Roi est monté au sommet d'un grand If sur le bord d'un Étang, les pieds et les ailes liés. Tous les Oiseaux l'un après l'autre passent par-devant lui ; et si quelqu'un d'eux le sait coupable du dernier supplice*, il le peut jeter à l'eau. Mais il faut que sur-le-champ il justifie la raison qu'il en a eue, autrement il est condamné à la mort triste. »

Je ne pus m'empêcher de l'interrompre, pour lui demander ce qu'elle entendait* par la « mort triste », et voici ce qu'elle me répliqua :

« Quand le crime d'un coupable est jugé si énorme que la mort est trop peu de chose pour l'expier, on tâche d'en choisir une qui contienne la douleur de plusieurs, et l'on y procède de cette façon : ceux d'entre nous qui ont la voix la plus mélancolique* et la plus funèbre sont délégués vers le coupable qu'on porte sur un funeste Cyprès. Là, ces tristes Musiciens s'amassent tout autour, et lui remplissent l'âme par l'oreille de chansons si lugubres et si tragiques que, l'amertume de son chagrin désordonnant l'économie* de ses organes et lui pressant le cœur, il se consume à vue d'œil, et meurt suffoqué de tristesse.

« Toutefois un tel spectacle n'arrive guère ; car comme nos Rois sont fort doux, ils n'obligent jamais

1. Dans la France du XVIIe siècle, on appelle *États* certaines assemblées, dotées d'un pouvoir plus ou moins étendu.

personne à vouloir pour se venger encourir une mort si cruelle.

« Celui qui règne à présent est une Colombe dont l'humeur* est si pacifique, que l'autre jour qu'il fallait accorder deux Moineaux, on eut toutes les peines du monde à lui faire comprendre ce que c'était qu'inimitié. »

Ma Pie ne put continuer un si long discours sans que quelques-uns des assistants y prissent garde ; et parce qu'on la soupçonnait déjà de quelque intelligence*, les principaux de l'assemblée lui firent mettre la main sur le collet par un Aigle de la Garde qui se saisit de sa personne. Le Roi Colombe arriva sur ces entrefaites ; chacun se tut, et la première chose qui rompit le silence fut la plainte que le grand Censeur des Oiseaux dressa contre la Pie. Le Roi, pleinement informé du scandale dont elle était cause, lui demanda son nom, et comment elle me connaissait. « Sire, répondit-elle fort étonnée, je me nomme Margot ; il y a ici force Oiseaux de qualité qui répondront de moi. J'appris un jour au Monde de la Terre, d'où je suis native, par Guillery l'Enrhumé que voilà (qui, m'ayant entendue crier en cage, me vint visiter à la fenêtre où j'étais pendue), que mon Père était Courtequeue, et ma Mère Croquenoix. Je ne l'aurais pas su sans lui ; car j'avais été enlevée de dessous l'aile de mes parents au berceau, fort jeune. Ma Mère quelque temps après en mourut de déplaisir, et mon Père désormais hors d'âge de faire d'autres enfants, désespéré de se voir sans héritiers, s'en alla à la guerre des Geais, où il fut tué d'un coup de bec dans la cervelle. Ceux qui me ravirent furent certains animaux sauvages qu'on appelle Porchers, qui me portèrent vendre à un Château, où je vis cet Homme à qui vous faites maintenant le procès. Je ne sais s'il conçut quelque bonne volonté pour moi, mais il se donnait la peine d'avertir les serviteurs de me hacher de la mangeaille. Il avait quelquefois la bonté de me l'apprêter lui-même. Si en Hiver j'étais morfondue*, il me portait auprès du feu, calfeutrait ma cage ou commandait au Jardinier de me réchauffer dans sa chemise. Les domestiques n'osaient m'agacer en sa présence, et je me souviens qu'un jour il me sauva de la gueule du Chat qui me tenait entre ses griffes, où le petit Laquais de ma Dame m'avait exposée. Mais il ne sera pas mal à propos de vous apprendre la cause de cette barbarie. Pour complaire à Verdelet (c'est le nom du petit Laquais) je répétais un jour les sottises qu'il m'avait enseignées. Or il arriva par malheur, quoique je récitasse toujours mes quolibets* de suite, que je vins à dire en son ordre justement comme il entrait pour faire un faux message : "Taisez-vous, fils de putain, vous avez menti !" Cet Homme accusé que voilà, qui connaissait le naturel menteur du fripon, s'imagina que je pourrais bien avoir parlé par prophétie, et envoya sur les lieux s'enquérir si Verdelet y avait été : Verdelet fut convaincu de fourbe*, Verdelet fut fouetté, et Verdelet en punition m'avait voulu faire manger au Matou[1]. »

Le Roi, d'un baissement de tête, témoigna qu'il était content de la pitié qu'elle avait eue de mon désastre ; il lui défendit toutefois de me plus parler en secret. Ensuite il demanda à l'Avocat de ma partie si son plaidoyer était prêt. Il fit signe de la patte qu'il allait parler, et voici, ce me semble, les mêmes points[2] dont il insista contre moi :

*Plaidoyer fait au Parlement des Oiseaux,*
*les Chambres assemblées,*
*contre un animal accusé d'être Homme.*

« Messieurs, la partie* de ce criminel est Guillemette la Charnue, Perdrix de son extraction, nouvellement arrivée du Monde de la Terre, la gorge encore ouverte d'une balle de plomb que lui ont tirée les hommes, demanderesse à l'encontre du Genre Humain, et par conséquent à l'encontre d'un animal que je prétends être un membre de ce grand Corps. Il ne nous serait pas malaisé d'empêcher par sa mort les violences qu'il peut faire ; toutefois, comme le salut ou la perte de tout ce qui vit importe à la République des vivants, il me

1. *Faire manger au Matou* : par le matou.
2. Comprendre : « les points mêmes ».

semble que nous mériterions d'être nés Hommes, c'est-à-dire dégradés de la raison et de l'immortalité que nous avons par-dessus eux, si nous leur avions ressemblé par quelqu'une de leurs injustices.

« Examinons donc, Messieurs, les difficultés de ce procès avec toute la contention* de laquelle nos divins Esprits sont capables.

« Le nœud de l'affaire consiste à savoir si cet animal est Homme ; et puis, en cas que nous avérions qu'il le soit, si pour cela il mérite la mort.

« Pour moi, je ne fais point de difficulté qu'il ne le soit, premièrement, puisqu'il est si effronté de mentir, en soutenant qu'il ne l'est pas ; secondement, en ce qu'il rit comme un fol ; troisièmement, en ce qu'il pleure comme un sot ; quatrièmement, en ce qu'il se mouche comme un vilain* ; cinquièmement, en ce qu'il est plumé comme un galeux ; sixièmement, en ce qu'il porte la queue devant[1] ; septièmement, en ce qu'il a toujours une quantité de petits grès* carrés dans la bouche qu'il n'a pas l'esprit de cracher ni d'avaler ; huitièmement, et pour conclusion, en ce qu'il lève en haut tous les matins ses yeux, son nez et son large bec, colle ses mains ouvertes la pointe au ciel plat contre plat, et n'en fait qu'une attachée, comme s'il s'ennuyait d'en avoir deux libres, se casse les jambes par la moitié, en sorte qu'il tombe sur ses gigots* ; puis, avec des paroles magiques qu'il bourdonne, j'ai pris garde que ses jambes rompues se rattachent, et qu'il se relève après aussi gai qu'auparavant. Or vous savez, Messieurs, que de tous les animaux* il n'y a que l'Homme seul dont l'âme soit assez noire pour s'adonner à la Magie ; et par conséquent celui-ci est Homme.

« Il faut maintenant examiner si pour être Homme, il mérite la mort.

« Je pense, Messieurs, qu'on n'a jamais révoqué en doute que toutes les créatures sont produites par notre commune Mère pour vivre en société. Or si je prouve que l'Homme semble n'être né que pour la

1. Dans certaines éditions (1662), le mot « queue » est remplacé par de pudiques points de suspension.

rompre, ne prouverai-je pas qu'allant contre la fin de sa création, il mérite que la Nature se repente de son ouvrage ?

« La première et la plus fondamentale loi pour la manutention* d'une République*, c'est l'égalité ; mais l'Homme ne la saurait endurer éternellement : il se rue sur nous pour nous manger, il se fait accroire que nous n'avons été faits que pour lui, il prend pour argument de sa supériorité prétendue la barbarie avec laquelle il nous massacre et le peu de résistance qu'il trouve à forcer notre faiblesse, et ne veut pas cependant avouer pour ses maîtres les Aigles, les Condors, et les Griffons, par qui les plus robustes d'entre eux sont surmontés. Mais pourquoi cette grandeur et disposition des membres marquerait-elle diversité d'espèce, puisque entre eux même il se rencontre des Nains et des Géants ?

« Encore est-ce un droit imaginaire que cet empire* dont ils se flattent ; ils sont au contraire si enclins à la servitude, que de peur de manquer à servir, ils se vendent les uns aux autres leur liberté. C'est ainsi que les jeunes sont esclaves des vieux, les pauvres des riches, les Paysans des Gentilshommes, les Princes des Monarques, et les Monarques mêmes des Lois qu'ils ont établies. Mais avec tout cela ces pauvres serfs ont si peur de manquer de maîtres, que comme s'ils appréhendaient que la liberté ne leur vînt de quelque endroit non attendu, ils se forgent des Dieux de toute part, dans l'eau, dans l'air, dans le feu, sous la terre ; ils en feront plutôt de bois, qu'ils n'en aient, et je crois même qu'ils se chatouillent des fausses espérances de l'immortalité, moins par l'horreur dont le non-être les effraye, que par la crainte qu'ils ont de n'avoir pas qui leur commande après la mort. Voilà le bel effet de cette fantastique* Monarchie et de cet empire si naturel de l'Homme sur les animaux et sur nous-mêmes ; car son insolence a été jusque-là. Cependant en conséquence de cette Principauté ridicule, il s'attribue tout joliment sur nous le droit de vie et de mort ; il nous dresse des embuscades, il nous enchaîne, il nous jette en prison, il nous égorge, il nous mange, et, de la puissance de tuer ceux qui sont demeurés libres, il fait un prix à la Noblesse. Il pense que le Soleil s'est allumé pour l'éclairer à nous faire la guerre ; que Nature nous a permis d'étendre nos promenades dans le Ciel, afin seulement que de notre vol il puisse tirer de malheureux ou favorables auspices ; et quand Dieu mit des entrailles dedans notre corps, qu'il n'eut intention que de faire un grand Livre où l'Homme pût apprendre la science des choses futures.

« Hé ! bien, ne voilà pas un orgueil tout à fait insupportable ? celui qui l'a conçu pouvait-il mériter un moindre châtiment que de naître Homme ? Ce n'est pas toutefois sur quoi je vous presse de condamner celui-ci. La pauvre bête n'ayant pas comme nous l'usage de raison, j'excuse ses erreurs, quant à celles que produit son défaut d'entendement ; mais pour celles qui ne sont filles que de la volonté, j'en demande justice. Par exemple, de ce qu'il nous tue, sans être attaqué par nous ; de ce qu'il nous mange, pouvant repaître sa faim de nourriture* plus convenable, et, ce que j'estime beaucoup plus lâche, de ce qu'il débauche le bon naturel de quelques-uns des nôtres, comme des Laniers, des Faucons et des Vautours, pour les instruire au massacre des leurs, à faire gorge chaude de leur semblable[1], ou nous livrer entre ses mains.

« Cette seule considération est si pressante, que je demande à la Cour qu'il soit exterminé de la mort triste. »

Tout le Barreau frémit de l'horreur d'un si grand supplice* ; c'est pourquoi afin d'avoir lieu de le modérer, le Roi fit signe à mon Avocat de répondre.

C'était un Étourneau, grand Jurisconsulte, lequel, après avoir frappé trois fois de sa patte contre la branche qui le soutenait, parla ainsi à l'assemblée :

« Il est vrai, Messieurs, qu'ému de pitié j'avais entrepris la cause pour cette malheureuse bête ; mais sur le point de la plaider, il m'est venu un remords de

1. Expression de fauconnerie : « On appelle *gorge chaude*, la viande chaude qu'on donne aux oiseaux du gibier qu'ils ont pris » (F.). Le *lanier* est un « oiseau de proie, espèce de faucon » (F.).

conscience, et comme une voix secrète qui m'a défendu d'accomplir une action si détestable. Ainsi, Messieurs, je vous déclare, et à toute la Cour, que pour faire le salut de mon âme, je ne veux contribuer en façon quelconque à la durée d'un Monstre tel que l'Homme. »

Toute la populace claqua du bec en signe de réjouissance, et pour congratuler à la sincérité d'un si Oiseau de bien[1].

Ma Pie se présenta pour plaider à sa place ; mais il lui fut impossible de le faire, à cause qu'ayant été nourrie parmi les Hommes, et peut-être infectée de leur morale, il était à craindre qu'elle n'apportât à ma cause un esprit prévenu* ; car la Cour des Oiseaux ne souffre point que l'Avocat qui s'intéresse davantage pour un client que pour l'autre soit ouï, à moins qu'il puisse justifier que cette inclinaison* procède du bon droit de la partie*.

Quand mes Juges virent que personne ne se présentait pour me défendre, ils étendirent leurs ailes, qu'ils secouèrent, et volèrent incontinent* aux opinions[2].

La plus grande part, comme j'ai su depuis, insista fort que je fusse exterminé de la mort triste ; mais toutefois, quand on aperçut que le Roi penchait à la douceur, chacun revint à son opinion. Ainsi mes Juges se modérèrent, et au lieu de la mort triste dont ils me firent grâce, ils trouvèrent à propos, pour faire sympathiser* mon châtiment à quelqu'un de mes crimes, et m'anéantir par un supplice* qui servît à me détromper, en bravant ce prétendu empire* de l'Homme sur les Oiseaux, que je fusse abandonné à la colère des plus faibles d'entre eux ; cela veut dire qu'ils me condamnèrent à être mangé des Mouches.

En même temps l'assemblée se leva, et j'entendis murmurer qu'on ne s'était pas davantage étendu à par-

---

1. Jeu sur l'expression, en usage à l'époque : « un si homme de bien ».

2. « Aller aux opinions » : demander l'avis des membres d'une assemblée, pour les hommes ; « voler aux opinions » est la transposition comique de cette expression lorsqu'il s'agit d'oiseaux.

ticulariser* les circonstances de ma Tragédie, à cause de l'accident arrivé à un Oiseau de la troupe, qui venait de tomber en pâmoison comme il voulait parler au Roi. On crut qu'elle était causée par l'horreur qu'il avait eue de regarder trop fixement un Homme : c'est pourquoi on donna ordre de m'emporter.

Mon Arrêt me fut prononcé auparavant, et sitôt que l'Orfraie qui servait de greffier criminel eut achevé de le lire, j'aperçus à l'entour de moi le Ciel tout noir de Mouches, de Bourdons, d'Abeilles, de Guiblets, de Cousins et de Puces qui bruissaient d'impatience [1].

J'attendais encore que mes Aigles m'enlevassent comme à l'ordinaire, mais je vis à leur place une grande Autruche noire qui me mit honteusement à califourchon sur son dos (car cette posture est entre eux la plus ignominieuse où l'on puisse appliquer un criminel, et jamais Oiseau, pour quelque offense qu'il ait commise, n'y peut être condamné).

Les Archers* qui me conduisirent au supplice* étaient une cinquantaine de Condors et autant de Griffons devant ; et derrière ceux-ci volait fort lentement une procession de Corbeaux qui croassaient je ne sais quoi de lugubre, et il me semblait ouïr comme de plus loin des Chouettes qui leur répondaient.

Au partir du lieu où mon jugement m'avait été rendu, deux Oiseaux de Paradis, à qui on avait donné charge de m'assister à la mort, se vinrent asseoir sur mes épaules.

Quoique mon âme fût alors fort troublée à cause de l'horreur du pas que j'allais franchir, je me suis pourtant souvenu de quasi tous les raisonnements par lesquels ils tâchèrent de me consoler.

« La mort, me dirent-ils (me mettant le bec à l'oreille), n'est pas sans doute un grand mal, puisque

1. L'*Orfraie* est un « Oiseau nocturne et de mauvais augure... On l'appelle aussi *effraye* » (F.). – *Guiblet* signifie « vrille » ; il faut probablement lire *Guibet*, terme très archaïque que ne connaît aucun dictionnaire du XVII$^{e}$ siècle, mais qui signifie « moucheron » dans la langue médiévale (Godefroy).

Nature notre bonne Mère y assujettit tous ses enfants, et ce ne doit pas être une affaire de grande conséquence, puisqu'elle arrive à tout moment, et pour si peu de chose[1] ; car si la vie était si excellente, il ne serait pas en notre pouvoir de ne la point donner ; ou si la mort traînait après soi des suites de l'importance que tu te fais accroire, il ne serait pas en notre pouvoir de la donner. Il y a beaucoup d'apparence*, au contraire, puisque l'animal* commence par jeu, qu'il finit de même. Je parle à toi ainsi, à cause que ton âme n'étant pas immortelle comme la nôtre, tu peux bien juger, quand tu meurs, que tout meurt avec toi. Ne t'afflige donc point de faire plus tôt ce que quelques-uns de tes compagnons feront plus tard. Leur condition est plus déplorable que la tienne ; car si la mort est un mal, elle n'est mal qu'à ceux qui ont à mourir ; et ils seront, au prix de toi[2], qui n'as plus qu'une heure entre ci et là, cinquante ou soixante ans en état de ne pouvoir mourir. Et puis, dis-moi, celui qui n'est pas né n'est pas malheureux. Or tu vas être comme celui qui n'est pas né ; un clin d'œil après la vie, tu seras ce que tu étais un clin d'œil devant*, et ce clin d'œil passé, tu seras mort d'aussi longtemps que celui qui mourut il y a mille siècles[3]. Mais en tout cas, supposé que la vie soit un bien, le même rencontre* qui parmi l'infinité du temps a pu faire que tu sois, ne peut-il pas faire quelque jour que tu sois encore un autre coup ? La matière, qui à force de se mêler est enfin arrivée à ce nombre, cette disposition et cet ordre nécessaire à la constitution de ton être, [ne] peut-elle pas en se remêlant arriver à une disposition requise pour faire que tu te

---

1. Les oiseaux de paradis reprennent les arguments de Lucrèce (« La mort n'est rien pour nous et ne nous touche en rien », *De rerum natura*, III, v. 830-930) pour développer un principe moral foncièrement opposé à l'enseignement chrétien.
2. *Au prix de toi* : en comparaison de toi.
3. Cette position, qui suppose un athéisme virulent, emprunte encore beaucoup à Lucrèce. Dans la tragédie de Cyrano, *La Mort d'Agrippine*, le personnage de Séjanus s'exprime dans les mêmes termes : « Une heure après la mort, notre âme évanouie/Sera ce qu'elle était une heure avant la vie » (V, 6, v. 1561-1562). Voir aussi le Dossier, doc. 17.

sentes être encore une autre fois[1] ? – Oui mais, me diras-tu, je ne me souviendrai pas d'avoir été. – Hé ! mon cher Frère, que t'importe, pourvu que tu te sentes être ? Et puis ne se peut-il pas faire que pour te consoler de la perte de ta vie, tu imagineras les mêmes raisons que je te représente maintenant ?

« Voilà des considérations assez fortes pour t'obliger à boire cette absinthe en patience ; il m'en reste toutefois d'autres, encore plus pressantes, qui t'inviteront sans doute à la souhaiter. Il faut, mon cher Frère, te persuader que, comme toi et les autres brutes*, êtes matériels, et comme la mort, au lieu d'anéantir la matière, elle n'en fait que troubler l'économie*, tu dois, dis-je, croire avec certitude que, cessant d'être ce que tu étais, tu commenceras d'être quelque autre chose. Je veux donc que tu ne deviennes qu'une motte de terre, ou un caillou, encore seras-tu quelque chose de moins méchant que l'Homme. Mais j'ai un secret à te découvrir, que je ne voudrais pas qu'aucun de mes compagnons eût entendu de ma bouche : c'est qu'étant mangé, comme tu vas être, de nos petits Oiseaux, tu passeras en leur substance. Oui, tu auras l'honneur de contribuer, quoique aveuglément, aux opérations intellectuelles de nos Mouches, et de participer à la gloire, si tu ne raisonnes toi-même, de les faire au moins raisonner[2]. »

Environ à cet endroit de l'exhortation, nous arrivâmes au lieu destiné pour mon supplice*.

Il y avait quatre arbres fort proches l'un de l'autre, et quasi en même distance, sur chacun desquels à hauteur pareille un grand Héron s'était perché. On me descendit de dessus l'Autruche noire, et quantité de Cormorans m'élevèrent où les quatre Hérons m'attendaient. Ces Oiseaux, vis-à-vis l'un de l'autre, appuyés

---

1. Les oiseaux de paradis empruntent encore à Lucrèce l'idée que le corps est engendré de manière aléatoire par le mélange de particules de matière en mouvement ; mais ils en déduisent, contre Lucrèce, la possibilité d'une résurrection ou d'une métempsycose.
2. C'est dire non seulement que les mouches valent plus que les hommes, mais qu'elles raisonnent bien mieux, et, par ailleurs, que le raisonnement est un fait corporel.

fermement chacun sur son arbre, avec leur col de longueur prodigieuse, m'entortillèrent comme avec une corde, les uns par les bras, les autres par les jambes, et me lièrent si serré, qu'encore que chacun de mes membres ne fût garrotté que du col d'un seul, il n'était pas en ma puissance de me remuer le moins du monde.

Ils devaient demeurer longtemps en cette posture ; car j'entendis qu'on donna charge à ces Cormorans qui m'avaient élevé d'aller à la pêche pour les Hérons, et de leur couler la mangeaille dans le bec.

On attendait encore les Mouches, à cause qu'elles n'avaient pas fendu l'air d'un vol si puissant que nous : toutefois on ne resta guère sans les ouïr.

Pour la première chose qu'ils exploitèrent[1] d'abord, ils s'entre-départirent mon corps ; et cette distribution fut faite si malicieusement*, qu'on assigna mes yeux aux Abeilles, afin de me les crever en me les mangeant ; mes oreilles aux Bourdons, afin de me les étourdir et me les dévorer tout ensemble ; mes épaules aux Puces, afin de les entamer d'une morsure qui me démangeât, et ainsi du reste. À peine leur avais-je entendu disposer de leurs ordres, qu'incontinent* après je les vis approcher. Il semblait que tous les atomes* dont l'air est composé se fussent convertis en Mouches ; car je n'étais presque pas visité de deux ou trois faibles rayons de lumière, qui semblaient se dérober pour venir jusqu'à moi, tant ces bataillons étaient serrés et voisins de ma chair.

Mais comme chacun d'entre eux choisissait déjà du désir la place qu'il devait mordre, tout à coup je les vis brusquement reculer ; et parmi la confusion d'un nombre infini d'éclats qui retentissaient jusqu'aux nues, je distinguai plusieurs fois ce mot de « Grâce ! grâce ! grâce ! ».

Ensuite, deux Tourterelles s'approchèrent de moi. À leur venue, tous les funestes appareils de ma mort se dissipèrent ; je sentis mes Hérons relâcher les cercles

1. Le verbe *exploiter* désigne habituellement le travail des officiers de justice. Par ailleurs, on dit des gloutons qu'ils « exploitent bien » (F.).

de ces longs cols qui m'entortillaient ; et mon corps, étendu en sautoir[1], griller* du faîte des quatre arbres jusqu'aux pieds de leurs racines.

Je n'attendais de ma chute que de briser à terre contre quelque rocher ; mais au bout de ma peur je fus bien étonné de me trouver à mon séant sur une Autruche blanche, qui se mit au galop dès qu'elle me sentit sur son dos.

On me fit faire un autre chemin que celui par où j'étais venu, car il me souvient que je traversai un grand Bois de Myrtes, et un autre de Térébinthes, aboutissant à une vaste Forêt d'Oliviers, où m'attendait le Roi Colombe au milieu de toute sa Cour.

Sitôt qu'il m'aperçut, il fit signe qu'on m'aidât à descendre. Aussitôt deux Aigles de la Garde me tendirent les pattes, et me portèrent à leur Prince.

Je voulus par respect embrasser et baiser les petits ergots de Sa Majesté, mais elle se retira. « Hé, je vous demande, dit-elle auparavant, si vous connaissez cet Oiseau ? »

À ces paroles, on me montra un Perroquet qui se mit à rouer* et à battre des ailes, comme il aperçut que je le considérais : « Hé, il me semble, criai-je au roi, que je l'ai vu quelque part ; mais la peur et la joie ont chez moi tellement brouillé les espèces*, que je ne puis encore marquer bien clairement où ç'a été. »

Le Perroquet à ces mots me vint de ses deux ailes accoler le visage, et me dit : « Quoi ! vous ne connaissez* plus César, le Perroquet de votre Cousine, à l'occasion de qui vous avez tant de fois soutenu que les Oiseaux raisonnent ? C'est moi qui tantôt pendant votre procès ai voulu, après l'audience, déclarer les obligations que je vous ai ; mais la douleur de vous voir en un si grand péril m'a fait tomber en pâmoison. » Son discours acheva de me dessiller la vue. L'ayant donc reconnu, je l'embrassai* et le baisai*. « Donc, lui dis-je, est-ce toi, mon pauvre César, à qui j'ouvris la

1. Le *sautoir* est une figure de blason, qui correspond à la croix de Saint-André (une sorte de x). *Étendu en sautoir* : étendu en croix.

cage pour te rendre la liberté, que la tyrannic[...] tume de notre Monde t'avait ôtée ? »

Le Roi interrompit nos caresses et me parla de la sorte : « Homme, parmi nous une bonne action n'est jamais perdue ; c'est pourquoi, encore qu'étant Homme tu mérites de mourir seulement à cause que tu es né, le Sénat te donne la vie. Il peut bien accompagner de cette reconnaissance les lumières dont Nature éclaira ton instinct, quand elle te fit pressentir en nous la raison que tu n'étais pas capable de connaître[1]. Va donc en paix, et vis joyeux. »

Il donna tout bas quelques ordres, et mon Autruche blanche, conduite par deux Tourterelles, m'emporta de l'assemblée.

Après m'avoir galopé* environ un demi-jour, elle me laissa proche* d'une Forêt, où je m'enfonçai dès qu'elle fut partie. Là je commençai à goûter le plaisir de la liberté, et celui de manger le miel* qui coulait le long de l'écorce des arbres.

Je pense que je n'eusse jamais fini ma promenade, car l'agréable diversité du lieu me faisait toujours découvrir quelque chose de plus beau, si mon corps eût pu résister au travail* ; mais comme enfin je me trouvai tout à fait amolli de lassitude, je me laissai couler sur l'herbe.

Ainsi étendu à l'ombre de ces arbres, je me sentais inviter au sommeil par la douce fraîcheur et le silence de la solitude, quand un bruit incertain de voix confuses qu'il me semblait entendre voltiger autour de moi, me réveill[a] en sursaut.

Le terrain paraissait fort uni, et n'était hérissé d'aucun buisson qui pût rompre la vue ; c'est pourquoi la mienne s'allongeait fort avant par entre les arbres de la Forêt. Cependant, le murmure qui venait à mon oreille ne pouvait partir que de fort proche de moi ; de sorte que m'y étant rendu encore plus attentif, j'entendis fort distinctement une suite de paroles

1. Retournement parodique des arguments qui font de l'homme le seul être doué de raison.

grecques ; et parmi beaucoup de personnes qui s'entretenaient, j'en démêlai une qui s'exprimait ainsi :

« Monsieur le Médecin, un de mes alliés, l'Orme à trois têtes, me vient d'envoyer un Pinson par lequel il me mande qu'il est malade d'une fièvre étique [1], et d'un grand mal de mousse dont il est couvert depuis la tête jusqu'aux pieds. Je vous supplie, par l'amitié que vous me portez, de lui ordonner quelque chose. »

Je demeurai quelque temps sans rien ouïr ; mais au bout d'un petit espace, il me sembla qu'on répliqu[ait] ainsi : « Quand l'Orme à trois têtes ne serait point votre allié, et quand, au lieu de vous qui êtes mon Ami, le plus étrange de notre espèce [2] me ferait cette prière, ma profession m'oblige de secourir tout le monde. Vous ferez donc dire à l'Orme à trois têtes que, pour la guérison de son mal, il a besoin de sucer le plus d'humide et le moins de sec qu'il pourra ; que pour cet effet, il doit conduire les petits filets de ses racines vers l'endroit le plus moite de son lit, ne s'entretenir que de choses gaies, et se faire tous les jours donner la Musique par quelques Rossignols excellents [3]. Après, il vous fera savoir comment il se sera trouvé de ce régime de vivre ; et puis selon le progrès de son mal, quand nous aurons préparé ses humeurs*, quelque Cigogne de mes amies lui donnera de ma part un clystère qui le remettra tout à fait en convalescence [4]. »

Ces paroles achevées, je n'entendis plus le moindre bruit ; sinon qu'un quart d'heure après, une voix que je n'avais point encore, ce me semble, remarquée, par-

---

1. La *fièvre étique* est une maladie qui consiste dans la dégénérescence, plus ou moins grave, des os et des tissus musculaires.

2. *Votre allié* : votre parent ; *étrange* : étranger (à une famille, à une espèce).

3. La musique fait partie de l'arsenal thérapeutique selon certains médecins et philosophes du temps, en particulier pour guérir la mélancolie. Voir Ficin, *Les Trois Livres de la vie*, Fayard, « Corpus des œuvres de philosophie en langue française », 2000, p. 48, ou le médecin Du Laurens, *Discours des maladies mélancoliques*, *op. cit.*, p. 146.

4. Selon une tradition ancienne attestée par le *Dictionnaire* de Furetière, « on dit que c'est la cigogne qui a appris aux hommes l'invention des clystères ».

vint à mon oreille ; et voici comme elle parlait : « Holà, Fourchu, dormez-vous ? » J'ouïs qu'une autre voix répliquait ainsi : « Non, Fraîche-écorce, pourquoi ? – C'est, reprit celle qui la première avait rompu le silence, que je me sens ému de la même façon que nous avons accoutumé de l'être, quand ces animaux* qu'on appelle Hommes nous approchent ; et je voudrais vous demander si vous sentez la même chose[1]. »

Il se passa quelque temps avant que l'autre répondît, comme s'il eût voulu appliquer à cette découverte ses sens les plus secrets. Puis il s'écria : « Mon Dieu ! vous avez raison, et je vous jure que je trouve mes organes tellement pleins des espèces[2] d'un Homme, que je suis le plus trompé du monde, s'il n'y en a quelqu'un fort proche* d'ici. »

Alors plusieurs voix se mêlèrent, qui disaient qu'assurément elles sentaient un Homme.

J'avais beau distribuer ma vue de tous côtés, je ne découvrais point d'où pouvait provenir cette parole. Enfin après m'être un peu remis de l'horreur dont cet événement m'avait consterné, je répondis à celle qu'il me sembla remarquer que c'était elle qui demandait s'il y avait là un Homme, qu'il y en avait un : « Mais je vous supplie, continuai-je aussitôt, qui que vous soyez qui parlez à moi, de me dire où vous êtes. » Un moment après j'écoutai ces mots :

« Nous sommes en ta présence : tes yeux nous regardent, et tu ne nous vois pas ! Envisage les Chênes où nous sentons que tu tiens ta vue attachée : c'est nous qui te parlons ; et si tu t'étonnes que nous parlions une

---

1. Que les arbres soient dotés de « sens » (sensibilité ou sensation ; en latin, *sensus*), de même que l'ensemble des éléments de l'univers, c'est la thèse centrale du *De sensu rerum et magia* de Campanella. Voir le Dossier, doc. 7. Voir aussi G. Bruno, *Le Souper des cendres*, Les Belles Lettres, 1994, p. 168. – D'un autre côté, moins directement philosophique, la figure des arbres parlants peut renvoyer à l'*Orlando furioso* de l'Arioste (VI, XXVII), universellement connu au temps de Cyrano ; elle a déjà été reprise par Charles Sorel dans son *Francion* en 1623 (Gallimard, « Folio », p. 138).

2. Encore un rappel des principes de Lucrèce (*De rerum natura*, IV, 218-219) : les corps émettent des particules mobiles, ici appelées « espèces », qui produisent la sensation, notamment celle de l'odorat.

Langue usitée au monde d'où tu viens, sache que nos premiers Pères en sont originaires ; ils demeuraient en Épire dans la forêt de Dodone[1], où leur bonté naturelle les convia de rendre des Oracles aux affligés qui les consultaient. Ils avaient pour cet effet appris la Langue Grecque, la plus universelle qui fût alors, afin d'être entendus* ; et parce que nous descendons d'eux de père en fils, le don de Prophétie a coulé jusques à nous. Or tu sauras qu'un grand Aigle à qui nos pères de Dodone donnaient retraite, ne pouvant aller à la chasse à cause d'une main qu'elle s'était rompue, se repaissait du gland que leurs rameaux lui fournissaient, quand un jour, ennuyée de vivre dans un Monde où elle souffrait tant, elle prit son vol au Soleil, et continua son voyage si heureusement, qu'enfin elle aborda le globe lumineux où nous sommes ; mais à son arrivée, la chaleur du climat la fit vomir : elle se déchargea de force gland non encore digéré ; ce gland germa, il en crût des chênes qui furent nos aïeuls.

« Voilà comment nous changeâmes d'habitation. Cependant, encore que vous nous entendiez parler une Langue humaine, ce n'est pas à dire que les autres arbres s'expliquent de même ; il n'y a rien que nous autres Chênes, issus de la Forêt de Dodone, qui parlions comme vous ; car pour les autres végétants*, voici leur façon de s'exprimer. N'avez-vous point pris garde à ce vent doux et subtil, qui ne manque jamais de respirer à l'orée des Bois ? C'est l'haleine de leur parole ; et ce petit murmure ou ce bruit délicat dont ils rompent le sacré silence de leur solitude, c'est proprement leur langage. Mais encore que le bruit des Forêts semble toujours le même, il est toutefois si différent, que chaque espèce de végétant garde le sien particulier, en sorte que le Bouleau ne parle pas comme l'Érable, ni le Hêtre comme le Cerisier. Si le sot peuple

1. Dodone était dans l'Antiquité un lieu oraculaire célèbre, situé en Épire. Les prêtres y interprétaient le bruissement des feuilles de chêne, où ils entendaient la voix de Jupiter. Ovide parle de « Dodone aux chênes parlants » (*Métamorphoses*, XIII, 716).

de votre Monde m'avait entendu parler comme je fais, il croirait que ce serait un Diable enfermé sous mon écorce ; car bien loin de croire que nous puissions raisonner, il ne s'imagine pas même que nous ayons l'âme sensitive[1] ; encore que, tous les jours, il voie qu'au premier coup dont le Bûcheron assaut[2] un arbre, la cognée entre dans la chair quatre fois plus avant qu'au second ; et qu'il doive conjecturer qu'assurément le premier coup l'a surpris et frappé au dépourvu, puisque, aussitôt qu'il a été averti par la douleur, il s'est ramassé en soi-même, a réuni ses forces pour combattre, et s'est comme pétrifié pour résister à la dureté des armes de son ennemi. Mais mon dessein n'est pas de faire comprendre la lumière aux aveugles ; un particulier m'est toute l'espèce, et toute l'espèce m'est un particulier, quand le particulier n'est point infecté des erreurs de l'espèce[3] ; c'est pourquoi soyez attentif, car je crois parler, en vous parlant, à tout le Genre humain.

« Vous saurez donc, en premier lieu, que presque tous les Concerts dont les Oiseaux font musique, sont composés à la louange des arbres ; mais aussi, en récompense du soin qu'ils prennent de célébrer nos belles actions, nous nous donnons celui de cacher leurs amours ; car ne vous imaginez pas, quand vous avez tant de peine à découvrir un de leurs nids, que cela provienne de la prudence avec laquelle ils l'ont caché. C'est l'arbre qui lui-même a plié ses rameaux tout autour du nid pour garantir des cruautés de l'Homme la famille de son Hôte. Et qu'ainsi ne soit, considérez l'aire[4] de ceux, ou qui sont nés à la destruction des

---

1. L'ancienne philosophie scolastique distinguait l'âme raisonnable, propre à l'homme, l'âme sensitive, que possèdent tous les animaux, et l'âme végétative qui appartient seule aux végétaux. Campanella, en revanche, attribue la « sensation » ou « sensibilité » (*sensus*) aussi bien aux végétaux qu'aux animaux. Voir le Dossier, doc. 7.
2. Du verbe « assaillir ».
3. C'est-à-dire que le Chêne s'adresse au Narrateur (individu « particulier ») comme s'il parlait à l'humanité entière (toute son « espèce »).
4. L'*aire*, c'est le lieu où les faucons et autres oiseaux de proie élèvent leurs petits.

Oiseaux leurs concitoyens ; comme des Éperviers, des Hobereaux[1], des Milans, des Faucons, etc. ; ou qui ne parlent que pour quereller, comme des Geais et des Pies ; ou qui prennent plaisir à nous faire peur, comme des Hiboux et des Chats-huants. Vous remarquerez que l'aire de ceux-là est abandonnée à la vue de tout le monde, parce que l'arbre en a éloigné ses branches, afin de la donner en proie.

« Mais il n'est pas besoin de particulariser* tant de choses pour prouver que les arbres exercent, soit du corps, soit de l'âme, toutes vos fonctions. Y a-t-il quelqu'un parmi vous qui n'ait remarqué qu'au Printemps, quand le Soleil a réjoui notre écorce d'une sève féconde, nous allongeons nos rameaux, et les étendons chargés de fruits sur le sein de la Terre dont nous sommes amoureux ? La Terre, de son côté, s'entrouvre et s'échauffe d'une même ardeur ; et comme si chacun de nos rameaux était un......[2], elle s'en approche pour s'y joindre ; et nos rameaux, transportés de plaisir, se déchargent, dans son giron, de la semence qu'elle brûle de concevoir. Elle est pourtant neuf mois à former cet embryon auparavant* que de le mettre au jour ; mais l'arbre, son mari, qui craint que la froidure de l'Hiver ne nuise à sa grossesse, dépouille sa robe verte pour la couvrir, se contentant, pour cacher quelque chose de sa nudité, d'un vieux manteau de feuille morte.

« Hé bien, vous autres Hommes, vous regardez éternellement ces choses, et ne les contemplez jamais ; il s'en est passé à vos yeux de plus convaincantes encore, qui n'ont pas seulement ébranlé les aheurtés*. »

J'avais l'attention fort bandée aux discours dont cette voix arborique m'entretenait, et j'attendais la suite, quand tout à coup elle cessa d'un ton semblable

---

1. Les *hobereaux*, comme les faucons et les autres oiseaux énumérés ici, sont des oiseaux de chasse, utilisés pour capturer de plus petits oiseaux. Le terme est aussi employé satiriquement pour désigner les « petits Nobles de campagne qui n'ont point de bien, et qui vont manger les autres » (F.).

2. Points de suspension pudiques, qui figuraient peut-être déjà dans le manuscrit, ou qui ont été imposés par l'éditeur.

à celui d'une personne que la courte haleine e
rait de parler.

Comme je la vis tout à fait obstinée au silence, je la conjurai, par toutes les choses que je crus qui la pouvaient davantage émouvoir, qu'elle daignât instruire une personne qui n'avait risqué les périls d'un si grand voyage que pour apprendre. J'ouïs dans ce temps-là deux ou trois voix qui lui faisaient, pour l'amour de moi, les mêmes prières ; et j'en distinguai une qui lui dit comme si elle eût été fâchée :

« Or bien, puisque vous plaignez tant vos poumons, reposez-vous ; je lui vais conter l'Histoire des Arbres Amants.

– Oh ! qui que vous soyez, m'écriai-je en me jetant à genoux, le plus sage de tous les Chênes de Dodone qui daignez prendre la peine de m'instruire, sachez que vous ne ferez pas leçon à un ingrat ; car je fais vœu, si jamais je retourne à mon globe natal, de publier les merveilles dont vous me faites l'honneur de pouvoir être témoin. » J'achevais cette protestation*, lorsque j'entendis la même voix continuer ainsi : « Regardez, petit homme, à douze ou quinze pas de votre main droite, vous verrez deux arbres jumeaux de médiocre* taille qui, confondant leurs branches et leurs racines, s'efforcent par mille sortes de moyens de ne devenir qu'un. »

Je tournai les yeux vers ces plantes d'amour, et j'observai que les feuilles de toutes les deux, légèrement agitées d'une émotion quasi volontaire, excitaient en frémissant un murmure si délicat qu'à peine effleurait-il l'oreille, avec lequel pourtant on eût dit qu'elles tâchaient de s'interroger et de se répondre.

Après qu'il se fut passé environ le temps nécessaire à remarquer ce double végétant*, mon bon Ami le Chêne reprit ainsi le fil de son discours :

« Vous ne sauriez avoir tant vécu sans que la fameuse amitié de Pylade et d'Oreste soit venue à votre connaissance. Je vous décrirais toutes les joies d'une douce passion, et je vous conterais tous les miracles dont ces amants ont étonné leur siècle, si je ne craignais que tant de lumière n'offensât les yeux de votre raison. C'est pourquoi je peindrai ces deux jeunes Soleils seulement dans leur éclipse[1].

« Il vous suffira donc de savoir qu'un jour le brave Oreste, engagé dans une bataille, cherchait son cher Pylade pour goûter le plaisir de vaincre ou de mourir en sa présence. Quand il l'aperçut au milieu de cent bras de fer élevés sur sa tête, hélas ! que devint-il ? Désespéré, il se lança à travers une forêt de piques, il cria, il hurla, il écuma. Mais que j'exprime mal l'horreur des mouvements de cet inconsolable ! Il s'arracha les cheveux, il mangea ses mains, il déchira ses plaies. Encore, au bout de cette description, suis-je obligé de dire que le moyen d'exprimer sa douleur mourut avec lui[2]. Quand avec son épée il se croyait faire un chemin pour aller secourir Pylade, une montagne d'Hommes s'opposait à son passage. Il les pénétra pourtant ; et après avoir longtemps marché sur les sanglants trophées de sa victoire, il s'approcha peu à peu de Pylade ; mais Pylade lui sembla si proche du trépas qu'il n'osa presque plus parer aux ennemis, de peur de survivre à la chose[3] pour laquelle il vivait. On eût dit même, à voir ses yeux déjà tout pleins des ombres de la mort, qu'il tâchait avec ses regards d'empoisonner les meurtriers de son Ami. Enfin Pylade tomba sans vie ; et l'amoureux Oreste, qui sentait pareillement la sienne sur le bord de ses lèvres, la retint toujours, jusqu'à ce que d'une vue égarée ayant cherché parmi les morts, et retrouvé Pylade, il sembla, collant

1. C'est-à-dire : au moment de leur mort. On notera la représentation exaltée, fort peu conforme à la morale chrétienne, d'un héroïsme de l'amour. Plus encore, l'homosexualité des deux personnages est très fortement suggérée ; rappelons qu'au temps de Cyrano, l'homosexualité, appelée « sodomie », était considérée comme l'un des crimes les plus irrémissibles contre l'ordre humain et divin. Ici, la représentation à peine voilée de l'homosexualité participe d'un refus global des frontières admises (entre les sexes, entre l'humain et le végétal) qui sont brouillées par le mouvement universel du désir dans la nature.

2. La phrase est obscure ; il faut peut-être supposer une erreur du manuscrit ou de l'éditeur.

3. « L'objet de son amour », c'est-à-dire Pylade (au XVIIe siècle, « chose » peut désigner un être animé, sans aucune nuance péjorative).

sa bouche, vouloir jeter son âme dedans le corps de son Ami[1].

« Le plus jeune de ces Héros expira de douleur sur le cadavre de son Ami mort, et vous saurez que de la pourriture de leur tronc, qui sans doute avait engrossé la Terre, on vit germer par entre les os déjà blancs de leurs squelettes, deux jeunes arbrisseaux dont la tige et les branches, se joignant pêle-mêle, semblaient ne se hâter de croître qu'afin de s'entortiller davantage. On connut* bien qu'ils avaient changé d'être sans oublier ce qu'ils avaient été ; car leurs boutons parfumés se penchaient l'un sur l'autre, et s'entrechauffaient de leur haleine, comme pour se faire éclore plus vite. Mais que dirai-je de l'amoureux partage qui maintenait leur société[2] ? Jamais le suc, où réside l'aliment, ne s'offrait à leur souche, qu'ils ne le partageassent avec cérémonie ; jamais l'un d'eux n'était mal nourri, que l'autre ne fût malade d'inanition ; ils tiraient tous deux par-dedans les mamelles de leur Nourrice, comme vous autres les tétez par-dehors[3]. Enfin ces Amants bienheureux produisirent des pommes, mais des pommes miraculeuses qui firent encore plus de miracles que leurs Pères. On n'avait pas sitôt mangé des pommes de l'un, qu'on devenait éperdument passionné pour quiconque avait mangé du fruit de l'autre. Et cet accident arrivait quasi tous les jours, parce que tous les jets de Pylade environnaient ou se trouvaient environnés [de ceux] d'Oreste ; et leurs fruits presque jumeaux ne se pouvaient résoudre à s'éloigner.

« La Nature pourtant avait distingué l'énergie de leur double essence avec tant de précaution que,

---

1. L'histoire qui vient d'être racontée ne correspond guère à celle d'Oreste et de Pylade, telle que différents auteurs antiques l'ont transmise (en particulier les tragiques, Eschyle, Sophocle et Euripide). Elle rappelle plutôt l'histoire de Nisus et d'Euryale (Virgile, *Énéide*, IX, v. 394*sq*), dont les noms apparaissent d'ailleurs un peu plus loin dans le récit.

2. *Société* : liaison, amitié.

3. Pour ces jeunes arbrisseaux, qui échappent à la frontière du végétal et de l'humain, la terre est une mère généreuse qui les nourrit de sa sève.

quand le fruit de l'un des arbres était mangé par un Homme, et le fruit de l'autre arbre par un autre Homme, cela engendrait l'amitié réciproque ; et quand la même chose arrivait entre deux personnes de sexe différent, elle engendrait l'amour, mais un amour vigoureux qui gardait toujours le caractère de sa cause ; car encore que ce fruit proportionnât son effet à la puissance, amollissant sa vertu* dans une Femme, il conservait pourtant toujours je ne sais quoi de mâle.

« Il faut encore remarquer que celui des deux qui en avait mangé le plus était le plus aimé. Ce fruit n'avait garde qu'il ne fût et fort doux et fort beau, n'y ayant rien de si beau ni de si doux que l'amitié. Aussi fut-ce ces deux qualités de beau et de bon, qui ne se rencontrent guère en un même sujet, qui le mirent en vogue. Oh ! combien de fois, par sa miraculeuse vertu, multiplia-t-il les exemples de Pylade et d'Oreste ! On vit depuis ce temps-là des Hercules et des Thésées, des Achilles et des Patrocles, des Nisus et des Euryales[1] ; bref, un monde innombrable de ceux qui par des amitiés plus qu'humaines, ont consacré leur mémoire au temple de l'Éternité ; on en porta des rejetons au Péloponnèse, et le Parc des exercices où les Thébains dressaient la jeunesse en fut orné. Ces arbres jumeaux étaient plantés à la ligne[2] ; et dans la saison que le fruit pendait aux branches, les jeunes gens qui tous les jours allaient au Parc, tentés par sa beauté, ne s'abstinrent pas d'en manger ; leur courage* selon l'ordinaire en sentit incontinent* l'effet. On les vit pêle-mêle s'entre-donner leurs âmes, chacun d'eux devenir la moitié d'un autre, vivre moins en soi qu'en son Ami, et le plus lâche entreprendre pour le sien des choses téméraires.

« Cette céleste maladie échauffa leur sang d'une si noble ardeur que, par l'avis des plus sages, on enrôla pour la guerre cette troupe d'Amants dans une même Compagnie. On la nomma depuis, à cause des actions

1. Ce sont des couples d'amis célèbres, dans la mythologie et la littérature anciennes.
2. *À la ligne* : en ligne, au cordeau.

héroïques qu'elle exécutait, la "Bande sacrée[1]". Ses exploits allèrent beaucoup au-dessus de ce que Thèbes s'en était promis ; car chacun de ces Braves au combat, pour garantir son Amant ou pour mériter d'en être aimé, hasardait des efforts si incroyables que l'Antiquité n'a rien vu de pareil ; aussi, tant que subsista cette amoureuse Compagnie, les Thébains qui passaient auparavant pour les pires soldats d'entre les Grecs, battirent et surmontèrent toujours depuis les Lacédémoniens mêmes, les plus belliqueux peuples de la Terre.

« Mais entre un nombre infini de louables actions dont ces pommes furent cause, ces mêmes pommes en produisirent innocemment de bien honteuses.

« Myrrha[2], jeune Demoiselle de qualité, en mangea avec Cinyre son Père ; malheureusement l'une était de Pylade et l'autre d'Oreste. L'Amour aussitôt absorba la Nature, et la confondit en telle sorte que Cinyre pouvait jurer : "Je suis mon Gendre" ; et Myrrha : "Je suis ma Marâtre." Enfin je crois que c'est assez, pour vous

---

1. Cette « Bande sacrée » des soldats thébains, historiquement attestée, est évoquée par Platon, et aussi par Plutarque : « Elle était de trois cents hommes choisis, qui étaient soudoyés et entretenus aux dépens de la chose publique [...]. C'était une compagnie de gens de pieds composée d'hommes amoureux les uns des autres, et à ce propos raconte-t-on un dit notable de Pammène [...] : "Il fallait, ce disait-il, plutôt ranger un amant auprès de celui qu'il aime, parce que les hommes se soucient ordinairement bien peu de ceux qui sont de leur nation ni de leur lignée en un danger ; mais un bataillon qui serait composé d'hommes amoureux les uns des autres, ne se pourrait jamais ni rompre, ni forcer, à cause que les amants, pour l'affection véhémente qu'ils porteraient à leurs aimés, ne les abandonneraient jamais ; et les aimés avant de faire chose aucune lâche ni déshonnête devant leurs amants, tiendraient, les uns pour l'amour des autres, jusqu'au bout [...]. Par quoi il me semblerait vraisemblable de dire que cette bande eût premièrement été nommée la bande sacrée, pour la même raison que Platon appelle un amant ami divin ou inspiré de Dieu"... » *Vie des hommes illustres*, I, « Vie de Pélopidas », trad. J. Amyot, éd. G. Walter, Gallimard, « Bibliothèque de la Pléiade », 1951, p. 638-640.

2. L'histoire se trouve dans Ovide, *Métamorphoses*, X, v. 298-502. Cinyre, uni avec sa propre fille, devient son propre gendre ; et Myrrha, unie avec son père, sa propre « marâtre », c'est-à-dire sa belle-mère.

apprendre tout ce crime, d'ajouter qu'au bout de neuf mois le Père devint aïeul de ceux qu'il engendra, et que la Fille enfanta ses Frères.

« Encore le hasard ne se contenta pas de ce crime ; il voulut qu'un Taureau, étant entré dans les jardins du Roi Minos, trouvât malheureusement sous un arbre d'Oreste quelques pommes qu'il engloutit[1] ; je dis malheureusement, parce que la Reine Pasiphaé tous les jours mangeait de ce fruit. Les voilà donc furieux d'amour l'un pour l'autre. Je n'en expliquerai point toutefois l'énorme[2] jouissance ; il suffira de dire que Pasiphaé se plongea dans un crime qui n'avait point encore eu d'exemple.

« Le fameux Sculpteur Pygmalion, précisément dans ce temps-là, taillait au Palais une Vénus de marbre[3]. La Reine, qui aimait les bons Ouvriers, par régal* lui fit présent d'une couple* de ces pommes : il en mangea la plus belle ; et parce que l'eau qui, comme vous savez, est nécessaire à l'incision du marbre, vint hasardeusement à lui manquer, il humecta sa statue [de l'autre]. Le marbre en même temps pénétré par ce suc s'amollit peu à peu ; et l'énergique vertu* de cette pomme, conduisant son labeur selon le dessein[4] de l'Ouvrier, suivit au-dedans de l'image les traits qu'elle avait rencontrés à la superficie ; car elle dilata, échauffa et colora, à proportion de la nature des lieux qui se rencontrèrent dans son passage. Enfin le marbre devenu vivant, et touché de la passion de la pomme, embrassa Pygmalion de toutes les forces de son cœur ; et Pygmalion, transporté d'un amour réciproque, le reçut pour sa Femme.

« Dans cette même Province, la jeune Iphis avait mangé de ce fruit avec la belle Yante, sa compagne, dans toutes les circonstances requises pour causer une

---

1. Variation bouffonne sur le mythe fameux du Minotaure (Ovide, *Métamorphoses*, VIII, v. 136*sq*).
2. *Énorme* : « Prodigieux, excessif, sans règle » (F.).
3. Le mythe de Pygmalion vient encore des *Métamorphoses* (X, v. 243*sq*).
4. « Dessein » (projet) ou « dessin » : au XVIIe siècle, l'orthographe ne permet pas de distinguer ces deux mots.

amitié réciproque[1]. Leur repas fut suivi de son effet accoutumé ; mais parce qu'Iphis l'avait trouvé d'un goût fort savoureux, il[2] en mangea tant que son amitié, qui croissait avec le nombre des pommes dont il ne se pouvait rassasier, usurpa toutes les fonctions de l'amour, et cet amour, à force d'augmenter peu à peu, devint plus mâle et plus vigoureux. Car comme tout son corps, imbu* de ce fruit, brûlait de former des mouvements qui répondissent aux enthousiasmes* de sa volonté, il remua chez soi la matière si puissamment qu'il se construisit des organes beaucoup plus forts, capables de suivre sa pensée, et de contenir pleinement son amour dans sa plus virile étendue, c'est-à-dire qu'Iphis devint ce qu'il faut être pour épouser une Femme.

« J'appellerais cette aventure-là un miracle, s'il me restait un nom pour intituler l'événement qui suit.

« Un jeune Homme fort accompli, qui s'appelait Narcisse, avait mérité par son amour l'affection d'une Fille fort belle, que les Poètes ont célébrée sous le nom d'Écho[3] ; mais comme vous savez que les Femmes, plus que ceux de notre sexe, ne sont jamais assez chéries à leur gré, ayant ouï vanter la vertu* des pommes d'Oreste, elle fit tant qu'elle en recouvra de plusieurs endroits ; et parce qu'elle appréhendait, l'Amour étant toujours craintif, que celles d'un arbre eussent moins de force que de l'autre, elle voulut qu'il goûtât de toutes les deux ; mais à peine les eut-il mangées que l'image d'Écho s'effaça de sa mémoire, tout son amour se tourna vers celui qui avait digéré le fruit, il fut l'Amant et l'Aimé ; car la substance tirée de la pomme de Pylade embrassa dedans lui celle de la pomme d'Oreste. Ce fruit jumeau répandu par toute la masse de son sang excita toutes les parties de son corps à se caresser ; son cœur, où s'écoulait leur double vertu, rayonna ses flammes en dedans ; tous ses membres,

---

1. Voir encore Ovide, *Métamorphoses* : IX, v. 667-797.
2. Le texte porte le prénom masculin, comme pour anticiper sur la métamorphose (si ce n'est pas une erreur du typographe).
3. Ovide, *Métamorphoses* : III, v. 329-498.

animés de sa passion, voulurent se pénétrer l'un l'autre. Il n'est pas jusqu'à son image qui, brûlant encore parmi la froideur des Fontaines, n'attirât son corps pour s'y joindre ; enfin le pauvre Narcisse devint éperdument amoureux de soi-même.

« Je ne serai point ennuyeux à vous raconter sa déplorable catastrophe ; les vieux siècles en ont assez parlé. Aussi bien, il me reste deux aventures à vous réciter* qui consumeront mieux ce temps-là.

« Vous saurez donc que la belle Salmacis fréquentait le Berger Hermaphrodite, mais sans autre privauté que celle que le voisinage de leur maison pouvait souffrir, quand la Fortune, qui se plaît à troubler les vies les plus tranquilles, permit que dans une assemblée de jeux, où le prix de la beauté et celui de la course étaient deux de ces pommes, Hermaphrodite eut celle de la course, et Salmacis celle de la beauté[1]. Elles avaient été cueillies, quoique ensemble, à divers rameaux, parce que ces fruits amoureux se mêlaient toujours avec tant de ruse qu'un de Pylade se rencontrait toujours avec un d'Oreste ; et cela était cause que, paraissant jumeaux, on en détachait ordinairement une couple*. La belle Salmacis mangea sa pomme, et le gentil* Hermaphrodite serra* la sienne dedans sa panetière. Salmacis, inspirée des enthousiasmes* de sa pomme, et de la pomme du Berger qui commençait à s'échauffer dans sa panetière, se sentit attirer vers lui par le flux et reflux sympathique* de la sienne avec l'autre.

---

1. *Métamorphoses*, IV, v. 286*sq.* Mais Cyrano s'éloigne notablement du récit d'Ovide. La question des hermaphrodites avait fait l'objet aux XVIe-XVIIe siècles d'intenses spéculations physiques, médicales, mais aussi juridiques (un procès notoire a eu lieu en 1612-1614), et encore hermétiques ou magiques (à partir du *Banquet* de Platon et de la figure de l'androgyne comme conciliation des contraires). Le « prodige » de l'hermaphrodite, dont la possibilité était souvent admise, constituait l'exemple même d'une remise en cause des limites de l'humanité et de la partition des sexes, à l'intérieur du règne de la nature. C'était aussi une figure possible de l'homosexualité, que la morale religieuse et sociale interdisait d'aborder directement. Voir l'édition de *La Terre australe connue* de G. Foigny [1676] par P. Ronzeaud, STFM, 1990, et *L'Utopie hermaphrodite*, *op. cit.*

« Les parents du Berger, qui s'aperçurent des amours de la Nymphe, tâchèrent, à cause de l'avantage qu'ils trouvaient en cette alliance, de l'entretenir et de la croître. C'est pourquoi, ayant ouï vanter les pommes jumelles pour un fruit dont le suc inclinait les esprits à l'amour, ils en distillèrent, et de la quintessence la plus rectifiée* ils trouvèrent moyen d'en faire boire à leur Fils et à son Amante[1]. Son énergie, qu'ils avaient sublimée au plus haut degré qu'elle pouvait monter, alluma dans le cœur de ces amoureux un si véhément désir de se joindre, qu'à la première vue Hermaphrodite s'absorba dans Salmacis, et Salmacis se fondit entre les bras d'Hermaphrodite. Ils passèrent l'un dans l'autre, et de deux personnes de sexe différent, ils en composèrent un double je-ne-sais-quoi qui ne fut ni Homme ni Femme. Quand Hermaphrodite voulut jouir de Salmacis, il se trouva être la Nymphe ; et quand Salmacis voulut qu'Hermaphrodite l'embrassât, elle se sentit être le Berger. Ce double je-ne-sais-quoi gardait pourtant son unité ; il engendrait et concevait, sans être ni Homme ni femme ; enfin la Nature en lui fit voir une merveille qu'elle n'a jamais su depuis empêcher d'être unique.

« Hé bien, ces Histoires-là ne sont-elles pas étonnantes ? Elles le sont, car de voir une Fille s'accoupler à son Père, une jeune Princesse assouvir les amours d'un Taureau, un Homme aspirer à la jouissance d'une pierre, un autre se marier avec soi-même ; celle-ci célébrer Fille un mariage qu'elle consomme Garçon, cesser d'être Homme sans commencer d'être Femme, devenir Besson* hors du ventre de la Mère, et Jumeau d'une Personne qui ne lui est point parent, tout cela est bien éloigné du chemin ordinaire de Nature ; et cependant ce que je vous vais conter vous surprendra davantage.

---

1. Termes de chimie ou d'alchimie. La « quintessence » est un extrait obtenu par distillation ; « rectifiée » signifie qu'elle a fait l'objet de plusieurs distillations successives. « Sublimer » (phrase suivante) appartient au même lexique, c'est un synonyme de « distiller ».

« Parmi la somptueuse diversité de toutes sortes de fruits qu'on avait apportés des plus lointains climats*, pour le festin des Noces de Cambyse[1], on lui présenta une greffe d'Oreste, qu'il fit enter sur un Platane ; et parmi les autres délicatesses du dessert, on lui servit des pommes du même Arbre.

« La friandise du mets le convia d'en manger beaucoup ; et la substance de ce fruit étant convertie après les trois coctions* en un germe parfait[2], il en forma au ventre de la Reine l'embryon de son Fils Artaxerce, car toutes les particularités de sa vie ont fait conjecturer à ses Médecins qu'il doit avoir été produit de la sorte.

« Quand le jeune cœur de ce Prince fut en âge de mériter la colère d'Amour, on ne remarqua point qu'il soupirât pour ses semblables : il n'aimait que les arbres, les vergers et les bois ; mais, par-dessus tous ceux pour lesquels il parut sensible, le beau Platane sur lequel son Père Cambyse avait fait jadis enter cette greffe d'Oreste le consuma d'amour.

« Son tempérament* suivait avec tant de scrupule le progrès du Platane, qu'il semblait croître avec les branches de cet arbre ; tous les jours il allait l'embrasser ; dans le sommeil il ne songeait que de lui ; et dessous le contour de ses vertes tapisseries il ordonnait de toutes ses affaires. On connut* bien que le Platane, piqué d'une ardeur réciproque, était ravi de ses caresses, car à tous coups, sans aucune raison apparente, on apercevait ses feuilles trémousser et comme tressaillir de joie, les rameaux se courber en rond sur sa tête comme pour lui faire une Couronne, et descendre si près de son visage qu'il était facile à connaître que c'était plutôt pour le baiser* que par inclination naturelle de tendre en bas. On remarquait même que de jalousie il arran-

---

1. Cyrano s'écarte ici des *Métamorphoses* d'Ovide, et malmène par ailleurs les données historiques : Cambyse, fils de Cyrus l'Ancien, et roi de Perse au VIe siècle av. J.-C., n'avait pas de fils nommé Artaxerxès ; et c'est d'un autre roi, Xerxès, qu'on raconte qu'il a nourri un amour passionné pour un platane.

2. On retrouve ici les trois « coctions » ou « digestions » déjà évoquées sur la « macule » du Soleil (p. 103-104).

geait et pressait ses feuilles l'une contre l'autre, de peur que les rayons du jour, se glissant à travers, ne le baisassent* aussi bien que lui. Le Roi de son côté ne garda plus de bornes dans son amour. Il fit dresser son lit au pied du Platane, et le Platane, qui ne savait comment se revancher* de tant d'amitié [1], lui donnait ce que les arbres ont de plus cher, c'était son miel* et sa rosée qu'il distillait tous les matins sur lui.

« Leurs caresses auraient duré davantage si la mort, ennemie des belles choses, ne les eût terminées : Artaxerce expira d'amour dans les embrassements de son cher Platane ; et tous les Perses, affligés de la perte d'un si bon prince, voulurent pour lui donner encore quelque satisfaction après sa mort que son corps fût brûlé avec les branches de cet arbre, sans qu'aucun autre bois fût employé à le consumer.

« Quand le Bûcher fut allumé, on vit sa flamme s'entortiller avec celle de la graisse du corps ; et leurs chevelures ardentes qui se bouclaient l'une à l'autre, s'effiler en pyramide jusqu'à perte de vue.

« Ce feu pur et subtil ne se divisa point ; mais quand il fut arrivé au Soleil, où comme vous savez toute matière ignée aboutit [2], il forma le germe du Pommier d'Oreste que vous voyez là à votre main droite.

« Or l'engeance de ce fruit s'est perdue en votre Monde ; et voici comment ce malheur arriva :

« Les Pères et les Mères qui, comme vous savez, au gouvernement de leurs familles ne se laissent conduire que par l'intérêt, fâchés que leurs enfants, aussitôt qu'ils avaient goûté de ces pommes, prodiguaient à leur Ami tout ce qu'ils possédaient, brûlèrent autant de ces plantes qu'ils en purent découvrir. Ainsi, l'espèce

---

1. Le terme *amitié* est ambigu au XVIIe siècle ; il peut désigner toute forme d'affection, jusqu'à la passion amoureuse.
2. Cette idée, qui va être reprise par la suite, vient de Lucrèce : « si du monde entier s'ouvre ici [dans le Soleil] l'unique source/à larges flots jaillissant et prodiguant la lumière,/peut-être tous les éléments ignés du monde, accourant de partout, confluent-ils d'un tel élan/ que d'une source unique ici s'épanche leur ardeur » (*De rerum natura*, trad. citée, V, 596-601).

étant perdue, c'est pour cela qu'on ne trouve plus aucun Ami véritable.

« À mesure donc que ces arbres furent consumés par le feu, les pluies qui tombèrent dessus en calcinèrent la cendre, si bien que ce suc congelé se pétrifia de la même façon que l'humeur* de la fougère brûlée se métamorphose en verre[1] ; de sorte qu'il se forma, par tous les climats* de la Terre, des cendres de ces arbres jumeaux, deux pierres métalliques qu'on appelle aujourd'hui le fer et l'aimant, qui à cause de la sympathie* des fruits de Pylade et d'Oreste, dont ils ont toujours conservé la vertu*, aspirent encore tous les jours de s'embrasser ; et remarquez que si le morceau d'aimant est plus gros, il attire le fer ; ou si la pièce de fer excède en quantité, c'est elle qui attire l'aimant, comme il arrivait jadis dans le miraculeux effet des pommes de Pylade et d'Oreste, de l'une desquelles quiconque avait mangé davantage était le plus aimé par celui qui avait mangé de l'autre.

« Or le fer se nourrit de l'aimant, et l'aimant se nourrit de fer si visiblement, que celui-là s'enrouille et celui-ci perd sa force, à moins qu'on les produise l'un à l'autre pour réparer ce qui se perd de leur substance.

« N'avez-vous jamais considéré un morceau d'aimant appuyé sur de la limaille de fer[2] ? Vous voyez l'aimant se couvrir, en un tournemain, de ces atomes*

---

1. Effectivement, pour faire le verre, on utilisait la potasse extraite des cendres de fougère (jusqu'à la découverte des propriétés de la soude).

2. Des réflexions sur l'aimantation se rencontrent dans la plupart des textes auxquels Cyrano peut se référer, de Lucrèce à Descartes en passant par Campanella. Conformément à l'étymologie populaire du mot (*aimant/amant* ; en réalité le mot vient du grec *adamas*, « diamant »), l'aimantation est fréquemment rapportée aux effets de « sympathie » entre les choses. Mais l'interprétation érotique et burlesque que Cyrano donne du phénomène relève de sa seule responsabilité. Elle constitue le terme d'un mouvement d'animation et de sexualisation générale de la matière vivante, qui part de l'humain (Oreste et Pylade) pour aller jusqu'au végétal (les pommes), au cosmique (le feu montant au Soleil), et enfin au minéral (le fer et l'aimant).

métalliques ; et l'amoureuse ardeur avec laquelle ils s'accrochent est si subite et si impatiente, qu'après s'être embrassés partout, vous diriez qu'il n'y a pas un grain d'aimant qui ne veuille baiser* un grain de fer, et pas un grain de fer qui ne veuille s'unir avec un grain d'aimant ; car le fer ou l'aimant, séparés, envoient continuellement de leur masse les petits corps* les plus mobiles à la quête de ce qu'ils aiment. Mais quand ils l'ont trouvé, n'ayant plus rien à désirer, chacun termine ses voyages ; et l'aimant occupe son repos à posséder le fer, comme le fer ramasse tout son être à jouir de l'aimant. C'est donc de la sève de ces deux arbres qu'a découlé l'humeur* dont ces deux métaux ont pris naissance. Devant* cela, ils étaient inconnus ; et si vous voulez savoir de quelle matière on fabriquait des armes pour la guerre, Samson s'armait d'une mâchoire d'Âne contre les Philistins[1] ; Jupiter, Roi de Crète, de feux artificiels, par lesquels il imitait la foudre pour subjuguer ses ennemis[2] ; Hercule enfin avec une massue vainquit des Tyrans, et dompta des Monstres. Mais ces deux métaux ont encore une relation bien plus spécifique avec nos deux arbres : vous saurez qu'encore que cette couple* d'amoureux sans vie inclinent vers le Pôle, ils ne s'y portent jamais qu'en compagnie l'un de l'autre ; et je vous en vais découvrir la raison, après que je vous aurai un peu entretenu des Pôles.

« Les Pôles sont les bouches du Ciel, par lesquelles il reprend la lumière, la chaleur, et les influences* qu'il a répandues sur la Terre : autrement, si tous les trésors du Soleil ne remontaient à leur source, il y aurait long-

1. Référence parodique au Livre des Juges (15, 15).
2. Explication burlesque, insolente à l'égard de la mythologie : Cyrano fait de Jupiter, le dieu des dieux, un simple mortel « roi de Crète », abusant ses sujets en imitant la foudre pour s'attirer leur respect. On peut voir là un écho des principes de Gabriel Naudé (*Apologie*, *op. cit.*) pour qui les prétendus miracles sacrés ne sont dans la plupart des cas que des astuces politiques pour s'assurer la domination des peuples. On notera surtout la mise en série, dans un même contexte burlesque, d'une figure biblique (Samson) avec les personnages de Jupiter et d'Hercule.

temps (toute sa clarté n'étant qu'une poussière d'atomes★ enflammés qui se détachent de son globe) qu'elle serait éteinte, et qu'il ne luirait plus ; ou que cette abondance de petits corps★ ignés qui s'amoncellent sur la Terre pour n'en plus sortir l'auraient déjà consumée[1]. Il faut donc, comme je vous ai dit, qu'il y ait au Ciel des soupiraux par où se dégorgent les réplétions de la Terre, et d'autres par où le Ciel puisse réparer ses pertes, afin que l'éternelle circulation de ces petits corps de vie pénètre successivement tous les globes de ce grand Univers. Or les soupiraux du Ciel sont les Pôles par où il se repaît des âmes de tout ce qui meurt dans les Mondes de chez lui, et tous les Astres sont ses bouches, et les pores par où s'exhalent derechef ses esprits★.

Mais pour vous montrer que ceci n'est pas une imagination si nouvelle, quand vos Poètes anciens, à qui la Philosophie avait découvert les plus cachés secrets de la Nature, parlaient d'un Héros dont ils voulaient dire que l'âme était allée habiter avec les Dieux, ils s'exprimaient ainsi : « Il est monté au Pôle », « Il est assis sur le Pôle », « Il a traversé le Pôle[2] », parce qu'ils savaient que les Pôles étaient les seules entrées par où le Ciel reçoit tout ce qui est sorti de chez lui. Si l'autorité de ces grands Hommes ne vous satisfait pleinement, l'expérience de vos modernes qui ont voyagé vers le Nord vous contentera peut-être. Ils ont trouvé que plus ils approchaient de l'Ourse, pendant les six mois de nuit dont on a cru que ce climat★ était tout noir, une grande lumière éclairait l'horizon[3], qui ne pouvait partir que du pôle, parce qu'à mesure qu'on s'en approchait et qu'on s'éloignait par conséquent du

---

1. L'idée de ces « bouches » et « pores » du ciel rappelle une explication du *De rerum natura* de Lucrèce (VI, v. 492-494) : « de tous côtés, par tous les pores de l'éther,/par des sortes de soupiraux autour du vaste monde,/la sortie et l'entrée s'offrent aux particules ».
2. J. Prévot note dans son édition qu'en fait « de telles expressions sont rares dans la littérature antique ».
3. C'est ce qu'on appelle « l'aurore boréale » ; à l'époque de Cyrano, les explorateurs et géographes affinent leurs observations sur ce sujet.

Soleil, cette lumière devenait plus grande. Il est donc bien vraisemblable qu'elle procède des rayons du jour et d'un grand monceau d'âmes, lesquelles comme vous savez ne sont faites que d'atomes* lumineux qui s'en retournent au Ciel par leurs portes accoutumées[1].

« Il n'est pas difficile après cela de comprendre pourquoi le fer frotté d'aimant, ou l'aimant frotté de fer, se tourne vers le Pôle ; car étant un extrait du corps de Pylade et d'Oreste, et ayant toujours conservé les inclinations des deux arbres, comme les deux arbres celles des deux Amants, ils doivent aspirer de se rejoindre à leur âme ; c'est pourquoi ils se guindent vers le Pôle par où il sent qu'elle est montée, avec cette retenue pourtant que le fer ne s'y tourne point s'il n'est frotté d'aimant, ni l'aimant s'il n'est frotté de fer ; à cause que le fer ne veut point abandonner un Monde, privé de son ami l'aimant, ni l'aimant, privé de son ami le fer ; et qu'ils ne peuvent se résoudre à faire ce voyage l'un sans l'autre. »

Cette voix allait, je pense, entamer un autre discours ; mais le bruit d'une grande alarme qui survint l'en empêcha. Toute la Forêt en rumeur ne retentissait que de ces mots : « Gare la peste* ! » et « Passe parole[2] ! »

Je conjurai l'arbre qui m'avait si longtemps entretenu de m'apprendre d'où procédait un si grand désordre. « Mon ami, me dit-il, nous ne sommes pas en ces quartiers-ci encore bien informés des particularités du mal. Je vous dirai seulement en trois mots que cette peste dont nous sommes menacés est ce qu'entre les Hommes on appelle « embrasement » ; nous pouvons bien le nommer ainsi, puisque parmi nous il n'y a point de maladie si contagieuse. Le remède que nous y allons

---

1. Ainsi les âmes, qui remontent vers le ciel après la mort, sont matérielles et faites de corpuscules lumineux. Cyrano brode ici encore à partir de Lucrèce. Le « comme vous savez » doit se comprendre ironiquement : cette idée s'oppose violemment à toute la pensée dominante du temps.

2. Expression employée pour transmettre rapidement un ordre dans une troupe.

apporter, c'est de raidir nos haleines, et de souffler tous ensemble vers l'endroit d'où part l'inflammation, afin de repousser ce mauvais air. Je crois que ce qui nous aura apporté cette fièvre ardente est une Bête-à-feu[1] qui rôde depuis quelques jours à l'entour de nos Bois ; car comme elles ne vont jamais sans feu et ne s'en peuvent passer, celle-ci sera sans doute venue le mettre à quelqu'un de nos arbres.

« Nous avions mandé l'animal-Glaçon pour venir à notre secours ; cependant il n'est pas encore arrivé. Mais adieu, je n'ai pas le temps de vous entretenir, il faut songer au salut commun ; et vous-même prenez la fuite, autrement vous courez risque d'être enveloppé dans notre ruine. »

Je suivis son conseil, sans toutefois me beaucoup presser, parce que je connaissais mes jambes. Cependant je savais si peu la Carte du Pays que je me trouvai, au bout de dix-huit heures de chemin, au derrière de la Forêt dont je pensais fuir ; et pour surcroît d'appréhension, cent éclats épouvantables de tonnerre m'ébranlaient le cerveau, tandis que la funeste et blême lueur de mille éclairs venait éteindre mes prunelles.

De moment en moment, les coups redoublaient avec tant de furie qu'on eût dit que les fondements du Monde allaient s'écrouler ; et malgré tout cela le Ciel ne parut jamais plus serein. Comme je me vis au bout de mes raisons, enfin le désir de connaître la cause d'un événement si extraordinaire m'invita de marcher vers le lieu d'où le bruit semblait s'épandre.

Je cheminai environ l'espace de quatre cents stades*, à la fin desquels j'aperçus au milieu d'une fort grande campagne comme deux boules qui, après avoir en bruissant tourné longtemps à l'entour l'une de l'autre,

---

1. C'est le nom populaire de la salamandre. Les naturalistes de l'Antiquité ont cru que la salamandre vivait dans le feu, ou bien qu'elle pouvait éteindre le feu (Pline, *Histoire naturelle*, X, 86). Elle était considérée comme une bête maléfique. Aux XVI^e^-XVII^e^ siècles, les croyances anciennes concernant la salamandre trouvent un prolongement dans la symbolique des alchimistes, pour qui la salamandre correspond au principe du soufre.

s'approchaient et puis se reculaient ; et j'observai que, quand le heurt se faisait, c'était alors qu'on entendait ces grands coups ; mais à force de marcher plus avant, je reconnus que ce qui de loin m'avait paru deux boules, était deux animaux* ; l'un desquels, quoique rond par en bas, formait un triangle par le milieu ; et sa tête fort élevée, avec sa rousse chevelure qui flottait contre-mont*, s'aiguisait en pyramide [1]. Son corps était troué comme un crible, et à travers ces pertuis* déliés* qui lui servaient de pores, on apercevait glisser de petites flammes qui semblaient le couvrir d'un plumage de feu.

En cheminant là autour, je rencontrai un Vieillard fort vénérable qui regardait ce fameux combat avec autant de curiosité que moi. Il me fit signe de m'approcher, j'obéis, et nous nous assîmes l'un auprès de l'autre.

J'avais dessein de lui demander le motif qui l'avait amené en cette contrée, mais il me ferma la bouche par ces paroles : « Hé bien, vous le saurez, le motif qui m'amène en cette contrée. » Et là-dessus il me raconta tout au long les particularités de son voyage. Je vous laisse à penser si je demeurai interdit. Cependant, pour accroître ma consternation, comme déjà je brûlais de lui demander quel Démon lui révélait mes pensées : « Non, non, s'écria-t-il, ce n'est point un Démon qui me révèle vos pensées... [2]. » Ce nouveau tour de Devin

---

1. Allusion manifeste à la symbolique alchimique.
2. Le Vieillard, c'est Campanella : il sera nommé un peu plus loin. Le philosophe italien Tommaso Campanella, personnage réel, a en effet suggéré qu'un démon le guidait dans sa conduite. « Moi-même, lorsqu'il va m'arriver un malheur, j'ai coutume d'entendre, entre veille et sommeil, une voix qui articule clairement : Campanella ! Campanella !, ajoutant parfois d'autres mots ; j'écoute attentivement, mais je ne sais pas qui parle [...] » (*De sensu*, *op. cit*, III, 10, p. 234). « Il m'est arrivé que des démons ont tenté de me persuader de la réalité de la transmigration des âmes, de la privation du libre arbitre chez l'homme et de nombreuses autres choses ; ils m'ont prédit aussi de nombreux événements, les uns vrais, les autres faux. Je ne vis pas ces démons sous forme humaine, mais ils se manifestèrent clairement à moi [...] » (II, 25, p. 153-154). *Cf.* la note 4, p. 98-99, et les réflexions de Gabriel Naudé dans l'*Apologie* (*op. cit.*, p. 166).

me le fit observer avec plus d'attention qu'auparavant, et je remarquai qu'il contrefaisait mon port, mes gestes, ma mine, situait tous ses membres et figurait toutes les parties de mon visage sur le patron des miennes[1] ; enfin mon ombre en relief ne m'eût pas mieux représenté. « Je vois, continua-t-il, que vous êtes en peine de savoir pourquoi je vous contrefais, et je veux bien vous l'apprendre. Sachez donc qu'afin de connaître votre intérieur, j'arrangeai toutes les parties de mon corps dans un ordre semblable au vôtre ; car étant de toute part situé comme vous, j'excite en moi par cette disposition de matière, la même pensée que produit en vous cette même disposition de matière.

« Vous jugerez cet effet-là possible, si autrefois vous avez observé que les gémeaux qui se ressemblent ont ordinairement l'esprit, les passions, et la volonté semblables ; jusque-là qu'il s'est rencontré à Paris

1. Il y a là encore une référence précise à des spéculations « physiognomoniques » de Campanella (*De sensu*, II, 31), et surtout à une anecdote le concernant, rapportée par son ami Gaffarel : « si on vient à contrefaire la mine de quelqu'un et qu'on s'imagine d'avoir les cheveux, les yeux, le nez et bouche, et toutes les autres parties comme lui, et en un mot si on s'imagine semblable à lui en physionomie, on pourra connaître son naturel, et les pensées qui sont propres, par celles qu'on se formera pendant cette grimace. C'est l'opinion, fondée sur l'expérience, de Campanella [...]. Comme j'étais à Rome, ayant su qu'on l'y avait amené [en prison], j'appris le reste par la curiosité que j'eus de le visiter à l'Inquisition, non sans beaucoup de peine ; m'étant donc mis à la compagnie de quelques Abbés, on nous mena à la chambre où il était, et aussitôt qu'il nous aperçut, il vint à nous et nous pria d'avoir un peu de patience, qu'il eût achevé un billet qu'il écrivait au cardinal Magalotti : nous étant assis, nous aperçûmes qu'il faisait souvent certaines grimaces, qui faisaient juger qu'elles partaient ou de folie, ou de quelque douleur que la violence des tourments dont on l'a affligé lui eût causée [...]. Un des nôtres lui ayant demandé s'il ne sentait point de douleur, il répondit en riant que non, et jugeant que nous étions en peine des grimaces qu'il avait faites, il nous dit qu'à notre arrivée il se figurait le cardinal Magalotti, comme on le lui avait dépeint, et nous demanda s'il était fort chargé de poil [de cheveux]. Pour moi je conçus incontinent que ces grimaces étaient nécessaires pour bien juger du naturel de quelqu'un » (*Curiosités inouïes*, 1629, éd. 1650, p. 127-128).

deux Bessons★ qui n'ont jamais eu que les mêmes maladies et la même santé ; se sont mariés, sans savoir le dessein l'un de l'autre, à même heure et à même jour ; se sont réciproquement écrit des lettres, dont le sens, les mots et la constitution étaient de même, et qui enfin ont composé sur un même sujet une même sorte de Vers, avec les mêmes pointes, le même tour et le même ordre. Mais ne voyez-vous pas qu'il était impossible que la composition des organes de leurs corps étant pareille dans toutes ces circonstances, ils n'opérassent d'une façon pareille, puisque deux instruments égaux touchés également doivent rendre une harmonie égale ? Et qu'ainsi conformant tout à fait mon corps au vôtre, et devenant pour ainsi dire votre gémeau, il est impossible qu'un même branle★ de matière ne nous cause à tous deux un même branle d'esprit[1]. »

Après cela il se remit encore à me contrefaire, et poursuivit ainsi : « Vous êtes maintenant fort en peine de l'origine du combat de ces deux Monstres, mais je veux vous l'apprendre. Sachez donc que les arbres de la Forêt que nous avons à dos, n'ayant pu repousser avec leurs souffles les violents efforts de la Bête-à-feu, ont eu recours à l'animal-Glaçon.

– Je n'ai encore, lui dis-je, entendu parler de ces animaux-là qu'à un Chêne de cette contrée, mais fort à la hâte, car il ne songeait qu'à se garantir. C'est pourquoi je vous supplie de m'en faire savant. »

Voici comment il me parla : « On verrait en ce globe où nous sommes les Bois fort clairsemés, à cause du grand nombre de Bêtes-à-feu qui les désolent, sans les animaux-Glaçons qui tous les jours, à la prière des forêts leurs amies, viennent guérir les arbres malades ; je dis guérir, car à peine de leur bouche gelée ont-ils soufflé sur les charbons de cette peste★, qu'ils l'éteignent.

« Au monde de la Terre d'où vous êtes, et d'où je suis, la Bête-à-feu s'appelle "Salamandre", et l'ani-

1. La réduction « matérialiste » de l'esprit à la matière corporelle est ici poussée jusqu'au paradoxe.

mal-Glaçon est connu par celui de “Rémore[1]”. Or vous saurez que les Rémores habitent vers l’extrémité du Pôle, au plus profond de la Mer glaciale ; et c’est la froideur évaporée de ces Poissons à travers leurs écailles, qui fait geler en ces quartiers-là l’eau de la Mer, quoique salée.

« La plupart des Pilotes qui ont voyagé pour la découverte du Groenland[2] ont enfin expérimenté qu’en certaine saison, les glaces, qui d’autres fois les avaient arrêtés, ne se rencontraient plus ; mais encore que cette Mer fût libre dans le temps où l’Hiver y est le plus âpre, ils n’ont pas laissé* d’en attribuer la cause à quelque chaleur secrète qui les avait fondues ; mais il est bien plus vraisemblable que les Rémores, qui ne se nourrissent que de glaces, les avaient pour lors absorbées. Or vous devez savoir que, quelques mois après qu’elles se sont repues, cette effroyable digestion rend

1. La *rémore* est un petit poisson, qui, suivant un chapitre de l’*Histoire naturelle* de Pline (XXXII, 1), très souvent utilisé aux XVIe-XVIIe siècles, aurait la vertu d’arrêter la course des navires ; Pline lui attribue en particulier le pouvoir d’avoir immobilisé le navire de l’empereur Antoine lors de la bataille d’Actium. Comme les exemples topiques de la force de l’imagination, cités plus haut par Cyrano, la rémore est un motif emprunté sans critique à une « histoire naturelle » fabuleuse, mais qui aux XVIe-XVIIe siècles fournit matière à réflexion sur les limites de la nature et ses rapports avec le surnaturel.

Cyrano a pu lire un chapitre de Campanella sur la « retenue des navires par la rémore », au livre III du *De sensu* qui porte sur la sensibilité générale de la matière, des plantes et des animaux. Voir le Dossier, doc. 7. – Il semble que Cyrano invente la nature amphibie de la rémore, sans doute par symétrie avec certaines traditions concernant la salamandre. – D’autre part, ces animaux sont porteurs d’une symbolique alchimique directe. La salamandre est le symbole du « soufre incombustible » ; la rémore, de son côté, représente le « mercure » des alchimistes. Le combat de la bête à feu et de la bête à glace, qui est clairement présenté comme la lutte de deux principes cosmiques antagonistes, semble ainsi renvoyer à la pensée alchimique, et tout spécialement à Paracelse, pour qui la lutte des éléments premiers (le soufre, le mercure, le sel, qui est ici étrangement absent) est à l’origine de la diversité des créatures. Voir A. Koyré, *Paracelse*, Allia, 1997, p. 55-56.

2. Plusieurs expéditions ont eu lieu dans la première moitié du XVIIe siècle. Cyrano a pu connaître par exemple une *Relation de Groenland*, publiée en 1647 par Isaac de Lapeyrère.

leur estomac si morfondu*, que la seule haleine qu'elles expirent reglace derechef toute la Mer du Pôle. Quand elles sortent sur la Terre (car elles vivent dedans l'un et dans l'autre élément), elles ne se rassasient que de Ciguë, d'Aconit, d'Opium et de Mandragore[1].

« On s'étonne en notre Monde d'où procèdent ces frileux vents du Nord qui traînent toujours la gelée ; mais si nos Compatriotes savaient, comme nous, que les Rémores habitent en ce climat*, ils connaîtraient* comme nous qu'ils proviennent du souffle avec lequel elles essayent de repousser la chaleur du Soleil qui les approche.

« Cette eau stigiade[2] de laquelle on empoisonna le grand Alexandre, et dont la froideur pétrifia les entrailles, était du pissat d'un de ces animaux. Enfin la Rémore contient si éminemment tous les principes de froidure, que, passant par-dessous un Vaisseau, le Vaisseau se trouve saisi du froid en sorte qu'il en demeure tout engourdi jusqu'à ne pouvoir démarrer de sa place. C'est pour cela que la moitié de ceux qui ont cinglé vers le Nord à la découverte du Pôle n'en sont point revenus, parce que c'est un miracle si les Rémores, dont le nombre est si grand dans cette Mer, n'arrêtent leurs Vaisseaux. Voilà pour ce qui est des animaux-Glaçons.

« Mais quant aux Bêtes-à-feu, elles logent dans [la] terre, sous des montagnes de Bitume allumé, comme l'Etna, le Vésuve et le cap Rouge. Ces boutons que vous voyez à la gorge de celui-ci, qui procèdent de l'inflammation de son foie, ce sont[3]… »

Nous restâmes après cela sans parler, pour nous rendre attentifs à ce fameux duel.

La Salamandre attaquait avec beaucoup d'ardeur ; mais la Rémore soutenait impénétrablement. Chaque

---

1. La *ciguë*, l'*aconit*, la *mandragore* sont des poisons mortels ou considérés comme tels ; l'*opium* plonge dans un sommeil profond, semblable à la mort. On a longtemps attribué à la mandragore des vertus magiques, plus encore que médicinales.
2. L'*eau stigiade* est pareille à l'eau du Styx, fleuve des Enfers dans la mythologie ancienne. – Notons qu'Alexandre est mort à la suite d'un banquet ; rien ne prouve qu'il ait été empoisonné.
3. Texte inachevé, ou supprimé par l'éditeur de 1662.

heurt qu'elles se donnaient engendrait un coup de tonnerre, comme il arrive dans les Mondes d'ici autour, où la rencontre d'une nue chaude avec une froide excite le même bruit.

Des yeux de la Salamandre, il sortait, à chaque œillade de colère qu'elle dardait contre son ennemi, une rouge lumière dont l'air paraissait allumé en volant ; elle suait de l'huile bouillante, et pissait de l'eau-forte[1].

La Rémore, de son côté, grosse, pesante et carrée, montrait un corps tout écaillé de glaçons. Ses larges yeux paraissaient deux assiettes de cristal, dont les regards charriaient une lumière si morfondante*, que je sentais frissonner l'Hiver sur chaque membre de mon corps où elle les attachait. Si je pensais mettre ma main au-devant, ma main en prenait l'onglée* ; l'air même autour d'elle, atteint de sa rigueur, s'épaississait en neige, la terre durcissait sous ses pas ; et je pouvais compter les traces de la Bête par le nombre des engelures qui m'accueillaient quand je marchais dessus.

Au commencement du combat, la Salamandre, à cause de la vigoureuse contention* de sa première ardeur, avait fait suer la Rémore ; mais à la longue cette sueur, s'étant refroidie, émailla toute la plaine d'un verglas si glissant, que la Salamandre ne pouvait joindre la Rémore sans tomber. Nous connûmes* bien, le Philosophe et moi, qu'à force de choir et se relever tant de fois, elle s'était fatiguée ; car ces éclats de tonnerre, auparavant si effroyables, qu'enfantait le choc dont elle heurtait son ennemie, n'étaient plus que le bruit sourd de ces petits coups qui marquent la fin d'une tempête ; et ce bruit sourd, amorti peu à peu, dégénéra en un frémissement semblable à celui d'un fer rouge plongé dans de l'eau froide.

Quand la Rémore connut que le combat tirait aux abois, par l'affaiblissement du choc dont elle se sentait

---

1. L'*eau-forte* est un acide vitriolique violent, qui sert notamment aux graveurs (on appelle justement « eaux-fortes » les œuvres qu'ils réalisent par cette technique). Chimistes et alchimistes la nomment aussi, en latin, *aqua stygia* (voir n. 2, p. 177).

à peine ébranlée, elle se dressa sur un angle de son cube et se laissa tomber de toute sa pesanteur sur l'estomac de la Salamandre, avec un tel succès que le cœur de la pauvre Salamandre, où tout le reste de son ardeur s'était concentré, en se crevant, fit un éclat si épouvantable que je ne sais rien dans la Nature pour le comparer.

Ainsi mourut la Bête-à-feu sous la paresseuse résistance de l'animal-Glaçon.

Quelque temps après que la Rémore se fut retirée, nous nous approchâmes du champ de bataille ; et le Vieillard, s'étant enduit les mains de la terre sur laquelle elle avait marché comme d'un préservatif contre la brûlure, il empoigna le cadavre de la Salamandre. « Avec le corps de cet animal, me dit-il, je n'ai que faire de feu dans ma cuisine ; car pourvu qu'il soit pendu à la crémillée*, il fera bouillir et rôtir tout ce que j'aurai mis à l'âtre. Quant aux yeux, je les garde soigneusement ; s'ils étaient nettoyés des ombres de la mort, vous les prendriez pour deux petits Soleils. Les anciens de notre Monde les savaient bien mettre en œuvre ; c'est ce qu'ils nommaient des « Lampes ardentes », et l'on ne les appendait qu'aux sépultures pompeuses des Personnes illustres [1]. Nos modernes en ont rencontré en fouillant quelques-uns de ces fameux tombeaux, mais leur ignorante curiosité les a crevés, en pensant trouver derrière les membranes rompues ce feu qu'ils y voyaient reluire. »

Le Vieillard marchait toujours, et moi je le suivais, attentif aux merveilles qu'il me débitait. Or à propos du combat, il ne faut pas que j'oublie l'entretien que nous eûmes touchant l'animal-Glaçon.

« Je ne crois pas, me dit-il, que vous ayez jamais vu de Rémores, car ces poissons ne s'élèvent guère à fleur d'eau ; encore n'abandonnent-ils quasi point l'Océan

---

1. « Lampe que l'on entretenait allumée dans un sépulcre » (Littré). La conservation de la flamme dans la tombe faisait l'objet de spéculations que l'on retrouve encore chez Descartes (*Principes*, IV, 116). Elle constituait surtout un thème fondamental de la littérature alchimique. Voir Sylvain Matton, « Cartésianisme et alchimie », dans *Aspects de la tradition alchimique* au *XVII[e] siècle*, Vrin, 1998, p. 139-141.

Septentrional. Mais sans doute vous aurez vu de certains animaux qui en quelque façon se peuvent dire de leur espèce. Je vous ai tantôt dit que cette Mer, en tirant vers le Pôle, est toute pleine de Rémores, qui jettent leur frai sur la vase comme les autres Poissons. Vous saurez donc que cette semence extraite de toute leur masse en contient si éminemment toute la froideur, que si un Navire est poussé par-dessus, le Navire en contracte un ou plusieurs Vers, qui deviennent Oiseaux, dont le sang privé de chaleur fait qu'on les range, quoiqu'ils aient des ailes, au nombre des Poissons. Aussi le Souverain Pontife, lequel connaît leur origine, ne défend pas d'en manger en Carême. C'est ce que vous appelez des “Macreuses[1]”. »

Je cheminais toujours sans autre dessein que de le suivre, mais tellement ravi d'avoir trouvé un Homme, que je n'osais détourner les yeux de dessus lui, tant j'avais peur de le perdre : « Jeune mortel, me dit-il (car je vois bien que vous n'avez pas encore comme moi satisfait au tribut que nous devons à la Nature), aussitôt que je vous ai vu, j'ai rencontré sur votre visage ce je-ne-sais-quoi qui donne envie de connaître les gens. Si je ne me trompe aux circonstances de la conformation de votre corps, vous devez être Français et natif de Paris. Cette Ville est le lieu où après avoir promené mes disgrâces par toute l'Europe, je les ai terminées[2].

« Je me nomme Campanella, et suis Calabrais de nation. Depuis ma venue au Soleil, j'ai employé mon temps à visiter les climats* de ce grand globe pour en découvrir les merveilles : il est divisé en Royaumes,

---

1. Oiseau migrateur, ressemblant au canard, que son sang froid faisait considérer comme un poisson ; sa consommation était donc permise aux jours maigres du carême. Jusqu'à la fin du XVIIe siècle, cette ambivalence a conduit à des spéculations sur l'origine de l'animal : « On a cru que les macreuses s'engendraient de l'écume de la mer, ou du bois pourri des vaisseaux, où on les trouvait attachées par le bec, d'où elles se détachaient quand elles étaient bien formées » (F.).
2. De fait, le philosophe Tommaso Campanella, qui va aussitôt être nommé, a trouvé asile en France après avoir passé vingt-sept ans dans les geôles de l'Inquisition et de la puissance espagnole. Voir la Présentation et le Dossier, doc. 7-8.

Républiques*, États et Principautés, comme la Terre[1]. Ainsi les quadrupèdes, les volatiles, les plantes, les pierres, chacun y a le sien ; et quoique quelques-uns de ceux-là n'en permettent point l'entrée aux animaux* d'espèce étrangère, particulièrement aux Hommes, que les Oiseaux par-dessus tout haïssent de mort, je puis voyager partout sans courre de risque, à cause qu'une âme de Philosophe est tissue de parties bien plus déliées* que les instruments dont on se servirait à la tourmenter. Je me suis trouvé heureusement dans la Province des arbres, quand les désordres de la Salamandre ont commencé. Ces grands éclats de tonnerre, que vous devez avoir entendus aussi bien que moi, m'ont conduit à leur champ de bataille, où vous êtes venu un moment après. Au reste, je m'en retourne à la Province des Philosophes… – Quoi, lui dis-je, il y a donc aussi des Philosophes dans le Soleil ? – S'il y en a ! répliqua le bon Homme, oui, certes, et ce sont les principaux habitants du Soleil, et ceux-là mêmes dont la renommée de votre Monde a la bouche si pleine. Vous pourrez bientôt converser avec eux, pourvu que vous ayez le courage de me suivre, car j'espère mettre le pied dans leur Ville avant qu'il soit trois jours. Je ne crois pas que vous puissiez concevoir de quelle façon ces grands génies se sont transportés ici. – Non, certes, m'écriai-je ; car tant d'autres personnes auraient-elles eu jusqu'à présent les yeux bouchés, pour n'en pas trouver le chemin ? Ou bien est-ce qu'après la mort nous tombions entre les mains d'un Examinateur des Esprits, lequel selon notre capacité nous accorde ou nous refuse le droit de Bourgeoisie[2] au Soleil ?

– Ce n'est rien de tout cela, repartit le Vieillard : les âmes viennent par un principe de ressemblance se joindre à cette masse de lumière, car ce Monde-ci n'est formé d'autre chose que des esprits* de tout ce qui

1. Allusion à *La Cité du Soleil*, représentation « utopique » d'une société régie par une harmonie magico-astrologique, rédigée par Campanella et publiée à Francfort en 1623. Mais la description qui suit est très éloignée de la lettre de cet ouvrage.
2. *Droit de bourgeoisie* : droit de citoyenneté (terme juridique).

meurt dans les orbes d'autour, comme sont Mercure, Vénus, la Terre, Mars, Jupiter et Saturne.

« Ainsi dès qu'une Plante, une Bête, ou un Homme expirent, leurs âmes montent sans s'éteindre à sa sphère, de même que vous voyez la flamme d'une chandelle y voler en pointe, malgré le suif qui la tient par les pieds. Or toutes ces âmes, unies qu'elles sont à la source du jour, et purgées de la grosse matière qui les empêchait, elles exercent des fonctions bien plus nobles que celles de croître, de sentir, et de raisonner, car elles sont employées à former le sang et les esprits* vitaux du Soleil, ce grand et parfait animal*. Et c'est aussi pourquoi vous ne devez point douter que le Soleil n'opère de l'esprit bien plus parfaitement que vous, puisque c'est par la chaleur d'un million de ces âmes rectifiées*, dont la sienne est un élixir, qu'il connaît le secret de la vie, qu'il influe à la matière de vos Mondes la puissance d'engendrer, qu'il rend des corps capables de se sentir être, et enfin qu'il se fait voir et fait voir toutes choses.

« Il me reste maintenant à vous expliquer pourquoi les âmes des Philosophes ne se joignent pas essentiellement à la masse du Soleil comme celles des autres Hommes.

« Il y a trois ordres d'esprits dans toutes les Planètes, c'est-à-dire dans les petits Mondes qui se meuvent à l'entour de celui-ci[1].

« Les plus grossiers servent simplement à réparer l'embonpoint du Soleil. Les subtils s'insinuent à la place de ses rayons ; mais ceux des Philosophes, sans avoir rien contracté d'impur dans leur exil, arrivent tout entiers à la sphère du jour pour en être habitants. Or elles ne deviennent pas comme les autres une partie intégrante de sa masse, pour ce que la matière qui les compose, au point de leur génération, se mêle si exactement que rien ne la peut plus déprendre, semblable à

1. La distinction hiérarchique de trois sortes d'esprit est attaquée violemment par le jésuite Garasse (voir le Dossier, doc. 14) comme un trait caractéristique de ceux qu'il appelle « libertins », Cardan, Charron, Vanini, etc. (*La Doctrine curieuse*, 1623, p. 23*sq*).

celle qui forme l'or, les diamants, et les astres, dont toutes les parties sont mêlées par tant d'enlacements, que le plus fort dissolvant n'en saurait relâcher l'étreinte.

« Or ces âmes de Philosophes sont tellement à l'égard des autres âmes, ce que l'or, les diamants et les astres sont à l'égard des autres corps, qu'Épicure dans le Soleil est le même Épicure qui vivait jadis sur la Terre. »

Le plaisir que je recevais en écoutant ce grand Homme m'accourcissait le chemin, et j'entamais souvent tout exprès des matières savantes et curieuses sur lesquelles je sollicitais sa pensée afin de m'instruire. Et certes, je n'ai jamais vu de bonté si grande que la sienne ; car quoiqu'il pût, à cause de l'agilité de sa substance, arriver tout seul en fort peu de journées au Royaume des Philosophes, il aima mieux s'ennuyer longtemps avec moi que de m'abandonner parmi ces vastes solitudes.

Cependant il était pressé ; car je me souviens que m'étant avisé de lui demander pourquoi il s'en retournait avant d'avoir reconnu toutes les régions de ce grand Monde, il me répondit que l'impatience de voir un de ses Amis, lequel était nouvellement arrivé, l'obligeait à rompre son voyage. Je reconnus, par la suite de ce discours, que cet Ami était ce fameux Philosophe de notre temps, Monsieur Descartes, et qu'il ne se hâtait que pour le joindre[1].

Il me répondit encore, sur ce que je lui demandai en quelle estime il avait sa Physique, qu'on ne la devait lire qu'avec le même respect qu'on écoute prononcer des Oracles. « Ce n'est pas, ajouta-t-il, que la science des choses naturelles n'ait besoin, comme les autres sciences, de préoccuper notre jugement d'axiomes qu'elle ne prouve point ; mais les principes de la sienne sont si simples et si naturels qu'étant supposés, il n'y

1. Descartes est mort le 11 février 1650. Sur l'« amitié » très relative, dans le monde réel, entre Descartes et Campanella, voir la Présentation.

en a aucune qui satisfasse plus nécessairement à toutes les apparences. »

Je ne pus en cet endroit m'empêcher de l'interrompre. « Mais, lui dis-je, il me semble que ce Philosophe a toujours impugné* le vide ; et cependant, quoiqu'il fût Épicurien[1], afin d'avoir l'honneur de donner un principe aux principes d'Épicure, c'est-à-dire aux atomes*, il a établi pour commencement des choses un chaos de matière tout à fait solide, que Dieu divisa en un nombre innombrable de petits carreaux, à chacun desquels il imprima des mouvements opposés[2]. Or il veut que ces cubes, en se froissant l'un contre l'autre, se soient égrugés* en parcelles de toutes sortes de figures. Mais comment peut-il concevoir que ces pièces carrées aient commencé de tourner séparément, sans avouer qu'il s'est fait du vide entre leurs angles ? Ne s'en rencontrait-il pas nécessairement dans les espaces que les angles de ces carreaux étaient contraints d'abandonner pour se mouvoir ? Et puis ces

---

1. Bien entendu, Descartes n'est pas épicurien (voir en particulier les *Principes*, IV, § 202). Cependant, comme les épicuriens, il rejette la conception aristotélicienne et scolastique de la matière (la doctrine des qualités) pour affirmer la nature corpusculaire de la matière. Face à cette opposition commune, l'extrême divergence entre les philosophies de Descartes et d'Épicure n'était pas, au XVII^e^ siècle, aussi importante que pour nous. – Entre autres différences, Descartes, contrairement aux épicuriens, refuse d'admettre la possibilité du vide, parce que l'*étendue* (l'espace) s'identifie pour lui à la *matière* : une étendue sans matière est pour Descartes une contradiction dans les termes (*Principes*, I, 10-11, II, 17, etc.).

2. Ce développement rappelle les explications de Descartes dans les *Principes*, en particulier le passage où il définit les « tourbillons », éléments clés de sa physique (*Principes*, III, 46*sq*, 86-87, et *passim*). En effet, pour rendre compte des phénomènes, Descartes pose la fiction d'une constitution de l'univers à partir des mouvements incessants de particules premières. La description des « mouvements » et des « figures » chez Descartes est assez différente dans le détail. Mais Cyrano a raison de souligner, après bien d'autres, une difficulté évidente du système physique de Descartes ; pour remplir l'espace entre les particules primordiales, Descartes est contraint de supposer le mouvement infiniment rapide de particules infiniment infimes, mais il se refuse à aller jusqu'à admettre l'absence totale de particules, le vide, qui semble pourtant découler logiquement de ses principes.

carreaux qui n'occupaient qu'une certaine étendue, avant que de tourner, peuvent-ils s'être mus en cercle, qu'ils n'en aient occupé dans leur circonférence encore une fois autant ? La Géométrie nous enseigne que cela ne se peut : donc la moitié de cet espace a dû nécessairement demeurer vide, puisqu'il n'y avait point encore d'atomes* pour la remplir[1]. »

Mon Philosophe me répondit que Monsieur Descartes nous rendrait raison de cela lui-même, et qu'étant né aussi obligeant que Philosophe, il serait assurément ravi de trouver en ce Monde un Homme mortel pour l'éclaircir de cent doutes[2] que la surprise de la mort l'avait contraint de laisser à la Terre qu'il venait de quitter ; qu'il ne croyait pas qu'il eût grande difficulté à y répondre suivant ses principes, que je n'avais examinés qu'autant que la faiblesse de mon esprit me le pouvait permettre ; « Parce, disait-il, que les ouvrages de ce grand Homme sont si pleins et si subtils, qu'il faut une attention pour les entendre* qui demande l'âme d'un vrai et consommé Philosophe. Ce qui fait qu'il n'y a pas Philosophe dans le Soleil qui n'ait de la vénération pour lui ; jusque-là que l'on ne veut pas lui contester le premier rang, si sa modestie ne l'en éloigne.

« Pour tromper la peine que la longueur du chemin pourrait vous apporter, nous en discourrons suivant ses principes, qui sont assurément si clairs, et semblent si bien satisfaire à tout par l'admirable lumière de ce

---

1. Cyrano se réfère encore au livre III des *Principes de philosophie*, et développe avec rigueur (le calcul est exact) une objection courante à la conception cartésienne du mouvement de la matière ; on la rencontre à peu près dans les mêmes termes chez Bernier, qui expose ainsi la doctrine de Gassendi : « Il est impossible que ces carrés venant tous à tourner tout d'un coup sur leurs centres, ils n'aient occupé plus de lieu que lorsqu'ils étaient en repos ; d'où l'on doit inférer qu'au-delà de cette prétendue masse indéfinie, il y avait donc des espaces vides, ou qui n'étaient pas occupés, ce qui est contre la supposition du plein », *Abrégé de la philosophie de Gassendi* (1684), Fayard, rééd. 1992, t. II, p. 187-188.
2. *Doutes* : c'est l'expression employée pour présenter les objections formulées par différents philosophes, dont Gassendi, aux propositions de Descartes.

grand Génie, qu'on dirait qu'il a concouru à la belle et magnifique structure de cet Univers [1]. »

« Vous vous souvenez bien qu'il dit que notre entendement est fini. Ainsi, la matière étant divisible à l'infini, il ne faut pas douter que c'est une de ces choses qu'il ne peut comprendre ni imaginer, et qu'il est bien au-dessus de lui d'en rendre raison. Mais, dit-il, quoique cela ne puisse tomber sous les sens, nous ne laissons* pas de concevoir que cela se fait, par la connaissance que nous avons de la matière ; et nous ne devons pas, dit-il, hésiter à déterminer notre jugement sur les choses que nous concevons [2]. En effet, pouvons-nous imaginer la manière dont l'âme agit sur le corps ? Cependant on ne peut nier cette vérité, ni la révoquer en doute ; au lieu que c'est une absurdité bien plus grande d'attribuer au vide cette qualité de céder au corps, et cet espace, qui sont les dépendances d'une étendue qui ne peut convenir qu'à la substance, vu que l'on confondrait l'idée du rien avec celle de l'être, et que l'on lui donnerait des qualités, à lui qui ne peut rien produire, et ne peut être auteur de quoi que ce soit [3].

Mais, dit-il [4], pauvre mortel, je sens que ces spéculations te fatiguent, parce que comme dit cet excellent homme, tu n'as jamais pris peine à bien épurer ton esprit d'avec la masse de ton corps, et parce que tu l'as rendu si paresseux qu'il ne veut plus faire aucune fonction sans le secours des sens. »

---

1. Descartes, qui présente ses hypothèses avec la plus grande prudence (« Et tant s'en faut que je veuille qu'on croie toutes les choses que j'écrirai, que même je prétends en proposer ici quelques-unes que je crois absolument fausses », *Principes*, III, 46), n'aurait jamais osé prétendre une chose pareille. Mais Cyrano voit en Descartes un héros de la pensée, un nouveau Prométhée.
2. C'est dans des termes très voisins que Descartes justifie l'hypothèse d'une matière divisible à l'infini, qui lui permet d'éluder la nécessité du vide (*Principes*, II, § 35). Descartes avance effectivement dans ce passage l'argument de la finitude de la pensée.
3. C'est la suite du même raisonnement cartésien : il y a des vérités incontestables qui échappent aux sens, à l'imagination, et même à l'entendement fini ; pour Descartes, l'hypothèse de la divisibilité infinie de la matière est moins absurde que l'existence du vide.
4. Le « il » renvoie cette fois à Campanella.

Je lui allais repartir, lorsqu'il me tira par le bras pour me montrer un Vallon de merveilleuse beauté. « Apercevez-vous, me dit-il, cette enfonçure de terrain où nous allons descendre ? On dirait que le coupeau* des Collines qui la bornent se soit exprès couronné d'arbres, pour inviter par la fraîcheur de son ombre les passants au repos[1]. C'est au pied de l'un de ces Coteaux que le Lac du Sommeil prend sa source ; il n'est formé que de la liqueur* des cinq Fontaines. Au reste, s'il ne se mêlait aux trois Fleuves, et par sa pesanteur n'engourdissait leurs eaux, aucun animal* de notre Monde ne dormirait. »

Je ne puis exprimer l'impatience qui me pressait de le questionner sur ces trois Fleuves, dont je n'avais point encore ouï parler. Mais je restai content, quand il m'eut promis que je verrais tout. Nous arrivâmes bientôt après dans le Vallon, et quasi au même temps, sur le tapis qui borde ce grand Lac.

« En vérité, me dit Campanella, vous êtes bien heureux de voir avant [de] mourir toutes les merveilles de ce Monde ; c'est un bien pour les habitants de votre globe, d'avoir porté un Homme qui lui puisse apprendre les merveilles du Soleil, puisque sans vous ils étaient en danger de vivre dans une grossière ignorance, et de goûter cent douceurs sans savoir d'où elles viennent ; car on ne saurait imaginer les libéralités que le Soleil fait à tous vos petits globes ; et ce Vallon seul répand une infinité de biens par tout l'Univers, sans lesquels vous ne pourriez vivre, et ne pourriez pas seulement voir le jour. Il me semble que c'est assez d'avoir vu cette Contrée, pour vous faire avouer que le Soleil est votre Père, et qu'il est l'auteur de toutes choses[2]. Pour que ces cinq ruisseaux viennent se dégorger dedans, ils ne courent que quinze ou seize heures, et

1. Tournant dans le texte : alors que l'insuffisance des sens vient d'être soulignée, le Narrateur et Campanella s'accordent désormais pour céder à leurs délices.

2. Le soleil « père », « auteur de toutes choses » : Campanella a désormais cessé de prêter sa voix à la physique cartésienne : c'est son propre vocabulaire (empreint de néoplatonisme magique) qui réapparaît.

cependant ils paraissent si fatigués quand ils arrivent, qu'à peine se peuvent-ils remuer ; mais ils témoignent leur lassitude par des effets bien différents, car celui de la vue s'étrécit à mesure qu'il s'approche de l'Étang du Sommeil ; l'ouïe à son embouchure se confond, s'égare et se perd dans la vase ; l'odorat excite un murmure semblable à celui d'un Homme qui ronfle ; le goût, affadi du chemin, devient tout à fait insipide ; et le toucher, naguère si puissant qu'il logeait tous ses compagnons[1], est réduit à cacher sa demeure. De son côté la Nymphe de la Paix, qui fait sa demeure au milieu du Lac, reçoit ses hôtes à bras ouverts, les couche dans son lit, et les dorlote avec tant de délicatesse que pour les endormir, elle prend elle-même le soin de les bercer. Quelque temps après s'être ainsi confondus dans ce vaste rond d'eau, on le voit à l'autre bout se partager derechef en cinq ruisseaux qui reprennent les mêmes noms en sortant qu'ils avaient laissés en entrant. Mais les plus hâtés de partir, et qui tiraillent leurs compagnons pour se mettre en chemin, c'est l'ouïe et le toucher ; car pour les trois autres, ils attendent que ceux-ci les éveillent, et le goût spécialement demeure toujours derrière les autres.

Le noir concave d'une Grotte se voûte par-dessus le Lac du Sommeil. Quantité de Tortues se promènent à pas lents sur les rivages ; mille fleurs de Pavot communiquent à l'eau, en s'y mirant, la vertu* d'endormir ; on voit jusqu'à des Marmottes arriver de cinquante lieues pour y boire ; et le gazouillis de l'onde est si charmant, qu'il semble qu'elle se froisse contre les cailloux avec mesure, et tâche de composer une musique assoupissante. »

Le sage Campanella prévit sans doute que j'en allais sentir quelque atteinte, c'est pourquoi il me conseilla de doubler le pas. Je lui eusse obéi, mais les charmes de cette eau m'avaient tellement enveloppé la raison qu'il ne m'en resta presque pas assez pour entendre ces dernières paroles : « Dormez donc, dormez ! je vous

---

1. Campanella écrit en ce sens : « Tous les sens sont des touchers ; mais les organes et les modalités des sensations diffèrent » (*De sensu*, II, 12).

laisse ; aussi bien les songes qu'on fait ici son ment parfaits, que vous serez quelque jour bien aise vous ressouvenir de celui que vous allez faire. Je me divertirai cependant à visiter les raretés du lieu, et puis je vous viendrai rejoindre. » Je crois qu'il ne discourut pas davantage, ou bien la vapeur du sommeil m'avait déjà mis hors d'état de pouvoir l'écouter.

J'étais au milieu d'un songe le plus savant et le mieux conçu du monde, quand mon Philosophe me vint éveiller. Je vous en ferai le récit lorsque cela n'interrompra point le fil de mon discours ; car il est tout à fait important que vous le sachiez, pour vous faire connaître avec quelle liberté l'esprit des habitants du Soleil agit pendant que le sommeil captive les sens. Pour moi je pense que ce Lac évapore un air qui a la propriété d'épurer entièrement l'esprit de l'embarras* des sens, car il ne se présente rien à votre pensée qui ne semble vous perfectionner et vous instruire : c'est ce qui fait que j'ai le plus grand respect du monde pour ces Philosophes qu'on nomme « rêveurs », dont nos ignorants se moquent[1].

J'ouvris donc les yeux comme en sursaut ; il me semble que j'ouïs qu'il disait : « Mortel, c'est assez dormir ! levez-vous si vous désirez voir une rareté qu'on n'imaginerait jamais dans votre Monde. Depuis une heure environ que je vous ai quitté, pour ne point troubler votre repos, je me suis toujours promené le long des cinq Fontaines qui sortent de l'Étang du Sommeil. Vous pouvez croire avec combien d'attention je les ai toujours considérées ; elles portent le nom des cinq sens, et coulent fort près l'une de l'autre. Celle de la vue semble un tuyau fourchu plein de diamants en poudre, et de petits miroirs qui dérobent et restituent les images de tout ce qui se présente ; elle environne de son cours le royaume des

1. L'expression renvoie aux philosophes magico-hermétiques et alchimistes. Elle était surtout employée par leurs adversaires, mais ils la revendiquaient parfois eux-mêmes. Voir S. Matton, « Le rêve dans les "secrètes sciences" : spirituels, kabbalistes chrétiens et alchimistes », *Revue des sciences humaines*, n° 211, juillet-septembre 1988, p. 174.

Lynx[1]. Celle de l'ouïe est pareillement double ; elle tourne en s'insinuant comme un dédale, et l'on oit retentir au plus creux des concavités de sa couche un écho de tout le bruit qui résonne alentour ; je suis fort trompé si ce ne sont des Renards que j'ai vus s'y curer les oreilles. Celle de l'odorat paraît comme les précédentes, qui se divise en deux petits canaux cachés sous une seule voûte ; elle extrait de tout ce qu'elle rencontre je ne sais quoi d'invisible, dont elle compose mille sortes d'odeurs qui lui tiennent lieu d'eau ; on trouve aux bords de cette source force Chiens qui s'affinent le nez. Celle du goût coule par saillies, lesquelles n'arrivent ordinairement que trois ou quatre fois le jour ; encore faut-il qu'une grande vanne de corail soit levée, et, par-dessous celle-là quantité d'autres fort petites qui sont d'ivoire ; sa liqueur* ressemble à de la salive. Mais quant à la cinquième, celle du toucher, elle est si vaste et si profonde qu'elle environne toutes ses sœurs, jusqu'à coucher de son long dans leur lit, et son humeur* épaisse se répand au large sur des gazons tout verts de plantes sensitives.

Or vous saurez que j'admirais, glacé de vénération, les mystérieux détours de toutes ces Fontaines, quand à force de cheminer je me suis trouvé à l'embouchure où elles se dégorgent dans les trois Rivières. Mais suivez-moi, vous comprendrez beaucoup mieux la disposition de toutes ces choses en les voyant. »

Une promesse si forte selon moi acheva de m'éveiller. Je lui tendis le bras, et nous marchâmes par le même chemin qu'il avait tenu le long des levées qui compriment les cinq ruisseaux, chacun dans son canal.

Au bout environ d'une stade*, quelque chose d'aussi luisant qu'un Lac parvint à nos yeux. Le sage Campanella ne l'eut pas plus tôt aperçu qu'il me dit : « Enfin, mon Fils, nous touchons au port : je vois distinctement les trois Rivières. » À cette nouvelle, je me sentis transporter d'une telle ardeur, que je pensais être devenu Aigle. Je volai plutôt que je ne marchai, et courus tout

1. Le Lynx, selon Furetière, est un « animal que la plupart des Modernes croient fabuleux, [et] que les Anciens ont dit avoir une vue si subtile qu'il voyait à travers les murailles ».

autour, d'une curiosité si avide qu'en moins d'une heure mon Conducteur et moi nous remarquâmes ce que vous allez entendre.

Trois grands Fleuves arrosent les campagnes brillantes de ce Monde embrasé. Le premier et le plus large se nomme la Mémoire ; le second, plus étroit, mais plus creux, l'Imagination ; le troisième, plus petit que les autres, s'appelle Jugement[1].

Sur les rives de la Mémoire, on entend jour et nuit un ramage importun de Geais, de Perroquets, de Pies, d'Étourneaux, de Linottes, de Pinsons, de toutes les espèces qui gazouillent ce qu'elles ont appris. La nuit ils ne disent mot, car ils sont pour lors occupés à s'abreuver de la vapeur épaisse qu'exhalent ces lieux aquatiques. Mais leur estomac cacochyme* la digère si mal qu'au matin, quand ils pensent l'avoir convertie en leur substance, on la voit tomber de leur bec aussi pure qu'elle était dans la Rivière. L'eau de ce Fleuve paraît gluante, et roule avec beaucoup de bruit ; les échos qui se forment dans ses cavernes répètent la parole jusques à plus de mille fois ; elle engendre de certains Monstres dont le visage approche du visage de Femme[2]. Il s'y en voit d'autres plus furieux, qui ont la tête cornue et carrée, à peu près semblable à celle de nos Pédants. Ceux-là ne s'occupent qu'à crier, et ne disent pourtant que ce qu'ils se sont entendu dire les uns aux autres.

Le Fleuve de l'Imagination coule plus doucement ; sa liqueur* légère et brillante étincelle de tous côtés. Il semble, à regarder cette eau d'un torrent de bluettes* humides, qu'elles n'observent en voltigeant aucun ordre certain. Après l'avoir considérée plus attentivement, je pris garde que l'humeur* qu'elle roulait dans sa couche, était de pur or potable, et son écume de l'huile de Talc[3]. Le Poisson qu'elle nourrit, ce sont des Rémores, des Sirènes

---

1. La Mémoire, le Jugement et l'Imagination sont les trois facultés traditionnellement attribuées à l'homme, d'après le traité *De l'âme* d'Aristote.
2. Trait de satire misogyne traditionnelle : les femmes, comme les pédants, jacassent de mémoire, sans jugement.
3. Substances imaginaires recherchées par les alchimistes, qui cherchaient à réduire les minéraux (l'or, ou la pierre dite *talc*) en liquides pour en faire des remèdes universels.

et des Salamandres ; on y trouve, au lieu de gravier, de ces cailloux dont parle Pline, avec lesquels on devient pesant quand on les touche par l'envers, et léger quand on se les applique par l'endroit[1]. J'y en remarquai de ces autres encore, dont Gygès avait un anneau[2], qui rendent invisibles ; mais surtout un grand nombre de pierres philosophales éclatent parmi son sable[3]. Il y avait sur les rivages force arbres fruitiers, principalement de ceux que trouva Mahomet en Paradis[4] ; les branches fourmillaient de phénix, et j'y remarquai des sauvageons* de ce Fruitier où la Discorde cueillit la pomme qu'elle jeta aux pieds des trois Déesses[5] ; on avait enté dessus des greffes du jardin des Hespérides. Chacun de ces deux larges Fleuves se divise en une infinité de bras qui s'entrelacent ; et j'observai que quand un grand ruisseau de la Mémoire en approchait un plus petit de l'Imagination, il éteignait aussitôt celui-là ; mais qu'au contraire, si le ruisseau de l'Imagination était plus vaste, il tarissait celui de la Mémoire. Or comme ces trois Fleuves, soit dans leur canal, soit dans leurs bras, cheminent toujours à côté l'un de l'autre, partout où la Mémoire est forte, l'Imagination diminue ; et celle-ci grossit, à mesure que l'autre s'abaisse.

---

1. Godwin, dans *L'Homme dans la Lune*, présente un phénomène semblable (*op. cit.*, p. 138-139). Les étranges propriétés de pierres mythiques, souvent rapportées par les naturalistes anciens, fascinaient les adeptes d'une vie magique de la matière (Campanella, ou encore Jacques Gaffarel, etc.).
2. Gygès, roi de Lydie (VIIe siècle av. J.-C) aurait possédé un anneau qui rendait invisible celui qui le portait. Très souvent repris, le mythe se trouve à l'origine dans la *République* de Platon (II, 3).
3. Le pluriel est ironique : on appelle « pierre philosophale » le but occulte des opérations alchimiques ; elle est donc recherchée activement par les alchimistes mais ne s'est pas encore rencontrée, même au singulier.
4. Le « jardin des délices » est effectivement évoqué dans le Coran, sourate LVI.
5. Allusion mythologique : la Discorde, qui n'a pas été conviée aux noces de Thétis et de Pélée, jette dans la salle une pomme d'or du jardin des Hespérides, portant ces mots : « À la plus belle ». Les déesses Héra, Athéna, Aphrodite rivalisent pour l'obtenir. Zeus remet le jugement entre les mains du jeune Troyen Pâris, qui élit Aphrodite et reçoit en récompense l'amour de la belle Hélène : c'est l'origine de la guerre de Troie.

Proche* de là coule d'une lenteur incroyable la Rivière du Jugement ; son canal est profond, son humeur* semble froide ; et lorsqu'on en répand sur quelque chose, elle sèche au lieu de mouiller. Il croît parmi la vase de son lit des plantes d'Ellébore [1], dont la racine qui s'étend en longs filaments nettoie l'eau de sa bouche. Elle nourrit des Serpents, et dessus l'herbe molle qui tapisse ses rivages un million d'Éléphants se reposent [2]. Elle se distribue comme ses deux germaines en une infinité de petits rameaux ; elle grossit en cheminant et, quoiqu'elle gagne toujours pays*, elle va et revient éternellement sur soi-même.

De l'humeur de ces trois Rivières tout le Soleil est arrosé ; elle sert à détremper les atomes* brûlants de ceux qui meurent dans ce grand Monde ; mais cela mérite bien d'être traité plus au long.

La vie des animaux* du Soleil est fort longue, ils ne finissent que de mort naturelle qui n'arrive qu'au bout de sept à huit mille ans quand, pour les continus excès d'esprit où leur tempérament* de feu les incline, l'ordre de la matière se brouille ; car aussitôt que dans un corps la Nature sent qu'il faudrait plus de temps à réparer les ruines de son être qu'à en composer un nouveau, elle aspire à se dissoudre, si bien que de jour en jour on voit non pas pourrir, mais tomber l'animal en particules semblables à de la cendre rouge.

Le trépas n'arrive guère que de cette sorte. Expiré donc qu'il est, ou pour mieux dire éteint, les petits corps* ignés qui composaient sa substance entrent dans la grosse matière de ce monde allumé, jusqu'à ce que le hasard les ait abreuvés de l'humeur des trois Rivières ; car alors devenus mobiles par leur fluidité, afin d'exercer vitement les facultés dont cette eau leur vient d'imprimer l'obscure connaissance, ils s'attachent en longs filets, et par un flux de points lumineux, s'aiguisent en rayons et se répandent aux sphères d'alentour, où ils ne sont pas plus tôt enveloppés qu'ils arrangent eux-mêmes la

1. Plante médicinale, supposée guérir de la folie.
2. L'éléphant est « le plus spirituel des animaux terrestres à quatre pieds », selon Furetière.

matière, autant qu'ils peuvent, dedans la forme propre à exercer toutes les fonctions dont ils ont contracté l'instinct dans l'eau des trois Rivières, des cinq Fontaines, et de l'Étang. C'est pourquoi ils se laissent attirer aux Plantes pour végéter ; les Plantes se laissent brouter aux animaux pour sentir ; et les animaux se laissent manger aux Hommes afin qu'étant passés en leur substance, ils viennent à réparer ces trois facultés, de la Mémoire, de l'Imagination et du Jugement dont les Rivières du Soleil leur avaient fait pressentir la puissance [1].

Or selon que les atomes* ont plus ou moins trempé dedans l'humeur* de ces trois Fleuves, ils apportent aux animaux* plus ou moins de Mémoire, d'Imagination ou de Jugement, et selon que dans les trois Fleuves ils ont plus ou moins contracté de la liqueur* des cinq Fontaines et de celle du petit Lac, ils leur élaborent des sens plus ou moins parfaits, et produisent des âmes plus ou moins endormies.

Voici à peu près ce que nous observâmes touchant la nature de ces trois Fleuves. On en rencontre partout de petites veines écartées çà et là ; mais pour les bras principaux, ils vont droit aboutir à la Province des Philosophes. Aussi nous rentrâmes dans le grand chemin sans nous éloigner du courant que ce qu'il faut pour monter sur la chaussée. Nous vîmes toujours les trois grandes Rivières qui flottaient à côté de nous ; mais pour les cinq Fontaines, nous les regardions de haut en bas serpenter dans la Prairie. Cette route est fort agréable, quoique solitaire ; on y respire un air libre et subtil qui nourrit l'âme et la fait régner sur les passions.

Au bout de cinq ou six journées de chemin, comme nous divertissions nos yeux à considérer le différent et riche aspect des paysages, une voix languissante comme d'un malade qui gémirait, parvint à nos oreilles. Nous

1. Les êtres du Soleil sont donc pris dans un mouvement de régénérescence continuelle, et purement matérielle. La mort n'est pas autre chose que la dissolution d'une certaine disposition des atomes, qui se dispersent puis se recomposent dans le grand cycle naturel du végétal et de l'animal. Cette conception, qui mêle l'atomisme de Lucrèce au principe de.la métempsycose, revient constamment dans l'œuvre de Giordano Bruno.

nous approchâmes du lieu d'où nous jugions qu'elle pouvait venir, et nous trouvâmes, sur la rive du Fleuve Imagination, un Vieillard tombé à la renverse qui poussait de grands cris. Les larmes de compassion m'en vinrent aux yeux ; et la pitié que j'eus du mal de ce misérable me convia d'en demander la cause. « Cet homme, me répondit Campanella se tournant vers moi, est un Philosophe réduit à l'agonie ; car nous mourons plus d'une fois, et comme nous ne sommes que des parties de cet Univers, nous changeons de forme pour aller reprendre vie ailleurs ; ce qui n'est point un mal, puisque c'est un chemin pour perfectionner son être, et pour arriver à un nombre infini de connaissances. Son infirmité est celle qui fait mourir presque tous les grands Hommes. »

Son discours m'obligea de considérer le malade plus attentivement, et dès la première œillade, j'aperçus qu'il avait la tête grosse comme un tonneau, et ouverte par plusieurs endroits.

« Or sus ! me dit Campanella, me tirant par le bras, toute l'assistance que nous croirions donner à ce moribond serait inutile, et ne ferait que l'inquiéter. Passons outre, aussi bien son mal est incurable. L'enflure de sa tête provient d'avoir trop exercé son esprit ; car encore que les espèces* dont il a rempli les trois organes ou les trois ventricules de son cerveau soient des images fort petites, elles sont corporelles, et capables par conséquent de remplir un grand lieu quand elles sont fort nombreuses. Or vous saurez que ce Philosophe a tellement grossi sa cervelle, à force d'entasser image sur image, que ne les pouvant plus contenir, elle s'est éclatée[1]. Cette façon de mourir est celle des grands Génies, et cela s'appelle "crever d'esprit[2]". »

1. Cyrano pousse jusqu'au burlesque la théorie de la vue et des images que développe Lucrèce au livre IV du *De rerum natura*, et selon laquelle les images des choses (ici appelées « espèces ») sont des sortes de pellicules matérielles qui se détachent des objets pour venir frapper l'œil.

2. Jeu de mot sur l'expression « crever d'esprit ». Ce type de jeu de mot est ce qu'on appelle une « pointe », style exploité par Cyrano dans ses *Entretiens pointus*, publiés en même temps que *Les États et Empires du Soleil*.

Nous marchions toujours en parlant, et les premières choses qui se présentaient à nous nous fournissaient matière d'entretien. J'eusse pourtant bien voulu sortir des régions opaques du Soleil pour rentrer dans les lumineuses ; car le Lecteur saura que toutes les contrées n'en sont pas diaphanes ; il y en a qui sont obscures comme celles de notre Monde, et qui, sans la lumière d'un Soleil qu'on aperçoit de là, seraient couvertes de ténèbres [1]. Or à mesure qu'on entre dans les opaques, on le devient insensiblement ; et de même, lorsqu'on approche des transparentes, on se sent dépouiller de cette noire obscurité par la vigoureuse irradiation du climat.

Je me souviens qu'à propos de cette envie dont je brûlais, je demandai à Campanella si la Province des Philosophes était brillante ou ténébreuse : « Elle est plus ténébreuse que brillante, me répondit-il ; car comme nous sympathisons* encore beaucoup avec la Terre, notre pays natal, qui est opaque de sa nature, nous n'avons pas pu nous accommoder dans les régions de ce globe les plus éclairées. Nous pouvons toutefois, par une vigoureuse contention* de la volonté, nous rendre diaphanes lorsqu'il nous en prend envie ; et même la plus grande part des Philosophes ne parlent pas avec la langue, mais quand ils veulent communiquer leur pensée, ils se purgent par les élans de leur fantaisie* d'une sombre vapeur, sous laquelle ordinairement ils tiennent leurs conceptions à couvert ; et sitôt qu'ils ont fait redescendre en son siège cette obscurité de rate qui les noircissait [2], comme leur corps est alors diaphane, on aperçoit à travers leur cerveau ce dont ils se souviennent, ce qu'ils imaginent, et ce qu'ils jugent ; et dans leur foie et leur cœur, ce qu'ils désirent

1. Il semble donc que la luminosité du Soleil émane, au moins partiellement, d'un autre Soleil, un Soleil du Soleil. On peut penser aux hypothèses de Bruno : « les habitants des astres lumineux ne perçoivent pas la lumière qui leur est propre mais uniquement celle des astres avoisinants » (*L'Infini, l'univers et les mondes*, Berg International, 1987, p. 109).

2. Dans la théorie médicale héritée de Galien, la rate recueille les ordures du corps, les lourds sédiments du sang et des autres humeurs.

et ce qu'ils résolvent ; car quoique ces petits portraits soient plus imperceptibles qu'aucune chose que nous puissions figurer, nous avons en ce Monde-ci les yeux assez clairs pour distinguer facilement jusqu'aux moindres idées[1].

« Ainsi, quand quelqu'un de nous veut découvrir à son ami l'affection qu'il lui porte, on aperçoit son cœur élancer des rayons jusque dans sa mémoire, sur l'image de celui qu'il aime ; et quand au contraire il veut témoigner son aversion, on voit son cœur darder contre l'image de celui qu'il hait des tourbillons d'étincelles brûlantes, et se retirer tant qu'il peut en arrière. De même, quand il parle en soi-même, on remarque clairement les espèces*, c'est-à-dire les caractères de chaque chose qu'il médite qui, s'imprimant ou se soulevant, viennent présenter aux yeux de celui qui regarde, non pas un discours articulé, mais une histoire en tableaux de toutes ses pensées. »

Mon Guide voulait continuer, mais il en fut détourné par un accident jusqu'à cette heure inouï ; et ce fut que tout à coup nous aperçûmes la Terre se noircir sous nos pas, et le Ciel allumé de rayons s'éteindre sur nos têtes, comme si on eût développé entre nous et le Soleil un dais large de quatre lieues[2].

Il me paraît malaisé de vous dire ce que nous nous imaginâmes dans cette conjoncture. Toutes sortes de terreurs nous vinrent assaillir, jusqu'à celle de la fin du Monde, et nulle de ces terreurs ne nous sembla hors d'apparence* ; car de voir la nuit au Soleil, ou l'air obscurci de nuages, c'est un miracle qui n'arrive point. Ce ne fut pas toutefois encore tout ; incontinent* après,

---

1. Ainsi, les Philosophes du Soleil n'ont pas besoin, pour communiquer, du langage articulé : leur corps se fait tableau en mouvement pour rendre lisibles leurs jugements, leurs désirs, etc. On retrouve une fois encore deux motifs essentiels du récit, la matérialité des actions supposées spirituelles, et la puissance des images et de la vue.
2. Il y a, on l'a vu (note 1, p. 196), un autre Soleil qui éclaire le Soleil. Ce n'est donc pas un hasard si dans cette phrase le sol du Soleil est appelé « Terre ». Le récit représente un espace infini où les dénominations habituelles n'ont plus de sens, où le Soleil est une autre Terre pour un autre Soleil.

un bruit aigre et criard, semblable au son d'une poulie qui tournerait avec rapidité, vint frapper nos oreilles, et tout au même temps nous vîmes choir à nos pieds une cage. À peine eut-elle joint le sable, qu'elle s'ouvrit pour accoucher d'un Homme et d'une Femme ; ils traînaient une ancre qu'ils accrochèrent aux racines d'un Roc. Ensuite de quoi nous les aperçûmes venir à nous. La Femme conduisait l'Homme, et le tiraillait en le menaçant. Quand elle en fut fort près : « Messieurs, dit-elle d'une voix un peu émue, n'est-ce pas ici la Province des Philosophes ? » Je répondis que non, mais que dans vingt-quatre heures nous espérions y arriver ; que ce Vieillard qui me souffrait* en sa compagnie était un des principaux Officiers de cette Monarchie.

« Puisque vous êtes Philosophe, répondit cette Femme, adressant la parole à Campanella, il faut que sans aller plus loin je vous décharge ici mon cœur. »

« Pour vous raconter donc en peu de mots le sujet qui m'amène, vous saurez que je viens me plaindre d'un assassinat commis en la personne du plus jeune de mes enfants ; ce barbare que je tiens l'a tué deux fois, encore qu'il fût son père. » Nous restâmes fort embarrassés de ce discours ; c'est pourquoi je voulus savoir ce qu'elle entendait* par un enfant tué deux fois. « Sachez, répondit cette Femme, qu'en notre pays il y a parmi les autres statuts d'Amour une Loi qui règle le nombre des baisers auxquels un Mari est obligé à sa Femme. C'est pourquoi tous les soirs chaque Médecin dans son quartier, va par toutes les maisons, où après avoir visité le Mari et la Femme, il les taxe pour cette nuit-là, selon leur santé forte ou faible, à tant ou tant d'embrassements [1]. Or le mien que voilà avait été mis à sept. Cependant, piqué de quelques paroles un peu fières que je lui avais dites en nous couchant, il ne m'approcha point tant que nous demeurâmes au lit.

---

1. Cyrano détourne plaisamment les motifs de *La Cité du Soleil* de Campanella, où la vie sexuelle des habitants est réglée par l'administration et le corps médical. L'utopie de Campanella n'est ni comique ni érotique, et n'évoque pas la possibilité de contraindre un couple à sept « embrassements » de suite.

Mais Dieu, qui venge la cause des affligés, permit qu'en songe ce misérable, chatouillé par le ressouvenir des baisers qu'il me retenait injustement, laissa perdre un Homme. Je vous ai dit que son Père l'a tué deux fois pour ce que, l'empêchant d'être, il a fait qu'il n'est point, voilà son premier assassinat ; et a fait qu'il n'a point été, voilà son second ; au lieu qu'un meurtrier ordinaire fait bien que celui qu'il prive du jour n'est plus, mais il ne saurait faire qu'il n'ait point été[1]. Nos Magistrats en auraient fait bonne justice ; mais l'artificieux a dit, pour excuse, qu'il aurait satisfait au devoir conjugal, s'il n'eût appréhendé (me baisant* au fort de la colère où je l'avais mis) d'engendrer un Homme furieux.

« Le Sénat, embarrassé de cette justification, nous a ordonné de nous venir présenter aux Philosophes, et de plaider devant eux notre cause. Aussitôt que nous eûmes reçu l'ordre de partir, nous nous mîmes dans une cage pendue au cou de ce grand Oiseau que vous voyez, d'où par le moyen d'une poulie que nous y attachâmes, nous dévalons à terre et nous nous guindons* en l'air. Il y a des personnes dans notre Province établies exprès pour les apprivoiser jeunes, et les instruire aux travaux qui nous sont utiles[2]. Ce qui les attrait principalement contre leur nature féroce à se rendre disciplinables, c'est qu'à leur faim, qui ne se peut

---

1. Le principe est avancé par Marsile Ficin, d'après Platon : « Celui qui empêche un homme de naître n'est pas moins homicide que celui qui le tue quand il est né. Certes, celui qui supprime une vie déjà commencée est plus audacieux, par contre il est plus cruel de refuser le jour à qui doit naître et de tuer ses fils avant leur naissance » (*Commentaire sur le « Banquet »*, *op. cit.*, p. 230. Voir Platon, *Lois*, 626 b-d). L'idée ne pouvait que séduire Cyrano pour ses potentialités érotiques (voir aussi Montaigne, *Essais*, I, XXX).

2. Il y a là sans doute un souvenir de *L'Homme dans la Lune* de Godwin, où le narrateur décrit longuement la technique qu'il a élaborée pour se faire transporter par des oies sauvages. Voir le Dossier, doc. 6. Sur le condor, voir l'article « *Cuntur*, ou Condor » de Furetière : « C'est un oiseau fameux au Pérou, et que les peuples ont adoré comme un de leurs principaux Dieux. Il y en a de si grands, qu'ils ont cinq à six aunes de long à les mesurer d'une pointe de l'aile à l'autre ; et qui sont si furieux, qu'il s'en est trouvé qui ont tué des Espagnols. »

presque assouvir, nous abandonnons les cadavres de toutes les Bêtes qui meurent. Au reste, quand nous voulons dormir (car, à cause des excès d'amour trop continus qui nous affaiblissent, nous avons besoin de repos), nous lâchons à la campagne d'espace en espace vingt ou trente de ces oiseaux, attachés chacun à une corde, qui, prenant l'essor avec leurs grandes ailes, déploient dans le Ciel une nuit plus large que l'horizon. » J'étais fort attentif et à son discours et à considérer, tout extasié, l'énorme taille de cet Oiseau géant ; mais sitôt que Campanella l'eût regardé :

« Ha ! vraiment, s'écria-t-il, c'est un de ces Monstres à plume appelés Condors, qu'on voit dans l'île de Mandragore à notre Monde, et par toute la Zone Torride ; ils y couvrent de leurs ailes un arpent de terre. Mais comme ces animaux deviennent plus démesurés, à proportion que le Soleil qui les a vus naître est plus échauffé, il ne se peut qu'ils ne soient au Monde du Soleil d'une épouvantable grandeur.

« Toutefois, ajouta-t-il se tournant vers la Femme, il faut nécessairement que vous acheviez votre voyage ; car c'est à Socrate, auquel on a donné la Surintendance des mœurs, qu'[il] appartient de vous juger[1]. Je vous conjure cependant de nous apprendre de quelle contrée vous êtes, parce que comme il n'y a que trois ou quatre ans que je suis arrivé en ce Monde-ci, je n'en connais encore guère la Carte.

– Nous sommes, répondit-elle, du Royaume des Amoureux : ce grand État confine d'un côté à la République de la Paix, et de l'autre à celle des Justes.

« Au Pays d'où je viens, à l'âge de seize ans, on met les Garçons au Noviciat d'Amour ; c'est un Palais fort somptueux, qui contient presque le quart de la Cité. Pour les Filles, elles n'y entrent qu'à treize. Ils font là les uns et les autres leur année de probation, pendant laquelle les Garçons ne s'occupent qu'à mériter l'affection des Filles, et les Filles à se rendre dignes de l'amitié des Garçons. Les douze mois expirés, la

1. Socrate est considéré au XVIIe siècle comme la figure même de la philosophie morale.

Faculté de Médecine va visiter en corps ce Séminaire d'Amants. Elle les tâte tous l'un après l'autre, jusqu'aux parties de leurs personnes les plus secrètes, les fait coupler à ses yeux, et puis selon que le mâle se rencontre à l'épreuve vigoureux et bien conformé, on lui donne pour Femmes dix, vingt, trente ou quarante filles de celles qui le chérissaient, pourvu qu'ils s'aiment réciproquement[1]. Le Marié cependant ne peut coucher qu'avec deux à la fois, et [il] ne lui est pas permis d'en embrasser aucune tandis qu'elle est grosse[2]. Celles qu'on reconnaît stériles ne sont employées qu'à servir ; et des Hommes impuissants se font les esclaves qui se peuvent mêler charnellement avec les bréhaignes[3]. Au reste, quand une famille a plus d'enfants qu'elle n'en peut nourrir, la République* les entretient ; mais c'est un malheur qui n'arrive guère, pour ce qu'aussitôt qu'une Femme accouche dans la Cité, l'Épargne fournit une somme annuelle pour l'éducation de l'enfant, selon sa qualité, que les Trésoriers d'État portent eux-mêmes à certain jour à la maison du Père. Mais si vous voulez en savoir davantage, entrez dans notre Mannequin[4], il est assez grand pour quatre. Puisque nous allons même route, nous tromperons en causant la longueur du voyage. »

Campanella fut d'avis que nous acceptassions l'offre. J'en fus pareillement fort joyeux, pour éviter la lassitude, mais quand je vins pour leur aider à lever l'ancre, je fus bien étonné d'apercevoir qu'au lieu d'un gros câble qui la devait soutenir, elle n'était pendue qu'à un brin de soie aussi délié* qu'un cheveu. Je demandai à Campanella comment il se pouvait faire qu'une masse lourde comme était cette ancre, ne fît point rompre par sa pesanteur une chose si frêle ; et le bon Homme me répondit que cette corde ne se rom-

---

1. La parodie du projet médico-sexuel de Campanella dans *La Cité du Soleil* se poursuit.
2. *Grosse* : enceinte.
3. *Bréhaigne* : stérile. Le terme ne s'emploie au XVIIe siècle que pour les femelles d'animaux ; il est « injurieux » (Richelet) ou comique, s'agissant des femmes.
4. *Mannequin* : sorte de panier haut et rond.

pait point pour ce qu'ayant été filée très égale partout, il n'y avait point de raison pourquoi elle dût se rompre plutôt à un endroit qu'à l'autre. Nous nous entassâmes tous dans le panier, et ensuite nous nous pouliâmes [1] jusques au faîte du gosier de l'Oiseau, où nous ne paraissions qu'un grelot qui pendait à son col. Quand nous fûmes tout contre la poulie, nous arrêtâmes le câble où notre cage était pendue à une des plus légères plumes de son duvet, qui pourtant était grosse comme le pouce ; et dès que cette femme eut fait signe à l'Oiseau de partir, nous nous sentîmes fendre le Ciel d'une rapide violence. Le Condor modérait ou forçait son vol, haussait ou baissait, selon les volontés de sa Maîtresse, dont la voix lui servait de bride. Nous n'eûmes pas volé deux cents lieues, que nous aperçûmes sur la terre à main gauche une nuit semblable à celle que produisait dessous lui notre vivant Parasol. Nous demandâmes à l'étrangère ce qu'elle pensait que ce fût : « C'est un autre coupable qui va aussi pour être jugé à la Province où nous allons ; son Oiseau sans doute est plus fort que le nôtre, ou bien nous nous sommes beaucoup amusés [2], car il n'est parti que depuis moi. » Je lui demandai de quel crime ce malheureux était accusé : « Il n'est pas simplement accusé, nous répondit-elle ; il est condamné à mourir, parce qu'il est déjà convaincu de ne pas craindre la mort. – Comment donc, lui dit Campanella, les Lois de votre Pays ordonnent de craindre la mort ? – Oui, répliqua cette Femme, elles l'ordonnent à tous, hormis à ceux qui sont reçus au Collège des Sages ; car nos Magistrats ont éprouvé, par de funestes expériences, que qui ne craint pas de perdre la vie est capable de l'ôter à tout le monde [3]. »

---

1. Néologisme de Cyrano, formé sur « poulie ».
2. Comprendre : « nous nous sommes laissé distraire ».
3. Selon ces lois, il faut craindre la mort pour ne pas se livrer à ce qu'on appellera, à partir du XVIIIe siècle, le « fanatisme ». Plus haut, au contraire, les Oiseaux rappelaient au Narrateur la leçon lucrétienne selon laquelle la crainte de la mort conduit à la superstition. Le propos est inverse en apparence, mais le refus de la superstition converge avec le rejet du désir de sacrifice dans une double inversion de la morale chrétienne.

Après quelques autres discours qu'attirèrent ceux-ci, Campanella voulut s'enquérir plus au long des mœurs de son Pays. Il lui demanda donc quelles étaient les Lois et les Coutumes du Royaume des Amants ; mais elle s'excusa d'en parler, à cause que n'y étant pas née, et ne le connaissant qu'à demi, elle craignait d'en dire plus ou moins. « J'arrive à la vérité de cette Province, continua cette Femme, mais je suis, moi et tous mes prédécesseurs, originaire du Royaume de Vérité. Ma Mère y accoucha de moi, et n'a point eu d'autre enfant. Elle m'éleva dans le Pays jusqu'à l'âge de treize ans, que le Roi, par avis des Médecins, lui commanda de me conduire au royaume des Amants d'où je viens, afin qu'étant élevée dans le Palais d'Amour, une éducation plus joyeuse et plus molle que celle de notre Pays me rendît plus féconde qu'elle[1]. Ma Mère m'y transporta et me mit dans cette Maison de Plaisance.

« J'eus bien de la peine auparavant* que de m'apprivoiser à leurs coutumes : d'abord elles me semblèrent fort rudes ; car, comme vous savez, les opinions que nous avons sucées avec le lait nous paraissent toujours les plus raisonnables, et je ne faisais encore que d'arriver du Royaume de Vérité, mon Pays natal.

« Ce n'est pas que je ne connusse* bien que cette Nation des Amants vivait avec beaucoup plus de douceur et d'indulgence que la nôtre ; car encore que chacun publiât que ma vue blessait dangereusement, que mes regards faisaient mourir, et qu'il sortait de mes yeux de la flamme qui consumait les cœurs, la bonté cependant de tout le monde, et principalement des jeunes Hommes, était si grande, qu'ils me caressaient, me baisaient* et m'embrassaient*, au lieu de se venger du mal que je leur avais fait. J'entrai même en colère contre moi pour les désordres dont j'étais cause, et cela fit qu'émue de compassion, je leur découvris un jour la résolution que j'avais prise de m'enfuir. “Mais hélas ! comment vous sauver ? s'écrièrent-ils tous, se jetant à mon col, et me baisant les mains : votre maison

1. L'allégorie est claire : les produits de la vérité sont rendus féconds par le plaisir et la douceur amoureuse.

de toutes parts est assiégée d'eau, et le danger paraît si grand, qu'indubitablement sans un miracle, vous et moi serions déjà noyés…"

– Quoi donc ! interrompis-je notre Historienne, la Contrée des Amants est-elle sujette aux inondations ?

– Il le faut bien dire, me répliqua-t-elle, car l'un de mes Amoureux (et cet Homme ne m'aurait pas voulu tromper, puisqu'il m'aimait) m'écrivit que du regret de mon départ il venait de répandre un océan de pleurs. J'en vis un autre qui m'assura que ses prunelles depuis trois jours avaient distillé une source de larmes ; et comme je maudissais pour l'amour d'eux l'heure fatale où ils m'avaient vue, un de ceux qui se comptaient du nombre de mes esclaves m'envoya dire que la nuit précédente ses yeux débordés avaient fait un déluge. Je m'allais ôter du monde, afin de n'être plus la cause de tant de malheurs, si le Courrier n'eût ajouté ensuite que son Maître lui avait donné charge de m'assurer qu'il n'y avait rien à craindre, parce que la fournaise de sa poitrine avait desséché ce déluge. Enfin vous pouvez conjecturer que le Royaume des Amants doit être bien aquatique, puisque entre eux ce n'est pleurer qu'à demi, quand il ne sort de dessous leurs paupières que des ruisseaux, des fontaines et des torrents [1].

« J'étais fort en peine dans quelle machine je me sauverais de toutes ces eaux qui m'allaient gagner ; mais un de mes Amants, qu'on appelait le Jaloux, me conseilla de m'arracher le cœur, et puis que je m'embarquasse dedans ; qu'au reste je ne devais pas appréhender de n'y pouvoir tenir, puisqu'il y en tenait tant d'autres ; ni d'aller au fond, parce qu'il était trop léger ; que tout ce que j'aurais à craindre serait l'embrasement, d'autant que la matière d'un tel Vaisseau était fort sujette au feu ; que je partisse donc sur la mer de ses larmes, que le bandeau de son amour me servirait de voile, et que le vent favorable de ses soupirs, malgré la tempête de ses rivaux, me pousserait à bon port.

1. Dans sa naïveté, la jeune femme prend au pied de la lettre les métaphores topiques et les hyperboles usées de l'amour « précieux ».

« Je fus longtemps à rêver comment je pourrais mettre cette entreprise à exécution. La timidité naturelle à mon sexe m'empêchait de l'oser ; mais enfin l'opinion que j'eus que si la chose n'était possible, un Homme ne serait pas si fol de la conseiller, et encore moins un Amoureux à son Amante, me donna de la hardiesse.

« J'empoignai un couteau, me fendis la poitrine ; déjà même avec mes deux mains je fouillais dans la plaie, et d'un regard intrépide je choisissais mon cœur pour l'arracher, quand un jeune Homme qui m'aimait survint. Il m'ôta le fer malgré moi, et puis me demanda le motif de cette action, qu'il appelait désespérée. Je lui en fis le conte ; mais je restai bien surprise quand un quart d'heure après je sus qu'il avait déféré le Jaloux en Justice. Les Magistrats néanmoins, qui peut-être craignirent de donner trop à l'exemple ou à la nouveauté de l'accident, envoyèrent cette cause au Parlement du Royaume des Justes. Là, il fut condamné, outre le bannissement perpétuel, d'aller finir ses jours en qualité d'esclave sur les terres de la République de Vérité, avec défense à tous ceux qui descendront de lui auparavant* la quatrième génération, de remettre le pied dans la Province des Amants ; même il lui fut enjoint de n'user jamais d'hyperbole, sur peine de la vie.

« Je conçus, depuis ce temps-là, beaucoup d'affection pour ce jeune Homme qui m'avait conservée [1] ; et soit à cause de ce bon office, soit à cause de la passion avec laquelle il m'avait servie, je ne lui refusai point, son noviciat et le mien étant achevés, quand il me demanda pour être l'une de ses Femmes.

« Nous avons toujours bien vécu ensemble, et nous vivrions bien encore, sans qu'il a tué comme je vous ai dit un de mes enfants par deux fois, dont je m'en vas implorer vengeance au Royaume des Philosophes. »

Nous étions, Campanella et moi, fort étonnés du grand silence de cet Homme ; c'est pourquoi je tâchai de le consoler, jugeant bien qu'une si profonde taciturnité était fille d'une douleur très profonde, mais sa

1. Comprendre : « qui m'avait conservé la vie ».

Femme m'en empêcha. « Ce n'est pas, dit-elle, l'excès de sa tristesse qui lui ferme la bouche, ce sont nos Lois qui défendent à tout criminel cité en Justice de parler que devant les Juges. »

Pendant cet entretien, l'Oiseau avançait toujours pays*. Je fus tout étonné quand j'entendis Campanella, d'un visage plein de joie et de transport, s'écrier : « Soyez le très bien venu, le plus cher de tous mes Amis ! Allons, messieurs, allons, continua ce bon Homme, au-devant de Monsieur Descartes ; descendons, le voilà qui arrive, il n'est qu'à trois lieues d'ici. » Pour moi, je demeurai fort surpris de cette saillie ; car je ne pouvais comprendre comment il avait pu savoir l'arrivée d'une personne de qui nous n'avions point reçu de nouvelles. « Assurément, lui dis-je, vous venez de le voir en songe. – Si vous appelez songe, dit-il, ce que votre âme peut voir avec autant de certitude que vos yeux le jour quand il luit, je le confesse. – Mais, m'écriai-je, n'est-ce pas une rêverie de croire que M. Descartes, que vous n'avez point vu depuis votre sortie du Monde de la Terre, est à trois lieues d'ici, parce que vous vous l'êtes imaginé[1] ? »

Je proférais la dernière syllabe, comme nous vîmes arriver Descartes. Aussitôt Campanella courut l'embrasser*. Ils se parlèrent longtemps ; mais je ne pus être attentif à ce qu'ils se dirent réciproquement d'obligeant, tant je brûlais d'apprendre de Campanella son secret pour deviner. Ce Philosophe, qui lut ma passion sur mon visage, en fit le conte à son Ami, et le pria de trouver bon qu'il me contentât. M. Descartes riposta d'un souris, et mon savant Précepteur discourut de cette sorte : « Il s'exhale de tous les corps des espèces*, c'est-à-dire des images corporelles qui voltigent en

1. Il n'est pas interdit de considérer cette étrange rencontre inachevée entre Descartes et Campanella comme la clé du jeu de ce roman avec la philosophie. Tout le récit de Cyrano se déploie dans l'espace qui unit et sépare deux pensées « nouvelles », mais diamétralement opposées : la « nouveauté » de la philosophie de Campanella s'appuie sur la reprise de principes et de mythèmes antiques ; la « nouveauté » de la pensée de Descartes réside dans l'expérience fondatrice du sujet pensant. Voir la Présentation.

l'air[1]. Or ces images conservent toujours, malgré leur agitation, la figure, la couleur et toutes les autres proportions de l'objet dont elles parlent ; mais comme elles sont très subtiles et très déliées*, elles passent au travers [de] nos organes sans y causer aucune sensation ; elles vont jusqu'à l'âme, où elles s'impriment à cause de la délicatesse de sa substance, et lui font ainsi voir des choses très éloignées, que les sens ne peuvent apercevoir : ce qui arrive ici ordinairement, où l'esprit n'est point engagé dans un corps formé de matière grossière, comme dans ton Monde. Nous te dirons comment cela se fait lorsque nous aurons eu le loisir de satisfaire pleinement l'ardeur que nous avons mutuellement de nous entretenir ; car assurément tu mérites bien qu'on ait pour toi la dernière complaisance.

FIN[2]

1. Campanella tient ici un discours directement emprunté à Lucrèce, au livre IV du *De rerum natura*. Il est heureux que Descartes ne réponde pas, car il ne pourrait que manifester son désaccord (voir la *Dioptrique*, éd. A.-T., VI, p. 85-114). – Cette fin de récit inachevé est décidément bien significative : une troisième grande référence, celle de Lucrèce, vient rejoindre les deux figures de Campanella et de Descartes, au moment où le Narrateur est adoubé par les Philosophes du Soleil qui lui accordent « la dernière complaisance ».
2. L'édition originale (posthume) de 1662 porte cette indication, bien que le récit soit resté inachevé.

# DOSSIER

## 1 — *Imagination et dérision*

1. Lucien de Samosate, *Histoire véritable.*
2. Rabelais, *Pantagruel.*
3. Montaigne, *Essais.*
4. Charles Sorel, *Histoire comique de Francion.*
5. Robert Burton, *Anatomie de la mélancolie.*
6. Francis Godwin, *L'Homme dans la Lune.*

## 2 — *Matière et énergie*

7. Tommaso Campanella, *De sensu rerum et magia* : la sensibilité des choses.
8. Tommaso Campanella, *De sensu rerum et magia* : la magie.
9. Henri Corneille Agrippa, *De occulta philosophia.*
10. Pietro Pomponazzi, *Les Causes des merveilles de la nature ou les Enchantements.*
11. Johann Kepler, *Le Songe ou Astronomie lunaire.*
12. Denis Diderot, *Le Rêve de d'Alembert.*

## 3 — « Libertins » et « sorciers »

13. Henri Boguet, *Discours exécrable des sorciers.*
14. Le père F. Garasse, *La Doctrine curieuse des beaux esprits de ce temps.*
15. Théophile de Viau, *Théophile en prison.*
16. Gabriel Naudé, *Apologie pour tous les grands hommes qui ont été faussement soupçonnés de magie.*
17. Cyrano de Bergerac, *La Mort d'Agrippine.*

## 4 — L'homme et l'animal

18. Pierre Gassendi, *Disquisitio metaphysica.*
19. La Fontaine, *Fables,* « L'Homme et la Couleuvre ».
20. Jonathan Swift, *Voyages de Gulliver.*

## 5 — L'univers en mouvement

21. Lucrèce, *De rerum natura* : éloge d'Épicure.
22. Lucrèce, *De rerum natura* : les atomes.
23. Ovide, *Métamorphoses.*
24. René Descartes, *Principes de philosophie.*
25. Giordano Bruno, *L'Infini, l'univers et les mondes.*
26. Giordano Bruno, *Le Souper des Cendres.*

## 1 — *Imagination et dérision*



### Document 1

Cyrano n'est pas le premier à éprouver dans le récit d'une aventure les frontières du savoir cosmologique et de l'imagination fictionnelle.

Lucien de Samosate, qui vivait au IIe siècle dans la Syrie hellénisée, est l'auteur de dialogues, de romans et de tragédies ironiques et parodiques. Son *Histoire véritable* jouissait à l'époque de Cyrano d'une grande notoriété, en dépit (ou à cause) du soupçon d'impiété qui pesait sur elle. L'*Histoire véritable* raconte un extraordinaire voyage à travers l'espace. Le Narrateur, qui s'exprime à la première personne, explique qu'à la suite de diverses aventures il s'est élevé dans les airs jusqu'à la Lune, où il a assisté à une guerre entre les habitants de la Lune et les natifs du Soleil ; il a rencontré des Salades ailées, des Bombardiers d'ail, des Cavaliers-vautours. L'espace s'ouvre dans toutes les dimensions : sur la Terre même, le personnage séjourne dans le ventre d'une baleine, où s'étendent des terres cultivées et où vivent des êtres étranges ; il traverse des Enfers grotesques et risibles… Le récit parodie les romans de voyage avec une ironie bouffonne qui balaie les savoirs établis, les gloires littéraires et les croyances religieuses du temps. Il permet aussi l'expression directe d'étonnants fantasmes, comme dans la description des habitants de la Lune :

> Tout ce que, au cours de mon séjour dans la Lune, je remarquai d'étrange et de bizarre va faire maintenant l'objet de mon exposé. D'abord, il y a le fait qu'ils ne sont pas enfantés par des femmes mais par des hommes, ils épousent en effet des hommes et ne connaissent même pas de terme pour désigner la femme. Jusqu'à vingt-cinq ans chacun d'eux sert

d'épouse, après quoi, il devient un mari. Ils ne portent pas les enfants dans le ventre mais dans le gras du mollet. Lorsque l'embryon est conçu, le mollet grossit ; un peu plus tard, on ouvre le mollet et l'on sort l'enfant mort ; après quoi on expose celui-ci au vent, la bouche ouverte, ce qui lui rend la vie. […] Mais je vais vous raconter quelque chose de plus extraordinaire encore. Il existe chez eux une espèce d'hommes que l'on appelle les Arboréens, et qui naît de la façon suivante : on coupe le testicule droit d'un homme et on le plante en terre ; il en sort un arbre énorme, en chair, semblable à un phallos ; il a d'ailleurs des branches et des feuilles. Les fruits sont des glands d'un diamètre d'une coudée. À maturité, on les cueille, on casse la coque, et il en sort des hommes. Et encore ceci : ils ont des parties viriles artificielles, tantôt d'ivoire, tantôt (les pauvres) de bois ; c'est avec cela qu'ils font l'amour et qu'ils s'unissent à leurs compagnons. Lorsque les individus vieillissent, ils ne meurent point mais se dissolvent comme de la fumée et se transforment en air. La nourriture est la même pour tous ; ils commencent par allumer du feu et cuisent des grenouilles sur les charbons – il y a, chez eux, quantité de grenouilles qui volent dans l'air ; pendant qu'elles cuisent, ils s'assoient tout autour, comme s'ils étaient installés à une table, hument la fumée qui s'exhale de la cuisson et font ainsi bonne chère. Telle est leur nourriture ; quant à leur boisson, c'est de l'air que l'on exprime dans une coupe et qui produit un liquide pareil à de la rosée. Ils n'ont, d'ailleurs, jamais besoin d'uriner ni d'aller à la selle ; cela se passe dans le creux du genou, au-dessus du mollet ; c'est là que se trouve l'orifice [1].

La première page du récit commente ironiquement l'antiphrase du titre, « histoire véritable ».

Chaque détail de cette histoire fait allusion, non sans parodie, à l'un ou à l'autre des anciens poètes, historiens, philosophes qui ont composé des livres remplis de choses qui tiennent du prodige et de la légende. […]
En lisant tous ces auteurs, je ne pus beaucoup les blâmer, car je voyais que c'était là pratique devenue déjà habituelle même chez des hommes qui font profession de philosophie ; mais ce qui m'étonna de leur part c'est qu'ils aient pensé que personne ne s'apercevrait qu'ils écrivaient des mensonges. Aussi, poussé moi aussi par la vanité de laisser quelque œuvre à la

1. Lucien, *Histoire véritable*, trad. Pierre Grimal, Gallimard, « Folio » (avec *Daphnis et Chloé* de Longus), p. 122-123.

postérité, et afin de ne pas être le seul à ne pas profiter de la liberté d'imaginer des histoires, comme je n'avais rien de véritable à raconter (car il ne m'était rien arrivé qui valût la peine d'en parler), je décidai de mentir, mais avec plus d'honnêteté que les autres, car il est un point sur lequel je dirai la vérité, c'est que je raconte des mensonges. Ainsi je pense pouvoir éviter que mes lecteurs ne me condamnent, si j'avoue moi-même que je ne dis pas la vérité. J'écris donc sur des choses que je n'ai jamais vues, des aventures que je n'ai pas eues et que personne ne m'a racontées, des choses qui n'existent pas du tout et qui ne sauraient commencer d'exister. Aussi mes lecteurs doivent-ils ne leur ajouter aucune créance [1].

## Document 2

*Les Horribles Faits et prouesses épouvantables de Pantagruel, roi des Dipsodes*, paraissent en 1532. Ce premier roman de Rabelais sera suivi de *Gargantua* et de trois autres livres. La fabulation débridée et la joyeuse débauche verbale des récits rabelaisiens s'alimentent à un immense savoir philosophique, théologique et scientifique. Les œuvres de Rabelais ont très tôt été mises à l'Index, non seulement pour leur satire des institutions de l'Église, mais aussi parce que leur ironie met en péril les évidences consacrées et les certitudes sur le monde.

Le géant Pantagruel combat avec son armée dans le pays imaginaire des Dipsodes, lorsqu'un orage menace. Pour protéger son armée, il la couvre tout entière de sa langue, tirée « seulement à demi ». Mais le Narrateur, qui jusque-là se contentait de raconter à la troisième personne et sans se faire connaître, intervient brutalement dans la fiction : en voulant s'abriter lui aussi sous la langue de Pantagruel, il découvre un monde inattendu.

Cependant, je, qui vous fais ces tant véritables contes, m'étais caché dessous une feuille de Bardane, qui n'était moins large que l'arche du pont de Monstrible [2]. Mais, quand je les vis ainsi bien couverts, je m'en allai à eux rendre à l'abri. Ce que

1. *Ibid.*, p. 111-113.
2. La bardane est une petite plante qui s'agrippe aux cheveux et aux vêtements. Le pont de Monstrible était évoqué dans des ouvrages comiques.

je ne pus, tant ils étaient ; comme l'on dit, au bout de l'aune faut le drap [1]. Donc, le mieux que je pus, montai par dessus, et cheminai bien deux lieues sur sa langue, tant que je entrai dedans sa bouche.

Mais ô dieux et déesses, que vis-je là ? Jupiter me confonde de sa foudre trisulque [2] si j'en mens. J'y cheminais comme l'on fait en Sophie à Constantinople [3], et y vis de grands rochiers, comme les monts des Danois – je crois que c'étaient ses dents – et de grands prés, de grandes forêts, de fortes et grosses villes non moins grandes que Lyon ou Poitiers. Le premier que y trouvai, ce fut un bonhomme qui plantait des choux. Dont, tout ébahi, lui demandai :

– Mon ami, que fais-tu ici ?

– Je plante (dit-il) des choux.

– Et à quoi ni comment ? dis-je.

– Ha, monsieur (dit-il), chacun ne peut avoir les couillons aussi pesants qu'un mortier [4], et ne pouvons être tous riches. Je gagne ainsi ma vie ; et les porte vendre au marché en la cité qui est ici derrière.

– Jésus (dis-je), il y a ici un nouveau monde ?

– Certes (dit-il) il n'est mie nouveau. Mais l'on dit bien que hors d'ici y a une terre neuve où ils ont et Soleil et Lune et tout plein de belles besognes : mais cestui-ci est plus ancien.

– Voire mais (dis-je), mon ami, comment a nom cette ville où tu portes vendre tes choux ?

– Elle a nom (dit-il) Aspharage [5], et sont Christians, gens de bien, et vous feront grande chère.

Bref, je délibérai d'y aller. Or en mon chemin, je trouvai un compagnon qui tendait aux pigeons. Auquel je demandai :

– Mon ami, dont [6] vous viennent ces pigeons ici ?

– Sire (dit-il), ils viennent de l'autre monde.

Lors je pensai que quand Pantagruel bâillait, les pigeons à pleines volées entraient dedans sa gorge, pensant que fût un colombier [7].

---

1. C'est-à-dire : au bout de l'aune, le drap manque.
2. *Trisulque* : à triple pointe ; c'est l'attribut traditionnel de Jupiter.
3. C'est-à-dire dans l'église Sainte-Sophie de Constantinople, dont la majesté était proverbiale.
4. Locution proverbiale : « avoir les couillons aussi pesants qu'un mortier », c'est être inactif et paresseux.
5. Mot tiré du grec, qui signifie « arrière-gorge ».
6. *Dont* : d'où.
7. Rabelais, *Pantagruel*, XXVIII, dans *Les Cinq Livres*, « La Pochothèque », 1994, p. 519-521.

## Document 3

L'écriture vagabonde et digressive des *Essais* de Montaigne (1580-1595) entraîne dans son mouvement de multiples citations de poètes et de penseurs. Montaigne rappelle des traditions, des opinions, des hypothèses et des métaphores pour mieux faire l'« essai » ou l'épreuve de sa pensée singulière. C'est ainsi qu'il rapporte des phénomènes prodigieux attribués depuis l'Antiquité à « la force de l'imagination ». Il reprend des exemples topiques qui, aux XVIe-XVII[e] siècles, figurent dans l'ensemble des ouvrages sur les effets de l'imagination, et qu'on retrouve encore dans *Les États et Empires du Soleil* (Cyrano pourrait les avoir lus dans les *Essais*). Mais Montaigne ne se contente pas de mentionner ces exemples, il précise le statut qu'il leur accorde, et définit ainsi la fonction de l'imagination dans son écriture personnelle.



> Gallus Vibius banda si bien son âme à comprendre l'essence et les mouvements de la folie, qu'il emporta son jugement hors de son siège, si qu'onques puis il ne l'y put remettre ; et se pouvait vanter d'être devenu fol par sagesse. Il y en a qui, de frayeur, anticipent la main du bourreau. Et celui qu'on débandait pour lui lire sa grâce, se trouva raide mort sur l'échafaud du seul coup de son imagination. Nous tressuons, nous tremblons, nous pâlissons et rougissons aux secousses de nos imaginations, et renversés dans la plume sentons notre corps agité à leur branle, quelquefois jusques à en expirer. Et la jeunesse bouillante s'échauffe si avant en son harnais, toute endormie, qu'elle assouvit en songe ses amoureux désirs,
>
> *Ut quasi transactis saepe omnibus rebus profundant*
> *Fluminis ingentes fluctus, vestemque cruentent* [1].
>
> Et encore qu'il ne soit pas nouveau de voir croître la nuit des cornes à tel qui ne les avait pas en se couchant, toutefois l'événement de Cyppus, Roi d'Italie, est mémorable, lequel pour avoir assisté le jour avec grande affection au combat des tau-

1. Lucrèce, *De rerum natura*, IV, 1035-1036 : « Ainsi, dans l'illusion d'avoir consommé l'acte,/on la répand à grands flots [la semence première], souillant ses vêtements. »

reaux, et avoir eu en songe toute la nuit des cornes en la tête, les produisit en son front par la force de l'imagination. La passion donna au fils de Crésus la voix que nature lui avait refusée. Et Antiochus prit la fièvre de la beauté de Stratonice trop vivement empreinte en son âme. Pline dit avoir vu Lucius Cossitius de femme changé en homme le jour de ses noces. Pontanus et d'autres racontent pareilles métamorphoses advenues en Italie ces siècles passés. [...]
Aussi en l'étude que je traite de nos mœurs et mouvements, les témoignages fabuleux, pourvu qu'ils soient possibles, y servent comme les vrais. Advenu ou non advenu, à Paris ou à Rome, à Jean ou à Pierre, c'est toujours un tour de l'humaine capacité, duquel je suis utilement avisé par ce récit. Je le vois et en fais mon profit également en ombre que en corps. Et aux diverses leçons qu'ont souvent les histoires, je prends à me servir de celle qui est la plus rare et mémorable. Il y a des auteurs desquels la fin c'est dire les événements. La mienne, si j'y savais advenir, serait dire sur ce qui peut advenir [1].

## Document 4

Charles Sorel (v. 1600-1674) est un polygraphe, auteur de romans comiques et burlesques, mais aussi d'un immense ouvrage d'érudition critique, *La Science universelle*, qui affirme avec vigueur la nécessité d'étendre et de diffuser l'ensemble des connaissances sur le monde, en vue du bonheur universel.

Son roman *Histoire comique de Francion*, dont la première version paraît en 1623, raconte les aventures plaisantes d'un héros « libertin », qui ne respecte ni la religion, ni la loi, ni les bonnes mœurs. La narration s'engage à la troisième personne, mais le roman fait une large place au récit à la première personne. Ici, c'est Francion lui-même qui rapporte à un compagnon d'aventure un songe qu'il a fait : il a rêvé qu'il était propulsé au milieu des airs, où il assistait à un enchaînement stupéfiant de fantasmagories bouffonnes, érotiques et scatologiques.

Je ne m'arrêtai point que je ne fusse auprès de deux petites fosses pleines d'eau où deux jeunes hommes tout nus se plon-

1. Montaigne, *Essais*, I, 21, « De la force de l'imagination ».

geaient en disant par plusieurs fois qu'ils étaient dans les délices jusques à la gorge. Désirant jouir d'un bonheur pareil au leur, je me déshabillai promptement, et voyant une fosse dont l'eau me semblait encore plus claire que celle des autres, je m'y voulus baigner aussi, mais je n'y eus pas sitôt mis le pied que je chus dans un précipice, car c'était une large pièce de verre qui se cassa et m'écorcha encore toutes les jambes.

Pourtant je tombai en un lieu où je ne me froissai point du tout. La place était couverte de jeunes tétons collés ensemble deux à deux, qui étaient comme des ballons, ballons sur lesquels je me plus longtemps à me rouler. Enfin, m'étant couché lâchement sur le dos, une belle Dame se vint agenouiller auprès de moi, et me mettant un entonnoir en la bouche, et tenant un vase, me dit qu'elle me voulait faire boire d'une liqueur délicieuse. J'ouvrais déjà le gosier plus large que celui de ce Chantre qui avala une souris en buvant, lorsque s'étant un peu relevée, elle pissa plus d'une pinte d'urine, mesure de saint Denis, qu'elle me fit engorger. Je me relevai promptement pour la punir et ne lui eus pas plutôt bâillé un soufflet, que son corps tomba tout par pièces. D'un côté était la tête, d'un autre les bras, un peu plus loin étaient les cuisses : bref tout était divisé ; et ce qui me sembla émerveillable, c'est que la plupart de tous ces membres ne laissèrent pas peu après de faire leurs offices. Les jambes se promenaient par la caverne, les bras me venaient frapper, la tête me faisait des grimaces, et la langue me chantait injures [1].

## Document 5

L'*Anatomie de la mélancolie* de l'écrivain anglais Robert Burton (1621) rappelle de près les *Essais* de Montaigne. L'auteur écrit sur soi, il s'abandonne au mouvement très personnel d'une rêverie mélancolique, tout en déployant au fil de ses digressions une érudition multiforme.

Ce texte permet une confrontation intéressante, mais il n'est guère probable que Cyrano ait pu le connaître : la première traduction française intégrale n'a paru qu'au XX^e^ siècle.

1. Charles Sorel, *Histoire comique de Francion* [éd. de 1623], GF-Flammarion, 1979, p. 145-146.

Comme un faucon aux longues ailes qu'on porte sur le poing, lorsqu'il est tout d'abord lancé et que, pour son plaisir, il décrit de nombreux circuits dans l'air, et continue à s'élever toujours plus haut jusqu'à ce qu'il ait atteint toute son altitude ; et que pour finir, lorsque la proie est levée, il descend comme l'éclair et fond brutalement sur elle : de même ferai-je, étant à présent enfin parvenu à ces vastes champs de l'air dans lesquels je vais pouvoir aller à mon gré et en toute liberté, errer quelque temps pour ma récréation, me promener dans le monde entier, me hausser jusqu'à ces orbes éthérés et ces sphères célestes, avant de redescendre enfin et retrouver les éléments que j'avais laissés. Lors de ce voyage [...] j'irai voir les pyramides d'Égypte, le pont de Trajan, la grotte de la Sibylle, les viviers de Lucullus, le temple de Nidrose, etc. Et si je le pouvais, j'irais observer ce que deviennent les hirondelles, les cigognes, les grues, les coucous, les rossignols, les rouges-queues, et tant d'autres espèces d'oiseaux chanteurs, les oiseaux d'eau, les faucons, etc. [...]
Je pourrai vérifier de même : le ciel est-il coloré ? Si les étoiles ont la taille que leur donnent les astronomes, si elles sont aussi éloignées qu'ils le disent et aussi nombreuses, 1026, ou 1725 selon J. Bayer, ou, comme le disent certains rabbins, 29 000 myriades, ou encore innombrables, ce que Galilée a vu à l'aide de ses lentilles, si cette Voie lactée est bien une lumière diffuse produite par de petites étoiles, comme autant de clous sur une porte, ou si ces étoiles sont alignées comme les 12 000 îles des Maldives, dans l'océan Indien ? si la moins visible des étoiles de la huitième sphère est bien 18 fois plus grosse que la terre et, selon les calculs de Tycho Brahé, à 1 400 semi-diamètres de distance ? Si certaines parties des orbes sont plus épaisses, comme l'énonce Aristote, ou s'il y a un grand nombre de mondes habités, comme le dit Démocrite ? si ceux-ci possèdent leur lumière propre, si elle leur vient du Soleil ou s'ils la disséminent autour d'eux, comme l'explique Patrizzi ? s'ils sont équidistants du centre du monde ? Si la lumière fait partie de leur essence, et si cette lumière est une substance ou un phénomène ? s'ils sont chauds par eux-mêmes, ou si la chaleur qu'ils produisent est accidentelle [1] ?

1. Robert Burton, *Anatomie de la mélancolie* [1621], José Corti, 2000, vol. 2, p. 792*sq*.

## DOCUMENT 6

En 1638, un auteur anglais, Francis Godwin, publie le récit comique d'une aventure lunaire, traduite en français dès 1648 sous le titre *L'Homme dans la Lune.* Cyrano connaissait bien ce roman et lui a fait plusieurs emprunts ; le héros de Godwin, un voyageur espagnol, intervient même dans *Les États et Empires de la Lune.*

Il s'agit encore une fois d'un récit à la première personne. Naufragé, le narrateur-personnage a trouvé refuge aux îles Canaries. Il a l'idée de dresser des oies sauvages qui doivent l'emporter dans leur vol et lui permettre de regagner son pays. Mais les oies l'entraînent vers le ciel, plus haut qu'il ne l'avait prévu. Terrifié, il rencontre des démons aériens, avant de « vérifier » de ses yeux la rotation de la Terre. Bientôt, il abordera sur la Lune.

Je ne me sentais pas moins troublé par la rapidité du mouvement, qui était si grande qu'elle surpassait, comme j'ai dit ailleurs, celle d'une flèche qu'un bras robuste tirerait avec un arc, ou d'une pierre lancée du plus haut d'une Tour. Ajoute à ceci les illusions des Esprits malins, qui m'environnèrent en foule le premier jour de mon arrivée. Ils s'apparaissaient à moi sous des formes d'hommes et de femmes, qui, de la façon qu'ils m'assiégeaient, me faisaient souvenir de ces oiseaux effarouchés qu'on voit fondre pêle-mêle autour d'un hibou, pour lui donner chacun quelque coup de bec. Je fus un assez long temps sans savoir ce qu'ils disaient, pource que leur façon de s'exprimer, qui me semblait diverse, m'était entièrement inconnue. [...]

Quelques heures après que cette foule de Démons aériens m'eut quitté, mes Courriers ailés commencèrent à reprendre leur vol, tirant toujours vers le Globe de la Lune, avec une si merveilleuse vitesse, qu'à ce qu'il me semblait, ils ne faisaient guère moins de cinquante lieues par heure. Je remarquai en ce passage diverses choses qui méritent bien d'être sues, et surtout celle-ci ; que tant plus je m'avançais, tant moins je trouvais grand le Globe entier de la terre, comme au contraire celui de la Lune s'accroissait à tout moment, du moins je me le faisais ainsi accroire.

Davantage, la terre, que je voyais toujours, me semblait, par manière de dire, se masquer d'une certaine lumière, ainsi qu'une autre Lune ; et comme en celle-ci sont remarquables

> certaines taches obscures, elles l'étaient de même en la terre. Mais au lieu que les formes de ces taches demeurent toujours constantes, celles-ci au contraire changeaient à toute heure. La raison de cela est, ce me semble, que comme la terre, selon son mouvement naturel (que je suis maintenant contraint d'avouer avec Copernicus), tourne en rond sur son pivot de l'*Est* à l'*Ouest*, de vingt-quatre en vingt-quatre heures [1] ; je remarquai d'abord au milieu du corps de ce nouvel Astre, une tache à peu près semblable à une poire, dont on aurait mordu l'un des côtés, et emporté le morceau, se couler au bout de quelques heures du côté de l'*Ouest* ; et ceci sans doute était le grand Continent de l'Afrique [2].

L'épître « Au Lecteur » mêle habilement deux représentations du texte : sans doute n'est-ce qu'un « caprice », un produit plaisant de la « fantaisie » ; mais le nouveau monde de la Lune pourrait se révéler aussi réel que l'Amérique, dont l'existence paraissait invraisemblable jusqu'à sa découverte.

> C'est ici, Lecteur, l'essai d'un Caprice, où, si je ne me trompe, l'Invention et le Jugement ne se rencontrent pas mal ensemble. J'appelle cet Ouvrage un Caprice, pour ce qu'il est en effet une Créature de la Fantaisie. Aussi ne crois-je pas que l'intention de l'Auteur ait jamais été d'en tenir pour véritables toutes les particularités et les circonstances. Il suffit que tu lui laisses la liberté d'imaginer, comme il te la laisse de juger de ce qu'il imagine. Possible que ce nouveau Monde qu'il te découvre ne trouvera pas un meilleur accueil en ton opinion que fit d'abord celui de *Colomb* dans les sentiments de tous les Esprits de son Siècle ; et toutefois, ces grandes terres de l'Amérique, dont il a eu la première Idée, parvenues à la connaissance des hommes, ont reçu depuis une infinité de nouvelles Colonies ; et quoique elles fussent alors inconnues, si est-ce qu'enfin il s'est vérifié depuis que l'étendue n'en est pas moins vaste que celle de tout le reste du Monde. Que si cela ne te persuade assez bien, tu n'as qu'à te représenter que

---

1. En fait, la Terre tourne d'ouest en est. La même inexactitude se rencontre dans *Les États et Empires du Soleil* : Cyrano s'est peut-être laissé induire en erreur par Godwin.
2. Francis Godwin, *L'Homme dans la Lune ou le Voyage chimérique fait au monde de la Lune, nouvellement découvert par Dominique Gonzales, aventurier espagnol, autrement dit Le Courrier volant*, trad. fr., Paris, Piot & Guignard, 1648, p. 71-72 et 82-83.

ce qui est véritable, touchant les Antipodes, a été autrefois un aussi grand Paradoxe que celui-ci : *Qu'il y a dans la Lune divers Peuples qui l'habitent, et qui se gouvernent entre eux d'une façon différente de la nôtre.* Mais après tout, ce sont choses dont les notions semblent avoir été particulièrement réservées au Siècle où nous sommes. Car il est si clairvoyant que nos *Galiléistes* peuvent avec leurs Lunettes remarquer des taches au corps du Soleil, et discerner des Montagnes dans le Globe de la Lune [1].

1. Préface « Au Lecteur » de *L'Homme dans la Lune*, *op. cit.*

## 2 — *Matière et énergie*



### DOCUMENT 7

Le roman de Cyrano, à la fois merveilleux et bouffon, représente un univers naturel traversé par des énergies secrètes, dans lequel l'homme a le pouvoir d'agir par la force de sa volonté et de son imagination. Cyrano intègre ainsi sous forme ironique les spéculations de la philosophie magique et hermétique de son temps. Il fait aussi figurer dans son récit l'un des derniers représentants du « naturalisme magique » de la Renaissance, Campanella.

Le traité *De sensu rerum et magia* (*De la sensibilité et de la magie des choses*) paraît en 1620, alors que Campanella est emprisonné pour complot politique et pour hérésie. Il s'efforce de montrer que toutes les choses du monde, animaux, végétaux, minéraux, objets fabriqués, etc., toutes celles que nous croyons inertes, sont informées par une « âme » universelle, que toutes sont dotées de sensibilité (*sensus*) et même de sagesse. Cette animation et cette sensibilité des choses expliquent l'ensemble des mouvements de l'univers, et tout spécialement les phénomènes physiques d'attraction et de répulsion (« sympathie » ou « antipathie ») ; de même, Campanella explique aussi la prophétie et la divination (dont la réalité est pour lui évidente) par une communication de l'homme avec l'âme de l'air. Voici la table des matières du livre III de ce traité.

1. Le ciel et les étoiles sont de la nature du feu, et dotés de sensibilité [*sensus*].
2. Le mouvement, régulier ou irrégulier, du ciel et des étoiles, s'exerce par leur propre vertu sensitive, en vue de leur propre conservation.
3. Le ciel se meut par sa vertu propre, et les étoiles se meuvent par elles-mêmes à l'intérieur du ciel [...].

4. De la sensibilité des étoiles, et de leurs satellites, et pourquoi ils nous sont cachés.
5. De la sensibilité de la lumière, du feu, des ténèbres, du froid et de la terre.
6. De la sensibilité de l'Air et des Vents, qui est entièrement semblable au souffle de l'être animé.
7. L'Air est un esprit commun, et diffuse auprès des êtres animés la connaissance de l'ensemble des esprits qu'il englobe.
8. De la Prophétie chez les animaux et chez les hommes.
9. L'air est affecté par les choses présentes et à venir, et nous les communique. [...]
12. Toutes les eaux et tous les liquides sont dotés de sensibilité ; de la Sympathie et de l'Antipathie entre eux. [...]
13. De la sensibilité des pierres et des métaux, de l'amitié et de la haine.
14. De la sensibilité des plantes, de leur sympathie et antipathie mutuelle, et envers les autres choses.
Appendice : Sur la retenue des navires par la rémore [1].

Une tradition antique attribuait au poisson nommé « rémore » la vertu d'arrêter les navires par sa propre force ; ce phénomène supposé a donné lieu à de nombreuses spéculations magiques et alchimiques, dont on retrouve la trace ironique dans *Les États et Empires du Soleil.* Campanella considère la vertu de la rémore comme un fait « naturel » ; il l'explique par l'effet conjugué de la sensibilité du poisson et de la sensibilité du navire : « La sensibilité appartient aussi au bois du navire, que la Rémore conduit à une hébétude qui s'amplifie jusqu'à paralyser tout le navire, et jusqu'à le faire résister à son propre mouvement naturel. »

L'univers est donc entièrement vivant. L'action humaine consiste à participer à cette sensibilité universelle, de manière à maîtriser les forces vivantes de la matière. Pour Campanella, comme pour de nombreux

---

1. Tommaso Campanella, *Quatre Livres de la sensibilité (*De sensu*) et de la magie des choses. Partie Merveilleuse de la Philosophie Occulte, Où il est démontré que le Monde est la statue vivante de* DIEU*, et qu'il est pourvu une connaissance juste ; et que toutes ses parties, et les particules de ses parties sont dotées de sensibilité, tantôt plus claire, tantôt plus obscure, autant qu'il suffit à leur propre conservation et à celle du tout dans lequel elles consentent ; et où presque toutes les causes des arcanes de la Nature sont mises à découvert*, Francfort, 1620, livre III (en latin).

penseurs de la Renaissance – Marsile Ficin, Pic de La Mirandole ou Giordano Bruno –, la « magie » n'est ni une imposture ni une sorcellerie, mais la plus haute philosophie, parce qu'elle n'est pas seulement une pensée théorique mais que, comme l'écrit aussi Bruno, elle « allie le savoir au pouvoir d'agir ». Campanella en donne la définition suivante :



## DOCUMENT 8

On appelle Mages d'anciens sages d'Orient, Perses en particulier, qui ont enquêté sur les secrets de Dieu et de la nature, et qui ont accompli des prodiges en appliquant ces secrets aux usages humains, comme en témoigne S. Augustin. Mais aujourd'hui, ce nom est si dégradé et si odieux qu'on ne l'attribue qu'aux superstitieux et aux amis des démons. Et de fait, des hommes ignares et sordides, lassés par l'effort de l'enquête sur les choses, ont recherché par un commerce avec les démons ce que, contrairement à ce qu'ils s'imaginent, les démons ne peuvent pas offrir. Ainsi l'Astrologie, malmenée, exposée à l'esprit des imbéciles et des vauriens, est venue en abomination. Bien plus, à présent, les prophètes aussi sont appelés stupides, et souvent impies, par notre siècle imbécile et sans éducation.

Selon le témoignage de Pline, la Magie se formait au confluent de trois sciences, la Religion, la Médecine, et l'Astrologie ; la première sert à purifier l'âme, pour la rendre apte aux connaissances occultes et amie de la cause première [1], et pour que le mage accorde respect, vénération et confiance aux âmes de ceux auxquels son action s'applique ; la seconde est requise pour connaître les énergies des herbes, des pierres, des métaux, leur antipathie et sympathie entre eux et à notre égard, la complexion et l'aptitude passive et active de l'homme qui en a besoin ; la troisième enfin pour connaître le moment propre à l'opération, et le rapport symbolique entre les choses de notre monde et les étoiles, errantes et fixes, et les astres, qui sont manifestement les causes des mutations et de toutes les affaires humaines.

La Magie est donc sagesse spéculative, et en même temps pratique. Elle applique au service du genre humain les connaissances qu'elle a approfondies [2].

1. La cause première de toutes choses, c'est-à-dire Dieu.
2. Tommaso Campanella, *De sensu*, *op. cit.*, livre IV, p. 260.

Malgré leur lien avec l'astrologie et l'importance qu'elles accordent aux influences astrales, les pensées magiques ne postulent pas la soumission de l'homme à l'univers naturel. Elles accordent au contraire à l'homme le pouvoir extraordinaire de participer aux énergies du monde, par la force de sa volonté, de son désir, et surtout de son imagination.

## Document 9

Le *De occulta philosophia* de Henri Corneille Agrippa a été rédigé en 1510 et publié en 1533 (le retard est dû à l'opposition de l'Inquisition). C'est l'un des plus grands succès de la littérature magique à la Renaissance et au XVII^e siècle. L'ouvrage ne donne pas de « recettes » précises, et ne témoigne pas non plus d'une enquête philosophique bien personnelle : il s'agit surtout d'une sorte de synthèse entre des remarques issues de diverses traditions intellectuelles. Mais pour un ouvrage de spéculation magique, ce livre a le mérite d'être très clair. Sa diffusion remarquable permet de supposer que Cyrano l'a eu entre les mains. Le nom d'Agrippa est en tout cas mentionné au début du roman (p. 51).

Ce texte éclaire directement le récit de l'ascension du Narrateur dans *Les États et Empires du Soleil* : il explique comment la force du « désir » humain (Agrippa parle aussi de « volonté » et d'« imagination ») peut exercer une action effective, et permettre à l'homme de se joindre aux « âmes des étoiles ».

> L'esprit humain peut se joindre aux âmes et aux Intelligences célestes afin de donner certaines vertus aux choses inférieures à l'aide de ces forces admirables.
> Les philosophes, surtout les Arabes, disent que si l'esprit de l'homme s'attache à la réalisation d'une œuvre par toutes ses facultés et par tous ses désirs, il se joint avec les âmes des étoiles, même avec les Intelligences qui les régissent : alors une vertu admirable descend dans les choses que nous avons préparées et dans notre œuvre en raison même de cette union. D'abord parce que l'esprit humain comprend toutes choses et peut agir sur elles et parce que tout lui obéit naturellement et parce que de toute nécessité, tout se meut selon son désir le

> plus intense. Ensuite, on éprouve la force des caractères, des signes, des incantations et des paroles : on peut ainsi accomplir plusieurs expériences étonnantes sur toutes les choses que désire l'être humain et vers lesquelles il tend. Ainsi l'âme d'un amant passionné agit puissamment de façon à faire naître l'amour, et tout ce que dicte l'esprit d'un homme animé d'une haine violente a de l'efficacité pour nuire et pour détruire. Il en est de même pour toutes les choses auxquelles l'esprit s'attache fortement. Tout ce qu'il met en œuvre, tout ce qu'il ordonne par les caractères, les signes, les paroles, les prières, les gestes, tout devient l'auxiliaire de son désir, attirant les vertus admirables sur l'âme de celui qui opère au moment même où il sent le plus qu'il est envahi par son désir, au moment aussi où les aspects célestes et les influx agissent sur notre âme plus fortement. […]
> C'est une règle générale que toute âme qui est pleine de son désir et de son amour rend les choses plus aptes à accomplir ce qu'elles ont naturellement tendance à faire. Il faut donc, quoique l'on veuille entreprendre en magie, connaître son âme, ses qualités, sa force, l'intensité de désir dont elle est capable, l'ordre et le degré de puissance qu'elle a dans l'univers [1].



Corneille Agrippa mentionne à juste titre les philosophes « arabes ». C'est d'abord dans la philosophie post-aristotélicienne de langue arabe, en particulier chez Al-Kindi (*Des rayons*, IX^e^ siècle), et chez Avicenne (« Des Secrets des prodiges », *Livre des directives et remarques*, XI^e^ siècle) qu'a été développée la théorie selon laquelle l'énergie du désir et de l'imagination humaine communique avec les énergies cosmiques. Ces auteurs ont été traduits en latin vers le XII^e^ siècle, et ils restent bien connus des érudits au début du XVII^e^ siècle. Leur perspective n'est nullement ésotérique : ils revendiquent au contraire l'héritage de la rationalité grecque, et cherchent à donner à l'homme les moyens de connaître et de maîtriser l'univers naturel. Pour Al-Kindi par exemple, toute connaissance naît de la sensation, dont les données doivent être unifiées par la raison universalisante. C'est dans

---

1. Henri Corneille Agrippa de Nettesheim, *La Magie naturelle* (*De occulta philosophia*, I), trad. Jean Servier, Berg international, 1981, p. 189-190.

ce cadre épistémologique rationnel qu'il présente ses hypothèses : l'univers est un tout harmonieux dans lequel chaque chose singulière émet des « rayons », des faisceaux d'énergie auxquels peut répondre l'énergie de l'imagination et du désir humain.

La théorie de la « force de l'imagination » reste profondément ambivalente jusqu'au début du XVIIe siècle. Elle peut évidemment conduire à des spéculations magiques parfaitement irrationnelles [1] ; mais elle soutient en même temps un rationalisme psychologique ou psychosomatique, qui permet d'évacuer de l'étude des phénomènes toute explication en termes de « miracle » ou d'intervention surnaturelle.

## Document 10

Pietro Pomponazzi, philosophe padouan du XVIe siècle, fait partie d'un groupe de penseurs qui ont tenté de relire Aristote en se dégageant des habitudes de la pensée « scolastique », et de l'étrange amalgame constitué au Moyen Âge entre le texte d'Aristote et la doctrine chrétienne. Pomponazzi cherche dans le texte d'Aristote un modèle d'explication des phénomènes qui part des sens et s'appuie sur la raison, à l'écart des dogmes et des traditions. Il postule qu'il est possible de rendre compte de chaque phénomène dans l'ordre strictement naturel, sans intervention surnaturelle. Dans son traité *Les Causes des*

1. Ainsi chez Paracelse, médecin, alchimiste et mage contemporain de Corneille Agrippa, pour qui chaque élément du monde visible, le corps humain, les astres, les objets, les actions, est accompagné d'un double invisible mais réel. Par la force invisible de l'imagination, l'homme peut transformer toute chose, et dominer jusqu'aux astres mêmes : « L'homme et son imagination sont plus que l'astre. Cette force vient du fond de l'homme et, par elle, l'homme gouverne l'astre. L'astre est par conséquent le maître d'œuvre et ce qu'ordonne l'imagination se réalise. Car le rôle de l'homme est de commander à tout ce qui est en lui, selon son bon plaisir et selon sa volonté. Chaque envie et chaque désir sont un accord et une injonction afin que se réalise le contenu imaginatif. L'homme domine son astre comme Dieu domine le firmament » (Paracelse, « Des maladies invisibles », dans *Œuvres médicales*, trad. B. Gorceix, PUF, 1968, p. 217-222).

*merveilles de la nature* (1556), il part d'une série de faits stupéfiants, comme des guérisons soudaines, rapportés par la tradition ; et il montre qu'ils peuvent s'expliquer, en termes rationnels et naturels, par des effets physiques, biologiques, psychologiques, psychosomatiques : une guérison stupéfiante peut donc être effectuée par une opération biomédicale maîtrisée, mais aussi par une influence astrale, qui n'est pas moins « naturelle » selon Pomponazzi, ou encore par « les puissances de l'imagination et du désir » du malade ou du médecin. Pour Pomponazzi, c'est bien là une procédure rationnelle et naturelle : « l'objet imaginé et désiré peut réellement être produit par les forces de l'imagination et du désir ».

La démarche intellectuelle de Pomponazzi tend à éliminer toute nécessité d'admettre des faits surnaturels ; il est parfaitement conscient de la portée de son entreprise : comme il l'explique lui-même, elle conduit à la ruine du dogme et de la tradition chrétienne.

> Ces théories font crouler la religion du Christ et celle de Moïse, s'il est permis de dire qu'il y a là deux religions. Voici comment. Ces deux religions tirent des miracles leur principale autorité et posent sur eux leurs fondements principaux. Or selon ces explications il n'y a plus de miracles. Car ceux que l'on lit dans l'Ancien Testament et dans l'*Exode* sur Moïse, des prodiges qu'il fit devant le Pharaon, peuvent être réduits à l'une ou l'autre, à plusieurs ou à l'ensemble de ces trois explications : car ce que fit Moïse, les mages du Pharaon l'exécutèrent aussi, lit-on dans l'*Exode*. C'est pourquoi rien n'empêche que le pouvoir obtenu par les mages en invoquant les démons, Moïse l'ait eu par sa science de la physique et de l'astronomie, comme certains le pensent aujourd'hui : et l'on pourrait dire que les uns et les autres – les mages et Moïse – l'ont eu par science. De plus, selon ces trois explications, nous dirons qu'Élie dont on lit au chapitre 18 du livre III des *Rois* qu'il ressuscita le fils de la veuve, et Élisée dont on raconte au quatrième livre des *Rois*, chapitre 4, qu'il fit le même miracle sur le fils du prophète à la prière de sa femme ; nous dirons, dis-je, qu'ils ne firent pas là de vrais miracles : les enfants n'étaient pas morts, mais on les croyait morts. Et Élie et Élisée les firent revivre par l'un des moyens exposés, comme beaucoup de médicaments peuvent le faire. On peut dire la même chose des miracles du Christ et des apôtres ; il

ne semble pas contraire à la nature que l'ombre de Pierre guérît les maladies, car cela pourrait, selon l'une des trois hypothèses, être ramené à une cause naturelle [1].

L'œuvre de Pomponazzi est au XVIIe siècle une référence majeure de toute pensée critique à l'égard des dogmes chrétiens et universitaires. On en retrouve clairement la trace dans la contestation de la notion de « miracle » qui court à travers *Les États et Empires* de Cyrano.

## DOCUMENT 11

Il faut donc se garder de tracer une opposition nette entre rationalité scientifique et pensée magique. L'œuvre de Johann Kepler, l'un des mathématiciens et savants les plus considérables du début du XVIIe siècle, témoigne de la complexité de leurs rapports : chez Kepler, l'astronomie reste solidaire de l'astrologie, mais dans un cadre épistémologique nouveau. De même, Kepler reprend à la pensée hermétique le principe d'une harmonie cosmique, mais en s'efforçant de le fonder sur des bases purement mathématiques.

Kepler est aussi l'auteur d'un récit de voyage imaginaire, *Le Songe ou Astronomie lunaire* (1634), qui décrit le voyage d'un narrateur à travers les espaces lunaires, habités par des peuplades étranges. Comme dans le roman de Cyrano, l'ascension fictive permet de « vérifier » les hypothèses de la science moderne ; mais Kepler se donne explicitement pour but de défendre la thèse copernicienne de l'héliocentrisme, et la portée didactique de son ouvrage est beaucoup plus nette que chez Cyrano ; elle est d'ailleurs étayée par des notes rigoureuses et très fournies, qui explicitent les théories scientifiques sous-jacentes dans la fiction.

Le début du récit peut se lire comme une allégorie de la naissance de la science moderne à partir de la magie.

1. Pietro Pomponazzi, *Les Causes des merveilles de la nature ou les Enchantements*, trad. Henri Busson, Paris, Rieder, 1930, p. 138-139 et 148-149.

Mon nom est Duracotus, ma patrie l'Islande, que les anciens appelaient Thulé, ma mère se nommait Fioxhilde ; sa mort récente m'a rendu libre d'écrire, comme je brûlais depuis longtemps du désir de le faire. De son vivant, elle avait pris soin de m'en empêcher. Les ennemis des arts, disait-elle, sont néfastes et dangereux. [...] Elle ne m'a jamais dit le nom de mon père, mais elle racontait que c'était un pécheur, mort à l'âge avancé de cent cinquante ans (j'en avais alors trois), après avoir été marié avec elle environ soixante-dix ans.

Pendant les premières années de mon enfance, ma mère, me tenant par la main, ou parfois, me portant sur ses épaules, m'emmenait souvent sur les basses pentes du mont Hekla. Elle le faisait surtout au moment de la Saint-Jean, quand le Soleil est visible pendant vingt-quatre heures et ne laisse pas de place à la nuit. Elle cueillait des herbes avec toutes sortes de rites et, chez elle, en faisait des décoctions. Elle confectionnait des sachets en peau de chèvre, qu'elle portait, une fois remplis, au port voisin, pour les vendre aux capitaines des navires, et se procurait ainsi de quoi vivre.

J'eus un jour la curiosité d'ouvrir un sachet ; ma mère, qui ne s'en était pas aperçue, s'apprêtait à le vendre, quand des herbes et des morceaux de toile brodés de signes divers s'en échappèrent. Elle fut privée par ma faute de ce petit gain et, dans sa colère, me céda au capitaine, à la place du sachet, pour conserver l'argent. Le lendemain, il leva l'ancre à l'improviste ; il se dirigeait vers Bergen, en Norvège, avec un vent favorable. Quelques jours plus tard, le vent du Nord se leva et le navire fut déporté dans la région qui se trouve entre la Norvège et l'Angleterre ; le capitaine gagna alors le Danemark, traversa le détroit car il avait une lettre de l'évêque d'Islande à remettre au Danois Tycho Brahé qui habitait dans l'île de Hveen. Comme le roulis et la chaleur inhabituelle pour moi m'avaient rendu très malade (car j'étais alors un jeune garçon de quatorze ans), le capitaine fit aborder son navire, me déposa chez un pêcheur de l'île avec la lettre et leva l'ancre en me laissant espérer qu'il reviendrait.

La lettre fut remise à Tycho Brahé ; tout joyeux, il se mit à me poser une foule de questions. [...] Finalement le capitaine revint et essuya un refus en voulant me reprendre, pour ma plus grande joie.

J'éprouvais un plaisir extrême à pratiquer l'astronomie : Brahé et ses étudiants observaient en effet toutes les nuits la Lune et les étoiles avec des instruments extraordinaires. Cette occupation me rappelait ma mère car elle avait, elle aussi, l'habitude de parler sans cesse avec la Lune.

Le narrateur éprouve après quelques années le désir de revoir sa mère, qui se réjouit de le retrouver, et plus encore de le voir devenu astronome :

> Elle se réjouissait vivement que j'aie acquis cette science, comparait ce qu'elle savait à mes propos, et s'exclamait qu'elle pouvait mourir puisqu'elle allait laisser un fils qui hériterait de sa science, son seul bien [1].

## DOCUMENT 12

À la fin du XVIIIe siècle, les philosophies de l'énergie réapparaissent sous une forme nouvelle, débarrassées de toute spéculation magique. On retrouve ainsi dans la pensée de Diderot l'idée d'une sensibilité de la matière, d'une continuité entre matière et esprit.

*Le Rêve de d'Alembert* raconte un entretien fictif entre Diderot lui-même et son ami d'Alembert. Le texte a été rédigé en 1769, mais n'a été édité qu'à titre posthume, en 1830.

> D'ALEMBERT – Je voudrais bien que vous me disiez quelle différence vous mettez entre l'homme et la statue, entre le marbre et la chair.
> DIDEROT – Assez peu. On fait du marbre avec de la chair, et de la chair avec du marbre.
> D'ALEMBERT – Mais l'un n'est pas l'autre. [...] Serait-ce par hasard que vous reconnaîtriez une sensibilité active et une sensibilité inerte ? [...] Je ne vois pas trop comment on fait passer un corps de l'état de sensibilité inerte à l'état de sensibilité active.
> DIDEROT – C'est que vous ne voulez pas le voir. C'est un phénomène aussi commun.
> D'ALEMBERT – Et ce phénomène aussi commun, quel est-il, s'il vous plaît ?
> DIDEROT – Je vais vous le dire, puisque vous en voulez avoir la honte. Cela se fait, toutes les fois que vous mangez.
> D'ALEMBERT – Toutes les fois que je mange !
> DIDEROT – Oui ; car en mangeant, que faites-vous ? Vous levez les obstacles qui s'opposaient à la sensibilité active de

1. Johann Kepler, *Le Songe ou Astronomie lunaire*, trad. M. Ducos, Presses universitaires de Nancy, 1984, p. 30-31.

l'aliment. Vous l'assimilez avec vous-même ; vous en faites de la chair ; vous l'animalisez ; vous le rendez sensible ; et ce que vous exécutez sur un aliment, je l'exécuterai quand il me plaira sur le marbre.

D'ALEMBERT – Et comment cela ?

DIDEROT – Comment ? Je le rendrai comestible. […] Lorsque le bloc de marbre est réduit en poudre impalpable, je mêle cette poudre à de l'humus ou terre végétale ; je les pétris bien ensemble ; j'arrose le mélange, je les laisse putréfier un an, deux ans, un siècle ; le temps ne me fait rien. Lorsque le tout s'est transformé en une matière à peu près homogène, en humus, savez-vous ce que je fais ?

D'ALEMBERT – Je suis sûr que vous ne mangez pas de l'humus.

DIDEROT – Non, mais il y a un moyen d'union, d'appropriation, entre l'humus et moi, un *latus*, comme vous dirait le chimiste.

D'ALEMBERT – Et ce *latus*, c'est la plante ?

DIDEROT – Fort bien. J'y sème des pois, des fèves, des choux, d'autres plantes légumineuses. Les plantes se nourrissent de la terre, et je me nourris des plantes.

D'ALEMBERT – Vrai ou faux, j'aime ce passage du marbre à l'humus, de l'humus au règne végétal, et du règne végétal au règne animal, à la chair.

DIDEROT – Je fais donc de la chair ou de l'âme, comme dit ma fille, une matière activement sensible ; et si je ne résous pas le problème que vous m'avez proposé, du moins j'en approche beaucoup ; car vous m'avouerez qu'il y a bien plus loin d'un morceau de marbre à un être qui sent, que d'un être qui sent à un être qui pense [1].



1. Denis Diderot, *Entretien avec d'Alembert*, GF-Flammarion, 1965, p. 36-37.

## DOCUMENT 13

Les grands procès de sorcellerie sont un phénomène plus moderne qu'on ne le croit souvent. Si la crainte des agissements diaboliques était répandue depuis des siècles, la « chasse aux sorcières » s'engage véritablement peu avant 1500 et bat son plein vers 1600, dans le prolongement des guerres de Religion. C'est alors que se multiplient les ouvrages de « démonologie », qui décrivent et proscrivent, avec une crédulité étonnante, les agissements des démons. Ils servent de manuel et de code dans les procès menés par les juridictions locales. Ils conduisent au bûcher par milliers des guérisseurs de village aussi bien que des philosophes hétérodoxes dont la pensée est confondue avec la sorcellerie. Henri Boguet, né en 1550, est l'auteur de l'un de ces ouvrages, le *Discours exécrable des sorciers* (1602) ; mais c'est aussi un praticien, juriste et homme de loi. La légende lui attribue la responsabilité de six cents bûchers ; les historiens modernes lui en reconnaissent au moins vingt-huit [1].

> Non, non, les Sorciers marchent par tout à milliers, multipliants en terre, tout ainsi que les chenilles en nos jardins ; qui est une honte aux Magistrats, auxquels appartient le châtoi [2] des crimes et délits ; car quand nous n'aurions autre chose que le commandement exprès de Dieu de les faire mourir comme ses plus grands ennemis, pourquoi les endurons-nous davantage, en nous rendant désobéissants à la majesté du Très-Haut ? Nous nous faisons en cela pires qu'eux, puisque la désobéissance est comparée à l'Idolâtrie et à la Sorcellerie

1. Voir par exemple Michel Carmona, *Les Diables de Loudun. Sorcellerie et politique sous Richelieu*, Fayard, 1988, p. 28*sq*.
2. *Châtoi* : châtiment.

par Samuel, parlant au Roi Saül. Ce que ce dernier aussi expérimenta bien, à son grand dommage, parce que, pour n'avoir fait mourir tous les Amaléchites et leur bétail selon qu'il lui était commandé, Dieu s'irrita contre lui si avant qu'il fut défait et tué avec ses enfants par les Philistins [1]. Ce qui nous doit faire penser à nos consciences, et craindre qu'il ne nous en advienne tout autant qu'à Saül, pour cette seule désobéissance. Je laisse que Dieu a menacé en plusieurs endroits les Cités et les villes de destruction pour ce crime ; et qu'ailleurs, il dit qu'il les a ruinées de fond en comble pour le même sujet. Je laisse aussi que les Sorciers ne se plaisent qu'à mal faire, et qu'ils se baignent dans la maladie, et dans la mort des personnes et du bétail ; qui est une autre raison par laquelle nous sommes poussés naturellement à les punir, si toutefois nous sommes touchés de quelque humanité. Je dis de plus : quand nous ne nous ressentirions en rien de ce qui est de l'homme [2] ; car les bêtes, même les plus déraisonnables, ne souffrent pas entre elles celles qui se bandent et mutinent contre les autres, comme nous le voyons par expérience. La nature, ou pour parler plus proprement, l'Auteur de la Nature, nous imprime naturellement ce commun devoir dans l'âme. Car aussi, sans cela, le monde ne pourrait pas subsister. [...]

Je sais qu'il y en a eu ci-devant qui ne se sont pas voulu persuader que ce que l'on disait des Sorciers était véritable, mais pour le jourd'hui, ils commencent de le croire par une grâce singulière de Dieu, lequel leur a dessillé les yeux, que Satan leur avait bandés pour augmenter en cette façon son règne, selon qu'il a fait aussi. Ces Messieurs, dis-je, s'adonnent dès maintenant à faire rechercher les Sorciers, tellement qu'il n'y a pas longtemps qu'ils en ont fait exécuter à mort. D'où j'augure que Satan se verra dans peu de jours terrassé avec tous ses suppôts [3].

1. L'histoire se trouve effectivement dans la Bible : Samuel, 1, 15 et 28-31.
2. C'est-à-dire : « même si nous ne ressentions aucune caractéristique de l'humanité ».
3. Henri Boguet, *Discours exécrable des sorciers. Tiré de quelques procès faits dès deux ans en ça [...] au Comté de Bourgogne. Avec une Instruction pour un Juge en fait de Sorcellerie*, 2e éd., Lyon, Jean Pillehotte, 1605, « épître », n.p.

## Document 14

La hantise des « libertins » accompagne la terreur des « sorciers », avec laquelle elle se confond souvent. En 1623, le jésuite Garasse publie un long ouvrage, *La Doctrine curieuse*, où il fulmine contre les « libertins de ce temps » en attaquant plus particulièrement le poète Théophile de Viau, à qui l'on reproche des poèmes érotiques. Théophile sert donc de cible à une violente critique de la liberté de mœurs et de pensée – à moins que Garasse n'utilise la polémique antilibertine pour accabler en Théophile un ennemi personnel. L'ouvrage connaît un succès remarquable, mais il est d'une véhémence si délirante et si désordonnée que l'ordre des Jésuites ne l'a pas admis sans difficulté. Il juxtapose les anecdotes et les calembours aux autorités théologiques et aux attaques *ad hominem*. Il ne définit pas les « libertins », mais il les compare aux sorciers et suppôts du diable, aux hérétiques, aux Turcs, aux impies, aux mendiants et aux gueux, aux homosexuels (« sodomites ») ou encore aux « courges, citrouilles, melons », et à diverses bestioles nuisibles.

> La Théologie et l'Histoire Ecclésiastique nous enseignent que le Diable ne pouvant par soi-même faire tout le mal qu'il voudrait, se sert de l'aide et de l'assistance des hommes, comme les chasseurs qui ne peuvent prendre les oiseaux à la main, se servent de la trahison de quelques-uns de ces oiseaux mêmes [...]. Ainsi le Diable instruit et dresse quelques méchants esprits, qui sont plus maudits que des Diables incarnés. [...] Quand un esprit se met et abandonne à mal faire, c'est une gangrène irrémédiable, il faut couper, trancher, brûler de bonne heure, autrement l'affaire est désespérée. Malheur à nous, si nous n'appréhendons ce danger évident, malheur à nous, si la postérité nous accuse de même nonchalance en la naissance de ce malheur, que nous avons accusé nos ancêtres en la naissance des Hérésies.

Plus loin, Garasse rappelle la condamnation récente d'une secte hermétique, les frères de la Rose-Croix.

> Je conclus que si ces Frères de la fraternité des Roses sont coupables, méchants et condamnés par arrêt en qualité de

> Sorciers, et d'une méchante conjuration de faquins préjudiciable à la Religion, aux États séculiers et à la doctrine des bonnes mœurs, quoiqu'ils aient en apparence quelque attrait de piété, je ne vois point de supplices assez grands pour nos dogmatisants, qui n'ont en leurs paroles que blasphèmes et impiétés, en leurs actions que brutalités et Sodomies, en leurs écrits que trophées de leurs impudicités, en leur hantise, que corruption de jeunesse, en leur visage qu'impudence, en leur âme que trahison, [...] dont ils se vantent eux-mêmes par leurs livres imprimés, afin que personne n'en prétende cause d'ignorance [1].

On voit que l'assimilation entre sorcellerie et liberté de penser n'est pas une invention de Cyrano. Très courante au début du XVII^e siècle, elle permet d'étendre la « chasse aux sorcières » aux « esprits forts », philosophes ou poètes.

> La vraie liberté de l'Esprit consiste en la simple et sage créance de tout ce que l'Église lui propose, indifféremment et sans distinction.
>
> La difficulté n'est pas à définir si l'esprit de l'homme est doué de liberté, mais à déterminer en quoi gît cette liberté. Les Libertins et Athées estiment que c'est en ce pouvoir que l'esprit humain a sur soi-même, de croire ce que bon lui semble, sans s'attacher ou captiver à la créance d'autrui, et de là ils s'appellent Libertins. [...] Je dis donc que la vraie liberté de l'esprit consiste à croire franchement ce que l'Église nous propose, sans philosopher ou sophistiquer dessus et dire « Je crois cet article d'autant qu'il me semble plus conforme à la raison et au sens naturel ; je ne crois pas celui-là d'autant que j'y trouve plus de difficulté et de contradiction » ; car faire comme cela, c'est être Philosophe non pas Chrétien, vouloir savoir, et non pas croire [2].

---

1. François Garasse, *La Doctrine curieuse des beaux esprits de ce temps, ou prétendus tels, contenant plusieurs Maximes pernicieuses à la Religion, à l'État, et aux bonnes Mœurs, combattue et renversée par le P. François Garassus, de la Compagnie de Jésus*, Paris, S. Chappelet, 1624, p. 5-6, 16-18 et 91-92. – Les « dogmatisants » sont les « libertins », qui croient pouvoir « dogmatiser » mieux que l'Église – *Leur hantise* : leurs fréquentations.
2. Garasse, *La Doctrine curieuse*, *op. cit.*, p. 209-210.

# Document 15

Les vitupérations de *La Doctrine curieuse* n'auront pas été poussées en vain. Bien que Théophile de Viau soit pourvu de multiples protections au plus haut niveau de la société et de l'État, Garasse finit par obtenir sinon sa mort, du moins son incarcération. Théophile mourra en 1626, peu après sa sortie de prison. En 1624-1625, de sa prison, il décrivait son expérience dans un écrit polémique.

On pourra confronter cette description au récit d'emprisonnement qui figure au début des *États et Empires du Soleil.*

Une vieille et haute bâtisse que les premiers habitants de Paris, si le gardien ne m'a pas induit en erreur, ont élevée pour protéger leur ville naissante… si massives sont les murailles et les portes qui la défendent que l'entrée de cette prison pourrait, je crois, braver sans dommage même la chute de la foudre. Telle est la tour où j'ai l'impression d'avoir passé six mois entiers dans une nuit sans fin, comme au pays des Lestrygons [1] : ici les différents moments de la journée ne se distinguent nullement. Les rayons du soleil, comme s'ils étaient atteints d'une éclipse perpétuelle, tentent, seulement à l'heure qui précède ou qui suit midi, de vaincre l'obscurité de ces lieux ; les profondeurs d'une étroite ouverture, bien lointaine, laissent filtrer quelques minces filets de lumière, plus pâles que le moindre lumignon. Le reste du temps, une minuscule chandelle donne une pauvre flamme, terne et fumeuse – on croirait la voir à travers la paroi de corne d'une lanterne – et, dans une si vaste étendue de ténèbres, elle répand une si petite lueur qu'à peine suffit-elle à dissiper un instant l'obscurité et à permettre aux yeux de diriger les pas sur le sol rocailleux de ce réduit. Mais on aurait beau l'approcher d'un livre autant qu'on voudrait, ce ne serait pas un petit travail de le lire, fût-il imprimé en gros caractères. Quand bien même on aurait le droit d'allumer une lampe plus importante pour vaincre une nuit si noire, la composition malsaine de l'air épais ne le permettrait pas : inévitablement on avalerait en respirant toutes les fumées grasses, celles de l'huile s'ajoutant à celles de la nourriture, et qu'on dorme ou qu'on

1. Au pays des Lestrygons, « les chemins du jour côtoient ceux de la nuit » (Homère, *Odyssée*, X, v. 86).

veille, on n'absorberait que de l'air vicié. Ici d'ailleurs tout ce qu'on voit est repoussant, tout ce sur quoi on marche est immonde, tout ce qu'on touche rugueux, tout ce qu'on mange infect, tout ce qu'on boit glacial. Et pour que nul espoir de délivrance ne puisse adoucir pour moi les désagréments d'une existence si déplaisante, pour que me soit interdit, dans le découragement où me plonge une interminable captivité, le réconfort d'une tentative d'évasion même vaine, on me confine derrière vingt-deux portes, au fond d'un cachot de cette forteresse [1].

## Document 16

L'érudit « libertin » Gabriel Naudé a développé dans l'ensemble de son œuvre une interprétation des phénomènes religieux qui les réduit à des affaires de domination politique. Dans son *Apologie pour tous les grands hommes qui ont été faussement soupçonnés de magie* (1624-1625), il explique que les griefs de magie ou de sorcellerie ont été utilisés pour interdire, à des fins d'oppression politique, l'« émancipation » de la pensée. Il écrit ainsi, après avoir évoqué un certain nombre de philosophes :

> Tous ces grands esprits s'élevèrent à un tel degré de perfection, que l'ignorance de leurs siècles, fâchée de ce qu'ils s'émancipaient davantage que les autres, les a toujours soupçonnés d'impiété en leurs spéculations et théorie, et de magie en leurs actions. [...]
>
> Les premiers qui découvrirent la cause des éclipses l'enseignaient comme par cabale et tradition bien secrète à leurs disciples, ne l'osant divulguer entre le peuple qui s'était de tout temps persuadé qu'il n'appartenait qu'à des téméraires et impies de rechercher la raison de tous ces effets extraordinaires, qui dépendaient immédiatement de la volonté de leurs dieux, la liberté desquels ils jugeaient ne pouvoir compatir avec l'ordre assuré des causes desquelles les philosophes voulaient faire démonstration en la Nature. C'est pourquoi ils les punissaient rigoureusement, ou par l'exil comme Protagore, ou par une longue prison comme Anaxagore, de laquelle Périclès eut toutes les peines du monde à le faire sortir ; ne

1. *Théophile en prison*, trad. du latin, R. Casanova (éd.), J.-J. Pauvert, 1967.

pardonnant pas même à Socrate qu'ils condamnèrent pour ce sujet, combien que sa philosophie ne fût pas semblable à celle des précédents. [...]
Ce n'est point de merveille – puisque toutes les propositions de ces grands esprits, quoique très solides et véritables, ont toujours été rejetées comme suspectes d'impiété par les gentils [1], et d'hérésies par les chrétiens, pour s'être rencontrées en des siècles qui avaient toutes ces saillies et connaissances extraordinaires pour suspectes et douteuses – si la plupart des philosophes, mathématiciens et naturalistes ont été faussement soupçonnés de magie. [...] Cette calomnie est tellement particulière à tous ceux qui font profession de ces disciplines, qu'il semble que ce leur soit une propriété essentielle d'être réputés magiciens [2].



## Document 17

Après la mort de Théophile en 1626, les ouvrages qui bravent ouvertement la morale sexuelle et la doctrine chrétienne se font de plus en plus rares en France. Quelques manuscrits à peine circulent sous le manteau. Cependant, dans sa tragédie *La Mort d'Agrippine* (publiée en 1654), qui représente le déchaînement des passions politiques dans une cour romaine déchirée par des intrigues meurtrières, Cyrano attribue à son héros Séjanus des formules d'un athéisme violent : les dieux ne sont pour lui que les « enfants de l'effroi », les produits de la pusillanimité humaine.

TÉRENTIUS
Respecte et crains des Dieux l'effroyable tonnerre.
SÉJANUS
Il ne tombe jamais en Hiver sur la terre,
J'ai six mois pour le moins à me moquer des Dieux,
Ensuite je ferai ma paix avec les Cieux.
TÉRENTIUS
Ces Dieux renverseront tout ce que tu proposes.
SÉJANUS
Un peu d'Encens brûlé rajuste bien des choses.

---

1. Les *gentils* : les païens.
2. Gabriel Naudé, *Apologie pour tous les grands hommes qui ont été faussement soupçonnés de magie*, dans *Libertins du XVIIe siècle*, J. Prévot (éd.), Gallimard, « Bibliothèque de la Pléiade », 1998, p. 169-171.

TÉRENTIUS

Qui les craint, ne craint rien.

SÉJANUS

Ces enfants de l'effroi,
Ces beaux riens qu'on adore, et sans savoir pourquoi,
Ces altérés du sang des bêtes qu'on assomme,
Ces Dieux que l'homme a fait, et qui n'ont point fait l'homme,
Des plus fermes États ce fantasque soutien,
Va, va, Térentius, qui les craint, ne craint rien [1].

TÉRENTIUS

Mais s'il n'en était point, cette Machine ronde… ?

SÉJANUS

Oui, mais s'il en était, serais-je encor au monde ?

---

1. Jeu de mots caractéristique de la pratique « libertine » de l'écriture *équivoque*. L'expression « qui les craint, ne craint rien » est prononcée deux fois, à quelques vers d'intervalle. Lorsqu'elle apparaît d'abord dans la bouche de Térentius, on peut comprendre que l'homme qui respecte Dieu ne connaît pas la peur – interprétation orthodoxe, conforme au propos général du personnage. Mais lorsque le hardi Séjanus reprend la formule, il faut bien admettre une autre interprétation, d'un athéisme virulent : celui qui redoute Dieu craint un « rien », un non-être, une imagination. L'effort de réflexion que l'équivoque impose au lecteur ou au spectateur accuse encore la violence du choc.

## 4 — *L'homme et l'animal*

### DOCUMENT 18

La différence entre l'homme et l'animal a donné lieu dans les années 1640 à un débat polémique opposant les deux principaux représentants de la « nouvelle philosophie » en France, Descartes et l'épicurien Gassendi. Dans ses *Méditations métaphysiques* (1641), Descartes pose une séparation absolue entre l'âme et le corps ; la pensée, selon lui, se distingue radicalement de l'imagination et de la sensibilité ; elle est propre à l'homme, et les animaux ne sont que des « machines » matérielles. Gassendi avance au contraire que la pensée ne se détache jamais totalement ni du corps, ni de la sensibilité, ni de l'imagination ; c'est pourquoi on peut admettre que les animaux, qui imaginent et qui sentent, sont dotés d'une âme aussi bien que les hommes.

Dans la *Disquisitio metaphysica* (1644), Gassendi présente sous forme de dialogue les arguments de Descartes et les siens propres. Le chapitre est intitulé « Si l'Âme est une chose qui sent, qui imagine, etc., il semble nécessaire d'attribuer une âme aux Bêtes ».

*Je suis libre*, dites-vous [= Descartes], *et il est en mon pouvoir de me détourner de la fuite aussi bien que de l'envie d'atteindre l'objet.* Mais c'est justement la même chose que fait ce principe connaissant qui est dans la bête, et s'il se trouve parfois que le chien, sans craindre aucunement les menaces ni les coups, se jette sur la proie qu'il a vue, combien de fois l'homme ne fait-il pas des choses semblables ? – *Le chien*, dites-vous, *aboie par pure impulsion, et non par choix, comme l'homme parle.* Mais il y a chez l'homme des raisons de penser qu'il parle impulsivement : car ce que vous attribuez à un choix réfléchi provient pour la plus grande part de la force de l'impulsion, et chez chaque animal aussi il y a un pouvoir de choix là où l'impulsion est la plus vive. En vérité, j'ai vu un chien qui réglait son aboiement sur le son d'une trompette de telle sorte qu'il imitait toutes les variations du son, aigu ou grave, lent ou rapide, bien qu'on les produisît de façon arbitraire et à l'improviste, soit en les augmentant, soit en les prolongeant. – *Les bêtes,* dites-vous, *n'ont point de raison.* Elles manquent bien d'une raison humaine, mais non de celle qui est la leur, et tellement qu'on ne peut plus dire, semble-t-il, qu'elles soient privées de raison, si ce n'est par rapport à nous ou à notre espèce ; et d'ailleurs la faculté discursive ou la raison semble être une faculté générale, qui peut leur être attribuée [...]. Vous dites qu'*elles ne raisonnent point.* Mais si leurs raisonnements ne sont point aussi parfaits et ne portent point sur autant de choses que ceux des hommes, encore est-il qu'elles raisonnent cependant, et il semble qu'il n'y ait rien de différent, sinon quant au plus et au moins. Vous dites qu'*elles ne parlent pas* : mais si elles ne profèrent point de paroles humaines (aussi ne sont-elles point des hommes), elles en profèrent pourtant qui leur sont propres, et dont elles usent comme nous usons des nôtres [...]. Voyez s'il est bien équitable de votre part d'exiger d'une bête les paroles d'un homme, et de ne pas tenir compte de celles qui lui sont propres [1].

## Document 19

Le refus d'une distinction radicale entre âme humaine et âme animale se retrouve dans l'ensemble des ouvrages « libertins » du siècle : il touche au cœur même du spiritualisme chrétien, de la doctrine de l'immortalité de l'âme, et de la représentation biblique de l'univers.

Chez La Fontaine comme chez Cyrano, les animaux et les arbres parlent : ce n'est pas un hasard, ni une simple plaisanterie. La Fontaine connaissait bien la polémique entre Gassendi et Descartes, et certaines de ses fables s'opposent explicitement à la conception cartésienne des « animaux-machines [2] ». D'autres, comme « L'Homme et

1. Pierre Gassendi, *Disquisitio metaphysica. Recherches métaphysiques, ou Doutes et instances contre la métaphysique de R. Descartes et ses réponses*, B. Rochot éd., Vrin, 1962, p. 150-152.
2. Voir en particulier le « Discours à M. le Duc de La Rochefoucauld » (X, 14), et le « Discours à Mme de La Sablière » (livre IX).

la Couleuvre », donnent la parole aux bêtes et aux arbres pour faire le procès des prétentions de l'homme. On notera ici la pointe finale inattendue, qui superpose une satire socio-politique à la critique de l'anthropocentrisme.

Un Homme vit une Couleuvre.
« Ah ! méchante, dit-il, je m'en vais faire une œuvre
Agréable à tout l'univers. »
À ces mots, l'animal pervers
(C'est le serpent que je veux dire
Et non l'homme : on pourrait aisément s'y tromper),
À ces mots, le Serpent, se laissant attraper,
Est pris, mis en un sac ; et, ce qui fut le pire,
On résolut sa mort, fût-il coupable ou non.
Afin de le payer toutefois de raison,
L'autre lui fit cette harangue :
« Symbole des ingrats, être bon aux méchants,
C'est être sot, meurs donc : ta colère et tes dents
Ne me nuiront jamais. » Le Serpent, en sa langue,
Reprit du mieux qu'il put : « S'il fallait condamner
Tous les ingrats qui sont au monde,
À qui pourrait-on pardonner ?
Toi-même tu te fais ton procès. Je me fonde
Sur tes propres leçons ; jette les yeux sur toi.
Mes jours sont en tes mains, tranche-les : ta justice,
C'est ton utilité, ton plaisir, ton caprice ;
Selon ces lois, condamne-moi ;
Mais trouve bon qu'avec franchise
En mourant au moins je te dise
Que le symbole des ingrats
Ce n'est point le serpent, c'est l'homme. »

[Une vache, un bœuf, un arbre, sont appelés tour à tour, et confirment la sentence du serpent.]

L'Homme trouvant mauvais que l'on l'eût convaincu,
Voulut à toute force avoir cause gagnée.
« Je suis bien bon, dit-il, d'écouter ces gens-là. »
Du sac et du serpent aussitôt il donna
Contre les murs, tant qu'il tua la bête.
On en use ainsi chez les grands.
La raison les offense ; ils se mettent en tête
Que tout est né pour eux, quadrupèdes, et gens,
Et serpents.

Si quelqu'un desserre les dents,
C'est un sot. – J'en conviens. Mais que faut-il donc faire ?
– Parler de loin, ou bien se taire.

## Document 20

Les *Voyages de Gulliver*, que Jonathan Swift fait paraître anonymement à Londres en 1726, sont un roman comique et merveilleux, mais aussi une satire virulente des usages sociaux et politiques de l'Europe. Avec l'ultime voyage de Gulliver, au pays des Houyhnhnms, le roman se clôt sur une remise en cause générale de la place de l'homme dans le règne naturel.

Le Narrateur vient d'arriver dans une contrée inconnue où il a été poursuivi par des créatures humanoïdes hideuses et féroces, dont le cri est « yahoo » ; un cheval digne et compréhensif l'a protégé et accueilli dans sa maison.

Peu après mon entrée, la jument se leva et s'approcha pour examiner soigneusement mes mains et mon visage ; elle me lança un regard très méprisant puis se tourna vers le cheval et j'entendis prononcer le mot *Yahoo* à plusieurs reprises ; je n'en comprenais pas encore le sens, bien que ce fût le premier mot que j'eusse appris à prononcer ; je ne tardai pas à le comprendre, pour mon éternelle mortification ; car le cheval me fit un signe de tête et répéta le mot *hhuun, hhuun*, comme il l'avait fait sur la route et je compris que je devais le suivre dans une sorte de cour où se trouvait un édicule à quelque distance de la maison. Nous y entrâmes et j'y trouvai d'abord trois détestables créatures du genre de celles d'abord vues à mon arrivée dans ce pays, occupées à se nourrir de racines et de la chair de quelques animaux que j'identifiai ensuite comme étant des ânes et des chiens, et parfois une vache morte d'accident ou de maladie. Ils étaient attachés par de solides liens d'osier reliés à une poutre ; ils tenaient leur pitance entre les griffes de leurs pattes antérieures et la déchiraient entre les dents.

Le maître des chevaux ordonna à un poney alezan, l'un de ses valets, de délier le plus gros de ces monstres et de l'amener dans la cour. On nous approcha l'un de l'autre ; le maître et son domestique comparèrent soigneusement nos physionomies et répétèrent derechef le mot *Yahoo*. Mon horreur et ma stupéfaction ne sauraient se décrire quand je reconnus dans cet abominable animal une silhouette humaine parfaite ; le visage en était plat et large, le nez déprimé, les lèvres lippues, la bouche démesurée. Mais [...] [les pattes antérieures] des Yahoos ne différaient de mes mains que par la longueur des ongles, la rugosité et la noirceur des paumes, la pilosité du dos de la main. Nos pieds étaient de même similaires et dissemblables, et je m'en rendais fort bien compte même si les chevaux en étaient incapables à cause de mes chaussures et de mes bas ; il en allait ainsi pour tout le corps, à l'exception de la pilosité et de la couleur comme je l'ai déjà expliqué [1].



1. Jonathan Swift, *Voyages de Gulliver* [1726], GF-Flammarion, 1997, p. 306-307.

## DOCUMENT 21

Le poème philosophique de Lucrèce, le *De rerum natura* (*De la nature*, Ier siècle av. J.-C.), est à la base de toute la pensée libertine du XVIIe siècle. Il heurte de front l'ordre entier de la pensée chrétienne, pour laquelle l'homme ne peut s'élever que par l'esprit, en humiliant son corps devant la grandeur de Dieu. Lucrèce nie toute spiritualité indépendante de la matière, et se propose d'expliquer le cours entier du monde par le mouvement de corpuscules de matière. Il attribue à cette matière universelle une agitation constante sous l'effet du désir et de la recherche du plaisir. Il proclame que l'homme, par la maîtrise des plaisirs et l'exercice de la pensée, peut gagner sa liberté et se faire l'égal des dieux.

Lucrèce représente son maître Épicure comme un héros semblable à Prométhée, le héros mythologique qui a gravi les cieux pour dérober le feu aux dieux et l'apporter aux hommes.

La vie humaine, spectacle répugnant, gisait
sur la terre, écrasée sous le poids de la religion,
dont la tête surgie des régions célestes
menaçait les mortels de son regard hideux,
quand pour la première fois un homme, un Grec,
osa la regarder en face, l'affronter enfin.
Le prestige des dieux ni la foudre ne l'arrêtèrent,
non plus que le ciel de son grondement menaçant,
mais son ardeur fut stimulée au point qu'il désira
forcer le premier les verrous de la nature.
Donc, la vigueur de son esprit triompha, et dehors
s'élança, bien loin des remparts enflammés du monde.
Il parcourut par la pensée l'univers infini.
Vainqueur, il revient nous dire ce qui peut naître
ou non, pourquoi enfin est assigné à chaque chose

un pouvoir limité, une borne immuable.
Ainsi, la religion est soumise à son tour,
piétinée, victoire qui nous élève au ciel [1].

## Document 22

Lucrèce expose une théorie physique matérialiste, selon laquelle l'univers est régi, sans intervention des dieux, par la rencontre aléatoire de particules de matière, qu'il appelle « atomes », « principes » ou « semences ».

Mais de quelle façon la rencontre de la matière
a formé la terre, le ciel, les profondeurs de l'océan,
le soleil, la lune et leur cours, je l'exposerai dans l'ordre :
ce n'est pas après concertation ni par sagacité
que les atomes se sont mis chacun à sa place ;
ils n'ont point stipulé quels seraient leurs mouvements.
Tous ces principes des choses, de mille manières
ébranlés par les chocs, emportés par leur poids,
depuis un temps infini n'ont cessé de se mouvoir,
de s'unir en tous sens, de tenter toutes les créations
que leurs combinaisons étaient capables de former :
ainsi, à force d'errer dans la grande éternité,
d'essayer toutes sortes d'unions et de mouvements,
ils en viennent soudain à des rassemblements
qui forment l'origine de ces grandes choses,
la terre, la mer, le ciel et le genre des vivants [2].

Dans ce cadre, Lucrèce fait du désir physique, qui court à travers toute la nature, le but de la vie humaine. Son invocation à la volupté (Vénus) est dans toutes les mémoires au XVII^e siècle : « Par les mers, les montagnes, les fleuves impétueux,/les demeures feuillues des oiseaux, les plaines reverdies,/plantant le tendre amour au cœur de tous les êtres,/tu transmets le désir de propager l'espèce [3]. »

1. Lucrèce, *De la nature* (I^er siècle av. J.-C.), I, v. 62-79, trad. José Kany-Turpin, GF-Flammarion, 1998, p. 57.
2. *Ibid.*, V, 416-431, p. 339.
3. *Ibid.*, I, 16-20, p. 53.

## Document 23

« Je me propose de dire les métamorphoses des formes en des corps nouveaux », écrit Ovide au premier vers de ses *Métamorphoses*. Ce poème latin, qui date du Ier siècle apr. J.-C., raconte l'histoire du monde par des transformations prodigieuses et continuelles. Le livre XV, consacré pour l'essentiel au philosophe Pythagore, jette un éclairage singulier sur le récit poétique. On attribuait à Pythagore une pensée de la mutation universelle, de la génération continue et de la métempsycose, qu'Ovide présente en ces termes en faisant parler le philosophe lui-même :

> Sachez encore qu'il n'y a rien de stable dans l'univers entier ; tout passe, toutes les formes ne sont faites que pour aller et venir. […]
> Rien ne conserve son apparence primitive ; la nature, qui renouvelle sans cesse l'univers, rajeunit les formes les unes avec les autres. Rien ne périt, croyez-moi, dans le monde entier ; mais tout varie, tout change d'aspect. Ce que nous appelons naître, c'est commencer une existence différente de la précédente ; mourir, c'est la terminer. Il peut se faire que les parties soient transportées de-ci de-là ; mais la somme de l'ensemble reste constante. Pour moi, je crois que rien ne peut subsister longtemps sous la même forme. […] Moi-même j'ai vu une mer qui avait remplacé une terre jadis très solide ; j'ai vu des terres qui avaient remplacé la mer ; on a trouvé sur le sol, bien loin des flots, des coquilles marines et de vieilles ancres au sommet des montagnes ; de ce qui était un champ une inondation a parfois fait une vallée et un torrent débordé a forcé une montagne à descendre dans la plaine ; tel terrain où il y avait un marais est aujourd'hui desséché, couvert de sables arides et sur d'autres qui avaient souffert de la soif s'étendent les eaux stagnantes d'un marécage. […]
> S'il faut ajouter foi aux faits bien établis, ne voyez-vous pas des corps, que l'action du temps ou de la chaleur a fondus et décomposés, se transformer en petits animaux ? Tenez : choisissez une fosse, immolez-y des taureaux et rejetez sur eux de la terre. Par un phénomène que l'expérience atteste, de leurs chairs en putréfaction naissent çà et là des abeilles qui vont butiner les fleurs ; à l'égal de ceux qui leur ont donné le jour elles se plaisent aux champs, elles aiment le travail et peinent dans l'espoir de la récolte. Enfoui dans le sol le coursier belli-

queux engendre des frelons. Si vous enlevez à un crabe, ami des rivages, ses bras recourbés et si vous couvrez le reste de terre, il sortira de la partie ensevelie un scorpion qui vous menacera de sa queue crochue. Les chenilles que l'on voit, à la campagne, tisser autour des feuilles leurs blancs filaments perdent leur forme pour prendre, comme l'ont observé les cultivateurs, celle du papillon funèbre. Il y a dans le limon des germes d'où naissent les vertes grenouilles ; il les engendre d'abord dépourvues de pieds ; puis il leur donne des jambes [...]. Suivant une opinion qui a des partisans, quand l'épine dorsale d'un être humain a pourri au fond de la tombe close, la moelle se change en serpent [1].

## DOCUMENT 24

« Tant s'en faut que je veuille qu'on croie toutes les choses que j'écrirai, que même je prétends en proposer ici quelques-unes que je crois absolument fausses », écrit Descartes dans les *Principes de philosophie* (1644-1647) où il expose sa théorie de la matière et du cosmos. Cette modestie s'explique d'abord par la prudence : quelques années plus tôt, en apprenant la condamnation de Galilée, Descartes a dû renoncer à publier son *Traité du monde*. Il propose en effet une cosmogonie et une cosmologie qui s'opposent aussi bien à la mythologie biblique qu'aux représentations universitaires traditionnelles : il postule que l'univers est formé de particules de matière en mouvement, qui s'assemblent en « tourbillons » pour former les astres. Comme une grande part de la physique du temps, la cosmologie de Descartes s'appuie sur l'atomisme épicurien pour formuler une théorie nouvelle.

Supposons donc, s'il vous plaît, que Dieu a divisé au commencement toute la matière dont il a composé ce monde visible, en des parties aussi égales entre elles qu'elles ont pu être, et dont la grandeur était médiocre, c'est-à-dire moyenne entre toutes les diverses grandeurs de celles qui composent maintenant les Cieux et les Astres ; et qu'enfin, il a fait qu'elles ont toutes commencé à se mouvoir d'égale force en deux diverses façons, à savoir chacune à part autour de son

1. Ovide, *Métamorphoses*, XV, trad. G. Lafaye, Gallimard, « Folio », 1992, p. 485-492.

propre centre, au moyen de quoi elles ont composé un corps liquide, tel que je juge être le Ciel ; et avec cela, plusieurs ensemble autour de quelques centres, disposés en même façon dans l'univers que nous voyons à présent les centres des Étoiles fixes, mais dont le nombre à été plus grand.

[Ainsi, les particules de matière] ont composé autant de différents tourbillons (je me servirai dorénavant de ce mot pour signifier toute la matière qui tourne ainsi en rond autour de chacun de ces centres) qu'il y a maintenant d'Astres dans le monde [1].

## DOCUMENT 25

La philosophie de Giordano Bruno, mort sur le bûcher en 1600, prend toute la mesure de l'ébranlement de l'image traditionnelle du cosmos et de l'ordre de la pensée ; Bruno postule un univers infini dans l'espace, et soumis à des mutations continuelles. Cette représentation ne laisse pas de place au surnaturel ni à la transcendance : c'est dans la stricte immanence de l'univers naturel que se produisent ces métamorphoses permanentes.

Le dialogue *L'Infini, l'univers et les mondes* est paru en 1584.

FRACASTORIO. – Nous savons qu'il existe un champ infini, un espace contenant qui embrasse et pénètre le tout. En lui se trouve une infinité de corps [astraux] semblables au nôtre. Aucun d'eux n'est au centre de l'univers, car l'univers est infini et par conséquent sans centre ni limite […]. Ainsi, il n'existe pas seulement un monde, une terre, un soleil, mais autant de mondes que nous pouvons voir de lumières briller autour de nous, qui ne sont pas plus dans un seul ciel, un seul espace, ou un seul contenant sphérique que notre terre ne se trouve dans un seul univers contenant, un seul espace ou un seul ciel. De sorte que le ciel, à savoir cet air qui s'étend infiniment, bien que partie de l'univers infini, n'est pas un monde ou une partie de monde. Mais c'est le sein, le refuge, et le champ où tous ces mondes se meuvent et vivent, où ils croissent et rendent effectives les différentes actions de leurs vicissitudes. C'est là où ils produisent, nourrissent et préservent leurs habitants et leurs animaux. […]

1. Descartes, *Principes de philosophie*, III, Vrin, 1996, p. 124.

Dossier

BURCHIO – Ainsi donc, les autres mondes sont habités comme l'est le nôtre ?
FRACASTORIO – Sinon comme l'est le nôtre et sinon plus noblement, du moins ces mondes ne sont-ils pas moins habités, ni moins nobles [1]. [...]

FILOTEO – L'univers étant infini et tous ses corps transmutables, tous ceux-ci sont donc constamment dispersés et constamment réassemblés. Ils projettent vers l'extérieur leur substance, et reçoivent en eux-mêmes cette substance voyageuse. Je n'estime pas qu'il soit absurde ou inadéquat, mais au contraire tout à fait adapté et naturel qu'un sujet soit soumis à des transmutations [2].

## DOCUMENT 26

Le propos de Cyrano rappelle à bien des égards l'œuvre de Giordano Bruno. La pensée de Bruno exploite toutes les conceptions du désir libératoire, celle de l'épicurisme comme celle de l'hermétisme. Elle tend vers une double déstabilisation du sujet et du monde, à partir des deux notions du désir et de l'infini. Bruno récuse à la fois les limites imposées à la volonté et à la force du désir humain et l'idée d'un monde fini, créé par Dieu comme une totalité close. Il situe la grandeur de l'homme dans son désir infini, qu'il appelle « héroïque ». La pensée pour lui n'est pas un savoir mais une triple quête, désir de connaissance, désir de plaisir, désir d'action par la maîtrise « magique » des énergies cosmiques. L'œuvre de Bruno s'inscrit dans les formes inattendues du poème, de la satire, du théâtre comique, des dialogues bouffons où les propositions scientifiques et philosophiques sont prises dans le mouvement d'une enquête ironique. Elle intègre l'ironie dans le champ de la philosophie parce qu'elle tient compte de l'échec dérisoire auquel s'expose l'effort héroïque de la pensée humaine, tendue entre l'infini et le ridicule.

Pour Giordano Bruno, la philosophie est intimement liée à la représentation poétique ; elle consiste dans une

1. Giordano Bruno, *L'Infini, l'univers et les mondes*, Berg international, 1987, p. 121-122.
2. *Ibid.*, p. 87.

« réflexion » sur les « images » produites par l'imagination. « Les philosophes sont, d'une certaine façon, des peintres et des poètes, les poètes des peintres et des philosophes, et les peintres des philosophes et des poètes... Il n'est en effet de philosophe qui ne forge des fictions et des peintures... et il n'est pas de peintre qui d'une certaine façon ne façonne et ne médite » (*Sigillus sigillorum*).

Ainsi la pensée, selon Bruno, se déploie-t-elle à travers le foisonnement des images, à travers aussi la multiplicité et la contradiction des propositions possibles. On ne peut manquer de penser aux *États et Empires* en lisant ces phrases qui introduisent *Le Souper des Cendres* (1584) :

> Si, devant la multiplicité et la diversité des propositions cousues ensemble dans ce livre, vous avez l'impression qu'il s'agit là moins de science que d'une mixture de dialogue, de comédie, de tragédie, de poésie, d'éloquence – qui tantôt loue, tantôt blâme, tantôt démontre et enseigne ; qui touche tantôt à la physique et tantôt à la mathématique, tantôt à la morale et tantôt à la logique ; bref, qui arrache un lambeau à toutes les sortes de science –, considérez, monseigneur, que ce dialogue conte une histoire ; tout en rapportant les circonstances, les déplacements, les passages, les rencontres, les gestes, les émotions, les discours, les propositions, les réponses, les énoncés pertinents ou impertinents [...], il peut à juste titre aborder, chemin faisant, tous les sujets [1].

1. Giordano Bruno, *Le Souper des Cendres* [1584], *Œuvres complètes*, II, Les Belles Lettres, 1994, p. 18-20.

# BIBLIOGRAPHIE

## Dictionnaires de langue

Antoine Furetière, *Dictionnaire universel* [1690], Slatkine, 1970.

Pierre Richelet, *Dictionnaire français* [1680], Slatkine, 1970.

*Dictionnaire de l'Académie française* [1694], Slatkine, 1968.

Frédéric Godefroy, *Dictionnaire de l'ancienne langue française et de tous ses dialectes du* IXe *au* XVe *siècle* [1881-1902], Slatkine, 1980.

Edmond Huguet, *Dictionnaire de la langue française du* XVIe *siècle* [1925], Didier, 1967.

Antoine Oudin, *Curiosités françaises. Pour servir de supplément aux Dictionnaires. Ou Recueil de plusieurs belles propriétés, avec une infinité de proverbes et quolibets pour l'explication de toute sorte de livres*, Rouen, 1649, Slatkine, 1971.

## Œuvres de Cyrano de Bergerac

### Éditions des *États et Empires du Soleil*

– L'édition originale est parue sous le titre :

*Les Nouvelles Œuvres de Monsieur de Cyrano Bergerac, contenant l'Histoire comique des États et Empires du Soleil, plusieurs lettres et autres pièces divertissantes*, Paris, Charles de Sercy, 1662.

– Éditions récentes :

Cyrano de Bergerac, *Œuvres complètes*, texte établi et présenté par Jacques Prévot, Belin, 1977.

*L'Autre monde. Les États et Empires de la Lune et du Soleil*, dans *Voyages aux pays de nulle part*, Robert Laffont, « Bouquins », 1990 [reprend le texte de l'édition du

Club des Libraires de France par Cl. Mettra et J. Suyeux, 1962].

*Les États et Empires de la Lune et du Soleil*, dans *Libertins du XVIIe siècle*, édition établie, présentée et annotée par J. Prévot, Gallimard, « Bibliothèque de la Pléiade », 1998.

Cyrano de Bergerac, *Œuvres complètes*, t. I, édition critique, textes établis et commentés par Madeleine Alcover, Champion, 2000. Le tome I contient *L'Autre monde ou les États et Empires de la Lune* ; *Les États et Empires du Soleil* ; *Le Fragment de physique*.

### Éditions récentes des autres œuvres de Cyrano

*Voyage dans la Lune*, Maurice Laugaa (éd.), GF-Flammarion, 1970.

*L'Autre Monde ou les Empires et Estats de la Lune*, édition diplomatique de Margaret Sankey, Minard, 1995.

*L'Autre Monde ou les Estats et Empires de la Lune*, Madeleine Alcover (éd.), STFM, 1996.

*La Mort d'Agrippine*, C.J. Gossip (éd.), Exeter, University of Exeter, 1982.

*La Mort d'Agrippine*, Dominique Moncond'huy (éd.), La Table Ronde, 1995.

*Lettres satiriques et amoureuses*, précédées de *Lettres diverses*, Jean-Charles Darmon (éd.), Desjonquères, 1999.

Cyrano de Bergerac, *Œuvres complètes*, t. II et III, textes établis et commentés par Madeleine Alcover, Champion, 2001.

## Le contexte philosophique et scientifique

### Ouvrages de philosophie, science et littérature antiques

Apulée, *L'Âne d'or ou les Métamorphoses*, Gallimard, « Folio », 1975.

Apulée, *Le Démon de Socrate*, Rivages poche, 1993.

Lucien, « Icaroménippe ou le voyage au-dessus des nuages », dans *Philosophes à vendre*, Rivages poche, 1992.

Lucien, « Histoire véritable », dans Longus, *Daphnis et Chloé*, Gallimard, « Folio classique », 1973.

Lucrèce, *De la nature. De rerum nature*, trad. José Kany-Turpin, GF-Flammarion, 1998.

Ovide, *Les Métamorphoses*, trad. G. Lafaye, Gallimard, « Folio », 1992.

Platon, *Timée*, *Le Banquet*, etc., GF-Flammarion, plusieurs volumes.

Pline, *Histoire naturelle*, trad. et notes par E. de Saint-Denis, plusieurs volumes, Les Belles Lettres, 1961.

Pline, *Des animaux*, trad. Antoine du Pinet [1561], La Bibliothèque, 2001.

Plutarque, « Le Démon de Socrate », « Sur la disparition des oracles », dans *Œuvres morales*, Les Belles Lettres, 1980, t. VIII et t. VI.

## Ouvrages de philosophie, science et littérature de l'âge moderne

L'Arioste, *Roland furieux* [1532], trad. et notes de Michel Orcel, Seuil, 2000.

Francis Bacon, *Du progrès et de la promotion des savoirs*, Gallimard, « Tel », 1991.

Jean Bernier, *Abrégé de la philosophie de Gassendi*, réimpr. de l'éd. de Lyon, 1684. Texte revu par S. Murr et G. Stefani, Fayard, « Corpus des œuvres de philosophie en langue française », 7 vol., 1992.

Giordano Bruno, *Œuvres complètes*, Les Belles-Lettres, 12 vol.

Giordano Bruno, *De la magie*, Allia, 2000.

Giordano Bruno, *Des liens*, Allia, 2001.

Robert Burton, *Digression sur l'air*, extrait de l'*Anatomie de la mélancolie*, Mille et Une Nuits, 2000.

Robert Burton, *Anatomie de la mélancolie*, trad. B. Hoepffner, préface de J. Starobinski, José Corti, 2000, 2 vol.

Tommaso Campanella, *Apologie pour Galilée*, traduction et présentation de M. Lerner, Les Belles Lettres, 2001.

Tommaso Campanella, *La Cité du Soleil*, Mille et Une Nuits, 2000. Une autre traduction du même texte se trouve dans *Voyages aux pays de nulle part*, Robert Laffont, « Bouquins », 1990.

Jérôme Cardan, *Ma vie*, texte présenté et traduit par Jean Dayre, Champion, 1936.

Pierre Charron, *De la sagesse*, texte revu par Barbara de Negroni, Fayard, « Corpus des œuvres de philosophie en langue française », 1986.

François Colonna, *Le Songe de Poliphile*, Gilles Polizzi (éd.), Imprimerie nationale, 1994.

Henri Corneille Agrippa, *De occulta philosophia*, 3 vol. : *La Magie naturelle*, *La Magie céleste*, *La Magie cérémonielle*, trad. Jean Servier, Berg international, 1981.

Charles Dassoucy, *Les Aventures de M. Dassoucy*, dans *Libertins du XVII*[e] *siècle*, *op. cit.*, p. 749-900.

René Descartes, *Œuvres complètes*, publiées par Ch. Adam et Paul Tannery, Vrin, 1996.

Marsile Ficin, *Commentaire sur le Banquet de Platon*, texte du manuscrit autographe présenté et traduit par Raymond Marcel, Les Belles Lettres, 1978.

Marsile Ficin, *Les Trois Livres de la vie*, Fayard, « Corpus des œuvres de philosophie en langue française », 2000.

Marsile Ficin, *Quid sit lumen*, Allia, 1998.

Gabriel Foigny, *La Terre australe connue* [1676], texte établi et présenté par P. Ronzeaud, STFM, 1990.

Galileo Galilei, *Dialogue sur les deux grands systèmes du monde*, Seuil, 1992, « Points ».

Pierre Gassendi, *Disquisitio metaphysica. Recherches métaphysiques, ou Doutes et instances contre la métaphysique de R. Descartes et ses réponses*, texte établi, traduit et annoté par B. Rochot, Vrin, 1962.

Francis Godwin, *L'Homme dans la Lune* [1638, trad. 1648], texte et trad. par Annie Amartin, Presses universitaires de Nancy, 1980.

Tristan L'Hermite, *Le Page disgracié* [1643], Gallimard, « Folio », 1994.

*Libertins du XVII*[e] *siècle*, édition établie, présentée et annotée par J. Prévot, Gallimard, « Bibliothèque de la Pléiade », 1998.

Johann Kepler, *Le Songe ou Astronomie lunaire* [1634], texte et trad. par Michèle Ducos, Presses universitaires de Nancy, 1984.

La Mothe Le Vayer, *Dialogues faits à l'imitation des anciens*, André Pessel (éd.), Fayard, « Corpus des œuvres de philosophie en langue française », 1988.

Michel de Montaigne, *Essais*, 3 vol., introduction par Alexandre Micha, GF-Flammarion, 1979.

Gabriel Naudé, *Apologie pour tous les grands hommes qui ont été faussement soupçonnés de magie*, dans *Libertins du XVII*[e] *siècle*, *op. cit.*, p. 139-380.

Paracelse, *Œuvres médicales*, choisies, traduites et présentées par Bernard Gorceix, PUF, 1968.

Jean Baptiste Della Porta [ou De Porta], *La Magie naturelle ou les Secrets et miracles de la nature*, édition conforme à celle de Rouen, 1631, Daragon, 1993.

François Rabelais, *Les Cinq Livres*, « La Pochothèque », 1994.

Charles Sorel, *Histoire comique de Francion*, éd. de 1623, Y. Giraud (éd.), GF-Flammarion, 1979 ; éd. de 1633, F. Garavini (éd.), Gallimard, « Folio classique », 1996.

Denis Veiras, *Histoire des Sévarambes* [1677-1679], Genève, Slatkine Reprints, 1979.

Théophile de Viau, *Première Journée. Fragment d'une histoire comique.* Textes et documents du procès de Théophile, dans *Libertins du XVII^e siècle*, *op. cit.*, p. 3-136.

*Voyages aux pays de nulle part*, Robert Laffont, « Bouquins », 1990.

## Ouvrages historiques et critiques

*Alchimie et philosophie à la Renaissance*, J.-Cl. Margolin et S. Matton (éds), Vrin, 1993.

*Aspects de la tradition alchimique au XVII^e siècle.* Actes du colloque international de l'Université de Reims, novembre 1996, sous la dir. de Frank Greiner, Paris, SEHA, Milan, Arché, 1998.

Olivier Bloch, *Matière à histoires*, Vrin, 1997.

Olivier Bloch, *La Philosophie de Gassendi. Nominalisme, matérialisme et métaphysique*, La Haye, Martinus Nijhoff, 1971.

Ernst Cassirer, *Individu et cosmos dans la philosophie de la Renaissance*, trad. fr., Minuit, 1983.

Jean-Pierre Cavaillé, *Descartes. La Fable du monde*, Vrin-EHESS, 1991.

Jean-Pierre Cavaillé, *Dis-simulations.* [...] *Religion, morale et politique au XVII^e siècle*, Champion, 2002.

Jean Céard, *La Nature et les prodiges*, Droz, 1996.

Françoise Charles-Daubert, *Les Libertins érudits en France au XVII^e siècle*, PUF, 1998.

Tristan Dagron, *Unité de l'être et dialectique. L'idée de philosophie naturelle chez Giordano Bruno*, Vrin, 1999.

*La Découverte de nouveaux mondes : aventure et voyages imaginaires au XVII^e siècle.* Actes du XXII^e colloque du

Centre méridional de rencontres sur le XVIIe siècle, Cecilia Rizza (éd.), Fasano, Schena Editore, 1993.

René Démoris, *Le Roman à la première personne du classicisme aux Lumières*, Armand Colin, 1975.

Michel Foucault, *Les Mots et les choses. Une archéologie des sciences humaines*, Gallimard, « Tel », 1966/1990.

Eugenio Garin, *Moyen Âge et Renaissance*, trad. fr., Gallimard, 1969.

Tullio Gregory, *Genèse de la raison classique*, trad. fr., PUF, 2000.

*Histoire de l'édition française*, vol. I, *Le Livre conquérant. Du Moyen Âge au milieu du XVIIe siècle*, H.-J. Martin et R. Chartier (dir.), Promodis, 1982.

*Histoire générale des sciences*, sous la dir. de René Taton, t. II, *La Science moderne, de 1450 à 1800*, PUF, 1958.

*Index des livres interdits*, sous la dir. de J.M. de Bujanda, vol. 1, *Index de l'Université de Paris*, Centre d'études de la Renaissance, Éd. de l'Université de Sherbrooke, Droz, 1985.

Michel Jeanneret, *Éros rebelle. Littérature et dissidence à l'âge classique*, Seuil, 2003.

Bernard Joly, *Rationalité de l'alchimie au XVIIe siècle*, Vrin, « Mathésis », 1992.

Alexandre Koyré, *Du monde clos à l'univers infini*, trad. fr., Gallimard, « Tel », 1973.

Alexandre Koyré, *Mystiques, alchimistes et spirituels du XVIe siècle allemand*, Armand Colin, 1955.

Alexandre Koyré, *Paracelse*, Allia, 1997.

René Lenoble, *Mersenne ou la Naissance du mécanisme*, Vrin, 1943.

Robert Mandrou, *Magistrats et sorciers en France au XVIIe siècle*, Plon, 1968.

*La Philosophie clandestine à l'âge classique*, Anthony MacKenna et Alain Mothu (éds), Oxford, Voltaire Foundation, Paris, Universitas, 1997.

René Pintard, *Le Libertinage érudit dans la première moitié du XVIIe siècle*, Slatkine, 1983.

Cecilia Rizza, *Libertinage et littérature*, Schena-Nizet, 1996.

Jean Serroy, *Roman et réalité. Les Histoires comiques au XVIIe siècle*, Minard, 1981.

*La Science classique. XVIe-XVIIIe siècles. Dictionnaire critique*, sous la dir. de Michel Blay et Robert Halleux, Flammarion, 1998.

D.P. Walker, *La Magie spirituelle et angélique de Ficin à Campanella*, trad. fr., Albin Michel, 1988.

Frances Yates, *Giordano Bruno et la tradition hermétique*, trad. fr., Dervy, 1996.

## SUR L'ŒUVRE DE CYRANO

### Ouvrages critiques

Madeleine Alcover, *La Pensée philosophique et scientifique de Cyrano de Bergerac*, Droz, 1970.

Madeleine Alcover, *Cyrano relu et corrigé*, Droz, 1990.

Jean-Charles Darmon, *Philosophie épicurienne et littérature au XVIIe siècle. Études sur Gassendi, Cyrano de Bergerac, La Fontaine, Saint-Évremond*, PUF, 1998.

Joan Dejean, *Libertine Strategies. Freedom and the Novel in Seventeenth-Century France*, Colombus, Ohio State University Press, 1981.

Jacques Prévot, *Cyrano de Bergerac romancier*, Belin, 1977.

Jacques Prévot, *Cyrano de Bergerac poète et dramaturge*, Belin, 1978.

### Articles critiques

Madeleine Alcover, « Sisyphe au Parnasse : la réception des œuvres de Cyrano aux XVIIe et XVIIIe siècles », *Œuvres et critiques*, XX, 3, 1995, p. 219-250.

Maurice Blanchot, « Cyrano de Bergerac », dans *Tableau de la littérature française*, Gallimard, 1962, vol. 1, p. 558-565.

Olivier Bloch, « Cyrano de Bergerac et la philosophie », *XVIIe siècle*, 149, 1985, p. 337-349.

Yves Chevrel, « *L'Autre monde* à l'épreuve de l'étranger », *L'Information littéraire*, 37e année, n° 3, mai-juin 1985, p. 102-108.

Jean-Charles Darmon, « Cyrano de Bergerac et les images de la Nature », *Littératures classiques*, 17, 1992, p. 153-175.

Jean-Charles Darmon, « Cyrano et les "figures" de l'épicurisme : les *clinamen* de la fiction », *Corpus*, 20-21, 1992, p. 65-90.

Jean-Charles Darmon, « L'épicurisme et les fables du monde : remarques sur Gassendi et Cyrano », *Littératures classiques*, 22, 1994, p. 87-125.

Jean-Charles Darmon, « L'imagination de l'espace entre argumentation philosophique et fiction. De Gassendi à Cyrano », *Études littéraires*, vol. 34, n° 1-2, hiver 2002, p. 217-240.

Joan Dejean, « Method and Madness in Cyrano's *Voyage dans la Lune* », *French Forum*, II, 1977, p. 224-237.

Luciano Erba, « L'incidenza della magia nell'opera di Cyrano de Bergerac », *Contributi del Seminario di Filologia moderna. Serie francese I*, Milan, 1959, p. 1-74.

Patricia Harry, « Comment créer des mondes imaginaires : narration, dialectique et idéologie dans les romans de Cyrano de Bergerac », dans *La Découverte de nouveaux mondes*, Cécile Rizza (éd.), *op. cit.*

Jean Lafond, « Le monde à l'envers dans les *États et Empires de la Lune* de Cyrano de Bergerac », dans *L'Image du monde renversé et ses représentations littéraires et para-littéraires de la fin du* XVIe *siècle au milieu du* XVIIe *siècle*, Vrin, 1979, p. 129-139.

Jean Lafond, « Burlesque et *Spoudogeloion* dans les *États et Empires de la Lune* », dans *Burlesque et formes parodiques*, PFSCL, Biblio 17 (33), 1987, p. 89-99.

Maurice Laugaa, « La Langue de Dyrcona », *Trente-quatre/Quarante-quatre*, automne 1980, n° 7, p. 69-80.

Maurice Laugaa, « Lune, ou l'Autre », *Poétique*, 1, 1970, p. 293-296.

François Moureau, « Dyrcona exégète ou les réécritures de la Genèse selon Cyrano », *Cahiers d'histoire des littératures romanes/Romanistische Zeitschrift für Literaturgeschichte*, 3-4, 1997, p. 261-268.

Claudine Nédélec, « Cyrano et la censure, dans ce monde-ci et dans l'autre », *Cahiers Diderot*, 9, 1996, p. 193-203.

Bérengère Parmentier, « Imagination et fiction dans *Les États et Empires* de Cyrano de Bergerac », *Littératures classiques*, 45, printemps 2002, p. 217-240.

Jacques Prévot, « *L'Autre Monde* de Cyrano de Bergerac ou le Voyage libertin », dans *Métamorphoses du récit de voyage*, Champion et Slatkine, 1986, p. 43-51.

Jacques Prévot, « Cyrano de Bergerac ou l'homme qui avait la tête dans les étoiles », *Littératures classiques*, 15, oct. 1991, p. 145-161.

Jean-Michel Racault, « Les ailleurs de Cyrano », *Cahiers CRLH-CIRAO*, 6, 1990, p. 9-19.

Pierre Ronzeaud, « Les Lettres de Cyrano de Bergerac sur les sorciers : montage et démontage d'une imposture culturelle », dans *Diversité, c'est ma devise*, PFSCL, Biblio 17 (86), Paris, Seattle, Tübingen, 1994.

Margaret Sankey, « Le voyage initiatique et la représentation de l'expérience dans *L'Autre monde* », dans *Il senso del non senso. Scritti in memoria di Lynn Salkin Sbiroli*, Edizione Scientifiche Italiane, 1994, p. 47-72.

# LEXIQUE

## A

ABORD : « d'abord » : dès l'abord, d'emblée. – « D'abord que » : dès que.

ACCIDENT : 1. incident ; 2. caractéristique propre (en termes scolastiques, ce qui advient à la substance sans lui être essentiel).

ACCOINTANCE : fréquentation, se dit surtout péjorativement de la familiarité avec des « gens de mauvaise vie » (Furetière).

ADMIRATION : étonnement.

AHEURTÉ : plein de préjugés.

AIS : planche de bois.

AJUSTÉ : orné, paré, élégant.

ALAMBIQUER : « s'alambiquer l'esprit, le cerveau » : se fatiguer par des réflexions trop subtiles.

ANATOMIE : dissection.

ANIMAL : être animé. En général, le sens du terme inclut les êtres humains ; dans certains cas rares, « animal » s'oppose à « homme » et devient alors synonyme de « bête » ou de « brute ».

APOSTUME : enflure, tumeur (terme médical).

APPARENCE : vraisemblance.

ARCHER : officier de police subalterne.

ARONDELLE : hirondelle.

ATOME : corpuscule de matière indivisible. La notion d'*atome* est fondamentale dans la physique épicurienne, et notamment chez Lucrèce, pour qui la matière est constituée par le mouvement continu des atomes. Plus largement, au XVIIe siècle, la notion d'*atome* est au fondement de nombreuses recherches de physique et de chimie, parfois éloignées des principes épicuriens.

AUDITOIRE : « audience », séance du tribunal ; le sens moderne est aussi présent dans le texte. Cyrano écrit le mot au féminin, nous l'avons transcrit au masculin.

AUPARAVANT : peut s'employer comme préposition (fr. moderne : avant) – « Auparavant que/de » : avant que, avant de.

## B

BÂCLER : « fermer avec chaînes, barres… » (Furetière).

BAISER : embrasser.

BALANCER : hésiter.

BARBE (masc.) : cheval de « Barbarie », c'est-à-dire des pays arabes. Ne pas confondre avec « une Barbe », expression comique que Cyrano emploie pour désigner *un Barbu*.

BATAIL : battant de la cloche.

BESSON : jumeau.

BILE ÂTRE : voir MÉLANCOLIE.

BLUETTE : « petite étincelle de feu » (Furetière).

BRANLE : sorte de danse ; plus généralement, agitation, mouvement.

BRIBE : reste, morceau, quignon de pain.

BRUTE : animal (par opposition à l'humain).

BUBE : bubon.

BUTOR : « gros oiseau, espèce de héron fainéant et poltron [...]. On dit figurément d'un homme stupide et maladroit, que c'est un gros *butor* » (Furetière).

## C

CACHE : cachette.

CACOCHYME : malade, plein de mauvaises « humeurs » (voir ce mot).

CANAILLE : terme péjoratif pour désigner le peuple.

CHÂSSE : reliquaire, ou, plus largement, tout objet qui « enchâsse ».

CHICANE : terme péjoratif pour désigner les procédures judiciaires, ou leurs abus. D'où CHICANEUR : qui a la passion de plaider pour rien.

CHICOT : « petit éclat ou morceau de bois » ; « tronc qui reste sur la terre, quand on a coupé les arbres » (Furetière).

CLAVEAU : maladie contagieuse des ovins.

CLIMAT : le terme désigne, en général, une *région* de la terre ; et parfois, comme aujourd'hui, ses caractéristiques météorologiques.

COCTION : cuisson ou digestion ; le terme est employé par les médecins (« coction » des aliments) et surtout par les alchimistes (« coction » des métaux, etc.).

COMPTE : « faire compte de », avoir de l'« estime » pour (Furetière).

CONFÉRENCE : entretien, conversation.

CONJURER : supplier, « prier avec instance » (Furetière).

CONNAÎTRE : reconnaître. – CONNAÎTRE QUE : s'apercevoir, se rendre compte que.

CONSTANT : « il est constant que », il est évident que.

CONTAGION : épidémie, maladie contagieuse.

CONTENTION : effort.

CONTRE-CHARME : sortilège pour remédier à un premier sortilège.

CONTRE-MONT : « vers le haut » (Furetière).

COQUIN : terme injurieux et méprisant.

CORPS : se dit en physique de tout objet matériel.

COUPEAU : sommet d'une montagne, ou, plus rarement, d'un arbre.

COUPLE (fém.) : paire.

COURAGE : signifie souvent « cœur » (le sens, plus large qu'aujourd'hui, n'est pas restreint à la vaillance).

COUREUR : cheval de course.

CRÉMILLÉE : crémaillère, croc de fer auquel on suspend les marmites dans la cheminée. Archaïsme.

CUISTRE : valet de professeur de collège.

## D

DÉBANDER : « se dit aussi des choses qui font ressort, lorsqu'elles se détendent » (Furetière).

DÉLIÉ : fin, subtil.

DÉVALER : baisser (usage archaïque, selon Richelet).

DESSUS : sur, au-dessus de.

DEVANT : avant.

DIFFÉRER : remettre à plus tard.

DIGÉRER : « figurément, mettre par ordre, en bon état » (Furetière).

DOCTE : savant.

DOUBLE : petite monnaie.

## E

ÉBOULER : s'écrouler.

ÉCONOMIE : « signifie parfois bel ordre et disposition des choses », du corps par exemple (Furetière).

ÉGRUGER : « pulvériser », réduire en poudre (Furetière).

EMBARRAS : « difficultés, obstacles ; chagrin, inquiétudes de l'âme » (Furetière).

EMBARRAS : obstacle, en particulier tout ce qui empêche d'avancer.

EMBRASSER : saisir dans ses bras.

EMPIRE : domination, pouvoir.

EN EFFET : en fait, dans les faits.

ENCHANTEMENT : « effet merveilleux procédant d'une puissance magique, d'un art diabolique » (Furetière).

ENTENDRE : comprendre.

ENTHOUSIASME : au XVIIe siècle, le terme a encore le sens étymologique de « fureur divine », « inspiration divine », ou plus simplement « mouvement passionné » (Furetière).

ENTONNER : verser dans un tonneau. Ne se dit en principe que des liquides (Furetière).

ENVIRON (employé comme préposition) : aux alentours de.

ÉPREINDRE : saisir, presser une chose pour en extraire le jus, le suc.

ÉQUIPAGE : « provision de tout ce qui est nécessaire pour voyager », des valets aux habits ; se dit ironiquement de vêtements misérables (Furetière).

ESCARMOUCHE : combat préliminaire.

ESPÈCES : le terme peut désigner les images des choses qui demeurent à l'état de traces dans l'imagination ou dans la mémoire ; ou encore, en optique, les rayons de lumière qui agissent sur la rétine pour permettre la vue. Cyrano emploie parfois le terme en référence pour désigner les petites particules émises par les corps et qui produisent la sensation (visuelle, olfactive, etc.) selon la doctrine épicurienne de Lucrèce (*De rerum natura*, VI).

ESPRIT : la médecine du temps considère que le corps humain est mu par de minuscules corpuscules, appelés *esprits*, qui sont intermédiaires entre le corps et l'âme et font le lien entre eux.

ESSENCE : alcool, concentré obtenu par distillation.

## F

FANTAISIE : imagination.

FANTASTIQUE : « imaginaire, qui n'a que l'apparence » (Furetière).

FOURBE : fourberie, tromperie.

## G

GAGNER : signifie parfois « vaincre » (Furetière).

GALOPER : peut s'employer transitivement : galoper quelqu'un, le faire galoper (Furetière).

GÉNÉREUX : noble d'âme.

GENTIL : « beau, joli, mignon » (Furetière).

GIGOT : cuisse de mouton. « Se dit aussi burlesquement des cuisses des hommes » (Furetière).

GRÈS : « pierre dure et grise » (Furetière).

GRILLER : glisser. Terme « bas et populaire », dans cet emploi, selon Furetière.

GROS (DE) : désireux, impatient de.

GROUILLER : remuer.

GUEUSER : « mendier, demander l'aumône » (Furetière).

GUEUSERIE : mendicité, condition de mendiant.

GUICHET : « petite porte », notamment les « petites portes d'une prison » (Furetière).

GUINDER : hausser, élever.

## H

HUMEUR : le terme peut désigner toute sorte de « liquide » (*cf.* le mot « humide »). Plus particulièrement, dans une tradition médicale qui remonte à l'Antiquité et domine encore la médecine du XVII^e siècle, on appelle « humeurs » les quatre « liquides » fondamentaux qui sont supposés régir l'équilibre du corps et de l'âme humaine : le sang, le flegme, la bile, la bile noire ou « mélancolie ».

HYPOCONDRE, HYPOCONDRIAQUE : l'hypocondrie est une maladie proche de la mélancolie : les hypocondres sont le foie et la rate, dont sont supposés sortir des vapeurs qui donnent des visions délirantes en montant au cerveau. L'« hypocondriaque » est souvent confondu avec le « mélancolique ».

## I

ICOSAÈDRE : « terme de géométrie. Corps solide qui a vingt faces » (Littré).

IMBU : imbibé, imprégné.

IMPUGNER : « contester une doctrine » (Furetière).

INCLINAISON : inclination.

INCONTINENT : aussitôt.

INFLUENCE : « qualité qu'on dit s'écouler du corps des astres, ou l'effet de leur chaleur et de leur lumière, à qui les astrologues attribuent tous les événements qui arrivent sur la terre » (Furetière). Au XVII^e siècle, c'est le seul sens du mot. Le sens actuel, détaché de l'astrologie, n'apparaîtra qu'au XVIII^e siècle.

INTELLIGENCE : « complicité » (on dit aujourd'hui encore « intelligence avec l'ennemi »).

## L

LAISSER : « ne pas laisser de [faire] » : ne pas manquer de faire.

LIQUEUR : liquide.

## M

MALICE : « inclination qu'on a à faire mal » (Furetière).

MALICIEUSEMENT : méchamment.

MALIN : « enclin à faire du mal » (Furetière).

MANUTENTION : maniement.

MARAUD : « terme injurieux qui se dit des gueux qui n'ont ni bien, ni honneur » (Furetière).

MASCARADE : homme masqué ou mal vêtu. Le terme est ordinairement féminin, mais on trouve le masculin dans le lexique burlesque, chez Scarron et Dassoucy.

MATINEUX : matinal, qui se lève tôt.

MATRICE : selon la médecine du temps, c'est la « partie des femelles des animaux où se fait la conception et la nourriture du fœtus ou des petits jusqu'à leur naissance » (Furetière).

MÉDIOCRE : moyen (sans valeur péjorative).

MÉLANCOLIE, MÉLANCOLIQUE : la mélancolie, ou « bile noire », ou « bile âtre », est l'une des quatre « humeurs » dont l'harmonie fonde la santé physique et psychologique selon la médecine du temps (voir le mot « humeur ») ; le terme désigne aussi la maladie qui naît de l'excès de bile noire, par rapport aux autres « humeurs ». Le mélancolique est entraîné par son imagination, qui peut l'entraîner soit vers la folie la plus noire, soit vers un état propice à la création intellectuelle et artistique.

MIEL : « est aussi une rosée qui se trouve à la pointe du jour sur les feuilles de plusieurs sortes d'arbres, qui ressemble au miel » (Furetière).

MONUMENT : tombeau.

MORFONDRE : « pénétrer d'humidité et de froid » (Littré).

MOYENNE RÉGION : région du ciel où l'astronomie ancienne situait les phénomènes météorologiques, entre l'air que nous respirons et les lointaines sphères des astres.

## N

NOURRITURE : le mot signifie aussi « éducation ».

## O

OFFRANDE : pendant la messe, c'est le moment où l'on offre des présents au prêtre qui officie.

OFFUSQUER : « cacher à la vue », faire obstacle aux rayons du soleil ; au figuré, se dit de « ce qui cache les lumières de l'esprit » (Furetière).

ONGLÉE : « grande douleur qu'on sent auprès des ongles quand on a enduré un grand froid » (Furetière).

## P

PALINODIE : « chanter la palinodie », c'est « dire le contraire de ce qu'on avait dit auparavant » (Furetière).

PARTICULARISER : détailler, énumérer ou raconter en détail.

PARTIE (en justice) : plaideur. – « La partie de quelqu'un » : la partie adverse.

PATELINER : « gagner une personne par adresse et par flatterie, la persuader qu'elle gagne, lorsqu'on la trompe » (Furetière).

PAYS : « avancer pays », « gagner pays » : avancer.

PEINER : se peiner, faire des efforts.

PENSER : suivi d'un verbe à l'infinitif, signifie « être sur le point de, faillir [mourir, tomber, etc.] ».

PÉRIODE (masc. ou fém.) : « point culminant ».

PERTUIS : « petit trou où l'eau s'écoule, par où le vent s'insinue » (Furetière).

PESTE : le terme désigne au XVIIe siècle toute épidémie terrible.

PIÈCE : le terme peut désigner tout « ouvrage de l'art », pas seulement au théâtre.

PISTOLE : monnaie d'or.

PITAUD : terme péjoratif et familier qui désigne les paysans, les « rustres ».

POLICE : organisation politique et sociale.

POSSIBLE : employé adverbialement, peut-être.

POSTE : transport en commun, tiré par des « chevaux de poste ».

POURPOINT : veste d'homme.

PRÉVENIR : tromper par des préjugés.

PRÉVENTION : préjugé.

PRÉVENU : qui croit par « prévention », par préjugé.

PROCHE : peut s'employer comme adverbe ou préposition (fr. moderne : « près », « près de »).

PRÔNER : « louer publiquement » (Furetière). Le « prône » est un discours qui se fait à l'église.

PROTESTER, PROTESTATION : affirmer, affirmation.

## Q

QUOLIBET : raillerie, plaisanterie.

## R

RADICAL : fondamental. La « chaleur radicale », l'« humide radical » sont principes et sources de la vie dans la médecine du XVIIe siècle.

RAPATRIER : réconcilier.

RAVIR : emporter.

REBATTRE : « redire plusieurs fois la même chose » (Furetière).

RÉCITER : raconter.

RECTIFIER : terme d'alchimie ou de chimie : « réitérer des distillations ou sublimations de choses déjà distillées ou sublimées, comme eaux de vie, esprits et huiles, pour les avoir plus pures et plus fortes » (Furetière).

RÉGAL : fête en l'honneur de quelqu'un.

RENCONTRE : le terme peut être masculin ou féminin au XVIIe siècle. Il semble que Cyrano utilise le féminin dans le sens actuel, le masculin dans le sens de « hasard, événement fortuit ».

RÉPUBLIQUE : État.

RETIRER : « donner retraite chez soi », « donner asile » (Furetière).

REVANCHER (SE) : se venger, prendre sa vengeance, mais aussi témoigner sa reconnaissance.

RÊVER : signifie parfois « réfléchir, penser, méditer ».

RÉVOLUTION : terme d'astronomie : rotation, mouvement des astres.

ROUER : tourner en rond. Archaïsme.

RUELLE : signifie parfois, comme aujourd'hui, « petite rue » ; mais désigne aussi l'espace qui sépare le lit du mur dans une chambre.

RUINE : en termes de maçonnerie, « rainure, rigole » (Furetière).

RUMINER : réfléchir, méditer. Au XVIIe siècle, le terme s'emploie en ce sens sans ironie.

## S

SAUVAGEON : arbuste sauvage.

SELLETTE : « petit siège de bois sur lequel on fait asseoir les criminels » lorsqu'ils sont condamnés à des peines corporelles (Furetière).

SERGENT : officier de justice, de rang subalterne.

SERRER : ranger.

SIMPLE : innocent, naïf.

SOUFFRIR : supporter.

STADE (fém. ou masc.) : mesure grecque valant 180 mètres environ.

SUCCÈS : « issue d'une affaire », résultat heureux ou malheureux (Furetière).

SUPERBE : orgueilleux.

SUPPLICE : exécution d'une peine ; en particulier, peine de mort.

SYMPATHIE, SYMPATHIQUE, SYMPATHISER : dans les doctrines de l'unité cosmique qui sont largement répandues jusqu'au XVIIe siècle, le terme « sympathie » désigne une attraction réciproque exercée par les choses du monde, astres, végétaux, animaux, humains. On attribue par exemple à certaines plantes une « sympathie » qui les porte à s'unir et à se rassembler à d'autres végétaux, à des animaux, etc.

SYNDIC : « chargé des affaires d'une ville, d'une communauté » (Furetière).

## T

TEMPÉRAMENT : équilibre individuel des « humeurs » (voir ce mot).

TRANCHÉES : douleurs de ventre, coliques ou douleurs de l'accouchement.

TRANSIR : figer, en particulier sous l'effet du froid.

TRAVAIL : peine, effort.

TRAVAILLER : tourmenter, « faire souffrir » (Furetière).

TRAVERSER : contrarier, nuire.

TRISTE : funeste.

## V

VAISSEAU : vase, récipient.

VÉGÉTANT : végétal, tout ce « qui prend nourriture ou accroissement du suc de la terre » (Furetière).

VERTU : le terme n'a pas seulement un sens moral ; il désigne, en physique, la « puissance d'agir qui est dans tous les corps naturels » (Furetière), l'énergie propre qui se dégage des choses.

VESTIGES : pas.

VIANDE : toute sorte de nourriture.

VICISSITUDE : changement par alternance, comme la vicissitude des saisons.

VILAIN : rustre, paysan grossier.

VOLÉE : envol.

VOLUBILITÉ : facilité de se mouvoir (Furetière).

## DERNIÈRES PARUTIONS

**ARISTOTE**
Petits Traités d'histoire naturelle (979)
Physique (887)

**AVERROÈS**
L'Intelligence et la pensée (974)
L'Islam et la raison (1132)

**BERKELEY**
Trois Dialogues entre Hylas et Philonous (990)

**CHÉNIER (Marie-Joseph)**
Théâtre (1128)

**COMMYNES**
Mémoires sur Charles VIII et l'Italie, livres VII et VIII (bilingue) (1093)

**DÉMOSTHÈNE**
Philippiques, suivi de **ESCHINE,** Contre Ctésiphon (1061)

**DESCARTES**
Discours de la méthode (1091)

**DIDEROT**
Le Rêve de d'Alembert (1134)

**DUJARDIN**
Les lauriers sont coupés (1092)

**ESCHYLE**
L'Orestie (1125)

**GOLDONI**
Le Café. Les Amoureux (bilingue) (1109)

**HEGEL**
Principes de la philosophie du droit (664)

**HÉRACLITE**
Fragments (1097)

**HIPPOCRATE**
L'Art de la médecine (838)

**HOFMANNSTHAL**
Électre. Le Chevalier à la rose. Ariane à Naxos (bilingue) (868)

**HUME**
Essais esthétiques (1096)

**IDRÎSÎ**
La Première Géographie de l'Occident (1069)

**JAMES**
Daisy Miller (bilingue) (1146)
Les Papiers d'Aspern (bilingue) (1159)

**KANT**
Critique de la faculté de juger (1088)
Critique de la raison pure (1142)

**LEIBNIZ**
Discours de métaphysique (1028)

**LONG & SEDLEY**
Les Philosophes hellénistiques (641 à 643), 3 vol. sous coffret (1147)

**LORRIS**
Le Roman de la Rose (bilingue) (1003)

**MEYRINK**
Le Golem (1098)

**NIETZSCHE**
Par-delà bien et mal (1057)

**L'ORIENT AU TEMPS DES CROISADES** (1121)

**PLATON**
Alcibiade (988)
Apologie de Socrate. Criton (848)
Le Banquet (987)
Philèbe (705)
Politique (1156)
La République (653)

**PLINE LE JEUNE**
Lettres, livres I à X (1129)

**PLOTIN**
Traités I à VI (1155)
Traités VII à XXI (1164)

**POUCHKINE**
Boris Godounov. Théâtre complet (1055)

**RAZI**
La Médecine spirituelle (1136)

**RIVAS**
Don Alvaro ou la Force du destin (bilingue) (1130)

**RODENBACH**
Bruges-la-Morte (1011)

**ROUSSEAU**
Les Confessions (1019 et 1020)
Dialogues. Le Lévite d'Éphraïm (1021)
Du contrat social (1058)

**SAND**
Histoire de ma vie (1139 et 1140)

**SENANCOUR**
Oberman (1137)

**SÉNÈQUE**
De la providence (1089)

**MME DE STAËL**
Delphine (1099 et 1100)

**THOMAS D'AQUIN**
Somme contre les Gentils (1045 à 1048), 4 vol. sous coffret (1049)

**TRAKL**
Poèmes I et II (bilingue) (1104 et 1105)

**WILDE**
Le Portrait de Mr. W.H. (1007)

# GF-DOSSIER

GF Flammarion

03/09/20986-IX-2003 – Impr. MAURY Eurolivres, 45300 Manchecourt.
N° d'édition FG114501. – septembre 2003. – Printed in France.